HAYMON taschenbuch 16

Gedruckt mit freundlicher Unterstützung der Kulturabteilung der Stadt Wien.

**HAYMON tb 16**

Originalausgabe
Haymon Taschenbuch, Innsbruck-Wien
www.haymonverlag.at/haymontb



**ISBN 978-3-85218-816-4**

Umschlag- und Buchgestaltung:
Kurt Höretzeder, Büro für Grafische Gestaltung, Scheffau/Tirol
Satz: Haymon Verlag/Manuela Weiß
Coverfoto: www.photocase.com
Autorenfoto: Karin Wasner

Gedruckt auf umweltfreundlichem,
chlor- und säurefrei gebleichtem Papier.

Thomas Askan Vierich

# Blutgasse

Kriminalroman

Thomas Askan Vierich

**Blutgasse**

*„Das Leben in Wien und Österreich wirkte*
*wohltätig auf mich durch seine leichtere Form.*
*Da waren Widerstände aufgehoben,*
*die ich bei uns auf Schritt und Tritt gespürt habe."*
Jakob Wassermann, Schriftsteller aus Fürth,
1898 von München nach Wien übersiedelt

*„Über die Deutschen etwas nicht Negatives,*
*sondern etwas anderes zu denken als viele andere,*
*ist sehr gefährlich."*
Ivica Osim, österreichischer Fußballtrainer
bosnischer Herkunft

*„Wenn ich Deutschland höre,*
*werde ich zum Rasenmäher."*
Hans Krankl, berühmtester lebender
österreichischer Fußballer
und ehemaliger Nationaltrainer

Für AC, Niclas und Rudi

# Golem

Atemlos läuft sie über einen schmalen Pawlatschengang. Die alten Bohlen quietschen, sie muss aufpassen, dass sie im Finstern nicht auf dem nassen Holz ausrutscht. Dann geht es über eine Treppe nach unten. Durch einen niedrigen Durchgang erreicht sie den Hof. Eine Platane reckt ihre kahlen Äste in den Nachthimmel. Sie bleibt stehen, holt Luft, blickt sich um, lauscht. Hat sie ihn abgehängt? Sie hört Schritte. Eine Gestalt erscheint im Hauseingang gegenüber.

Sie muss sich verstecken, schnell.

Hinter ihr stehen vier fast mannshohe Müllcontainer an der Hofmauer. Sie zwängt sich zwischen ihnen hindurch und geht in die Hocke. Die Gestalt kommt im Dunst der Nacht näher. Ein alter Mann, der einen kleinen Hund hinter sich herzieht. Der Hund ist ebenfalls alt und nicht mehr gut zu Fuß. Herr und Hund schlurfen an ihr vorbei und verschwinden in dem niedrigen Durchgang, aus dem sie gekommen ist. Dann ist es wieder still. Totenstill.

Wo ist er? Sucht er nach ihr? Hat er sich ebenfalls verirrt im Gewirr aus Höfen, Quer- und Seitenflügeln, Durchgängen, Treppen und diesen altertümlichen Pawlatschengängen, über die man zu den Wohnungen gelangt? Oder wartet er draußen in der Gasse, bis sie wieder herauskommt?

Sie blickt an den Hausfassaden empor: Hinter einigen Fenstern brennt noch Licht, die meisten sind schon dunkel. Aus einem schräg über ihr hört sie Stimmen. Ein Mann und eine Frau streiten. Nicht laut, aber sehr aggressiv. Dann verstummen sie.

Existiert nicht ein Ausgang zur gegenüberliegenden Gasse? Doch wo ist der? Sie hat die Orientierung verloren in diesem Geviert in der Wiener Altstadt. Dabei ist sie erst vor wenigen Monaten schon einmal hier gewesen. Behutsame Altstadtsanierung unter Einbeziehung der Bewohner. Ein Musterprojekt. Schon damals war ihr dieses mittelalterliche Gebilde aus alten Wohnhäusern, aufgelassenen Klosteranlagen und alteingesessenen Handwerksbetrieben verwirrend vorgekommen. Charmant restauriert, aber seltsam tot.

Sie friert in ihrem viel zu dünnen Regenmantel. Es ist kalt, nass und spät, weit nach Mitternacht. Sie hätte sich doch lieber gleich nach Hause fahren lassen sollen. Aber sie wollte sich noch mit einem kleinen Spaziergang den Kopf auslüften. Nun hockt sie hier auf Stöckelschuhen hinter Mistkübeln. Es stinkt, nach Küchenabfällen, nach verrottetem Laub und nach etwas penetrant Chemischem. Die Beine tun ihr weh in ihrer unbequemen Kauerstellung, doch sie wagt nicht aufzustehen, er könnte jeden Moment um die Ecke kommen. Und dann gäbe es keinen Ausweg, keine Flucht mehr.

Für einen Moment hat sie auf der Gasse seine Augen erkennen können, als er sie ansprach: seltsam schräg stehend, keine Augenbrauen, keine Wimpern. Ganz kalte Augen wie bei einem Fisch. Ob er wirklich eine Waffe unter seinem ausgebeulten Mantel trug, wie er ihr zuraunte? Oder doch nur seinen ausgestreckten Zeigefinger? Den Unterschied herauszufinden, darauf hatte sie sich lieber nicht eingelassen.

Sie ist ihm zuerst gefolgt, wie er das von ihr verlangt hatte. Als jemand am Ende der Blutgasse vor dem Mozarthaus laut „Wolferl! Wolferl!" rief und darauf lachend eine ganze Partie Touristen „Viva Mozart!" gröhlte, war er einen Moment abgelenkt – und sie konnte in den nächstgelegenen Hauseingang laufen. Rasch über einige Stufen nach oben, um die Ecke, durch einen kleinen Hof, über eine Stiege nach unten, noch ein Hof, noch ein Durchgang – und jetzt sitzt sie zwischen diesen Müllcontainern.

Well done, my girl, macht sie sich selbst Mut. Doch hier kann sie nicht bleiben. Sie spürt, wie die Kälte unter ihren Mantel und durch den feinen Stoff ihres Kostüms bis auf ihre Haut kriecht. Sie hätte nicht durch die Gassen hinter dem Stephansdom gehen sollen. Diese engen, schlecht beleuchteten Gassen mit Häusern, an denen schon Mozart vorbeispaziert sein musste.

Da öffnet sich die Tür zum Stiegenhaus rechts. Eine alte Frau tritt heraus und trippelt zu ihr herüber. In der Hand hält sie einen kleinen Müllbeutel, sauber verschnürt. Soll sie die Frau um Hilfe bitten? „Gnädige Frau, darf ich für einige Stunden Unterschlupf in Ihrer Wohnung suchen? Ich werde von einem bewaffneten Mann verfolgt!“ Die Gute würde vor Schreck tot umfallen.

Statt ihr Versteck zu verlassen, rutscht sie noch ein wenig tiefer und verhält sich mucksmäuschenstill. Die alte Frau öffnet mit Mühe den Deckel des Containers, entledigt sich seufzend ihres Abfalls und schlurft danach wieder zur Stiegentür zurück.

Der Nebel wird immer dichter. Die höchsten Äste der alten Platane kann sie schon nicht mehr sehen. Die Häuser um sie herum scheinen immer näher an sie heranzurücken. Wie verdrossene alte Tiere hocken sie im Regen nebeneinander. Sie scheinen ihr etwas zuzuflüstern, aber sie kann nicht verstehen, was. Erzählen sie von längst vergangenen Zeiten? Von Menschen, die hier gelebt haben? Vom Blut der erschlagenen Templer, das durch die Blutgasse geflossen sein soll?

Wie konnte sie in so eine absurde Situation geraten? Eine Frau in einem Kleid von Jil Sander hockt hinter Müllcontainern und versteckt sich vor alten Leuten. War der Mann in der Gasse vielleicht doch nur Einbildung? Geträumt? Und das Gefühl, ständig beobachtet zu werden? Als sie am Samstag aus dem Musikvereinssaal kam, stand da nicht jemand und starrte sie an? Als sie ihren Begleiter auf die Gestalt hinweisen wollte, war sie verschwunden. Sie sucht nach ihrem Handy. In der linken Manteltasche findet sie es. Es ist aus. Akku leer. Immer das Gleiche, goddamned.

Vom Ledermantelmann ist nach wie vor nichts zu sehen. Wahrscheinlich sitzt der längst im nächstgelegenen Beisl und berichtet grinsend, wie er einem dummen Frauenzimmer einen Mordsschrecken eingejagt hat mit seinem albernen ausgestreckten Finger unter dem Mantel. Wahrscheinlich kennt der sie gar nicht. Hat sich einfach nur ein harmloses Opfer für seine perversen Spielchen ausgesucht.

Da hört sie wieder Schritte. Sie kommen aus der Richtung, aus der sie selbst auf diesen Hof gelaufen ist. Eine großgewachsene Gestalt taucht in der Öffnung des Durchgangs am anderen Ende des Hofes auf. Es ist nicht der Mann mit dem Hund. Er ist es. Der Mann im Ledermantel mit den seltsamen Augen. Er geht langsam über den Hof, spärlich beleuchtet von den beiden Laternen. An der Tür zur Stiege, in der die alte Frau verschwunden ist, bleibt er stehen. Die Frau hat die Tür angelehnt gelassen. Der Mann stößt sie auf, tritt ein und steigt langsam die Treppen empor. Als seine Gestalt schemenhaft erst am Stiegenhausfenster im Mezzanin, dann im ersten und schließlich im zweiten Stock auftaucht, steht sie auf, ihr eingeschlafenes rechtes Bein ignorierend. Jetzt oder nie. Sie zwängt sich zwischen den Mistkübeln nach vorne und rennt humpelnd durch den kleinen Torbogen linker Hand. An den Wänden Graffiti, Gekrakel, es riecht nach Urin. Sie läuft um die Ecke, quert einen weiteren, nur spärlich beleuchteten Hof. Ein unangenehmer Wind ist aufgekommen und lässt sie frösteln. Irgendwo muss doch ein Durchgang zur Gasse sein. Sie rennt einige ausgetretene Stufen hinunter, das Klappern ihrer Absätze dröhnt in ihren Ohren, an der letzten Stufe wäre sie fast gestürzt, dann quert sie noch einen Hof. Sie kommt an einem Lokal vorbei. Drinnen brennt Licht. Vielleicht kann sie hier Hilfe holen? Doch es ist bereits geschlossen. Durch die Fenster sieht sie Stühle, die für die Putzfrau kopfüber auf die Tische gestellt worden sind.

Gegenüber im Nebel eine kleine Grünanlage mit einer verwaisten Bank. Tagsüber sicherlich ein idyllisches Plätzchen. Jetzt wirkt es, als würde der Golem gleich hinter den Büschen hervorkommen. Golem! Jetzt weiß sie, woran sie der Mann ohne Augenbrauen erinnert hat.

Nach ein paar Metern steht sie endlich in der dunklen Grünangergasse. Sie ist also doch noch auf der anderen Seite des Hofensembles herausgekommen. Die Gasse ist menschenleer. Unter den wenigen im Wind schaukelnden Laternen bilden sich im Nebel dunstige Kreise. Leises Gelächter dringt von irgendwo in die Nacht. Sie läuft weiter. Im Rinnstein verwelkt ein Brautbukett aus Myrten.

In der Singerstraße stößt sie auf Menschen. Erleichtert mischt sie sich unter die Fußgänger. Kein Mann in einem langen schwarzen Ledermantel ist zu sehen. Ein Blick auf die Armbanduhr verrät ihr, dass sie nur eine gute Viertelstunde im Hofgewirr der Blutgasse verbracht hat. Es ist ihr wie eine Ewigkeit vorgekommen. Entschlossen schlägt sie den Kragen ihres Mantels hoch und macht sich auf den Weg nach Hause, immer wieder nach dem Golem Ausschau haltend, den jemand erschaffen hat, nicht um nach toten Kindern zu suchen, sondern ihr nach dem Leben zu trachten.

„Und was spielt ihr so?“

„Western Soul und Disco.“

„Zu leise, tut mir leid.“

Alfred wedelte mit der Hand und entließ die zugegebenermaßen atemberaubend gutaussehende Frontfrau der Golden Singers.

Als nächste setzten sich drei ungeduscht wirkende Jungs zu ihm an den Tisch.

„Punkrock. Iggy Pop, frühe Stranglers, Libertines, Pete Doherty und so ein Zeug.“

„Ah, gut. Wollt ihr’n Bier?“

Alfred winkte dem Kellner. „Drei Krügerl für meine Freunde.“

Dann fragte er den pickligen Anfangzwanzigjährigen: „Deshalb der zu kleine Hut, was? Wegen Doherty.“

„Mmmh“, machte der junge Mann und griente seine beiden Kumpels an, die mit am Tisch im Café Hummel saßen. Als die Biere kamen, entspannten sie sich etwas.

„Und wir brauchen echt keine Miete zu zahlen?“

„Nee, ihr müsst nur schön aufdrehen. Je lauter, desto besser.“

Alfred nahm einen kräftigen Schluck von seinem Kaffee.

„Der einzige Haken könnte sein, dass zwei Stock über euch die Death-Metal-Combo Blind Eye spielt. Die Räume sind nicht besonders abgedichtet. Sind ja eigentlich Wohnungen, die leerstehen. Und ich kann euch die Räume nur auf Zeit anbieten, bis wir mit den Abrissarbeiten beginnen.“

„Ach, wenn wir ordentlich loslegen, stören uns diese Metalburschen schon nicht.“

„Metalmädels."

„Was?"

„Blind Eye ist eine Mädchenband."

„Echt?" Das Grinsen des Pete-Doherty-Klons wurde immer breiter.

„Und wenn sich die wenigen verbliebenen Mieter bei euch beschweren, gebt ihnen einfach meine Karte, okay? Lasst euch bloß nicht von denen einschüchtern, von wegen Polizei oder so, die kann ruhig kommen. Das Haus steht offiziell leer. Die hätten alle schon Ende März draußen sein sollen. Die wohnen da widerrechtlich, kapiert?"

„Kapiert, Chef. Wann können wir einziehen?"

„Je eher, desto besser."

„Dakor, Chef, wir schleppen heut noch unser Zeug hin. Und danke für die Krügerl."

Alfred sah den drei Burschen nach. Sie wirkten nicht wirklich talentiert. Und nahmen vermutlich zu viele billige Drogen. Aber darauf kam es nicht an. Vielleicht hätte er die drei fragen sollen, wo man anständige Kakerlaken herbekommt. Das wäre eine andere Idee gewesen. Er hatte im Internet einen Betrieb im 23. Bezirk ausfindig gemacht, der „biologische Waffen" für Garten und Terrasse verkaufte. Aber Marienkäfer- und Fruchtfliegenlarven halfen vielleicht gegen Blattläuse, aber nicht gegen renitente Mieter. Über einen deutschen Anbieter für Terrariumausstattung hätte Alfred Skorpione und Spinnen beziehen können. Aber als er sich vorstellte, wie er das Paket mit giftigen Skorpionen eigenhändig auspacken musste, ließ er auch diese Idee fallen.

Stattdessen hatte er letzte Woche versucht, die Abflussrohre im Keller zu blockieren. Das hatte zwar wie beabsichtigt zu einem unappetitlichen Stau in den Toiletten geführt, aber leider auch zu einer Riesensauerei im Keller – und dort mittelfristig vermutlich zu irreparablen Schäden. Also hatte Alfred, in Gummistiefeln bis zum Knie in Fäkalien watend, die in die Rohre gestopften alten Lumpen wieder entfernt.

Am unangenehmsten war gewesen, persönlich vorzusprechen. Das war Alfreds erste und schlechteste Idee gewesen.

„Grüß Gott, ich komme von der Hausverwaltung und muss Sie leider darauf hinweisen, dass Sie seit dem 31. des letzten Monats widerrechtlich in diesem Haus wohnen."

„Aber hearns, wir wohnen hier schon über zwanzig Jahre."

Der Typ sah aus, als hätte ihn Alfred aus dem Schlaf geklingelt. Dabei war es halb drei nachmittags.

„Und genauso lang zahlen Sie viel zu wenig Miete für eine Vierzimmerwohnung in dieser Lage."

Der Mann kratzte sich unter dem schmuddeligen T-Shirt, das sich über seinen Bauch spannte.

„Aber hören Sie, wir haben ja nicht einmal ein richtiges Badezimmer. Nur eine Dusche in der Küche."

„Deshalb soll das Haus endlich renoviert werden. Aber dazu müssen Sie ausziehen." Alfred lächelte Zustimmung erheischend. „Sie wollen doch nicht monatelang auf einer Baustelle leben, oder? Denken Sie bloß an den Dreck!"

„Ach, Dreck ..." Der Mann kratzte sich weiter an seinem Bauch. „Wo solln wir denn hin?" Im Hintergrund hörte man Kindergeschrei.

„Wir haben Ihnen doch eine Alternativwohnung in der Großfeldsiedlung angeboten."

„Großfeldsiedlung?" Der Mann zog lautstark Rotz hoch und kaute darauf herum. „Da bringen mich keine zehn Pferde hin! Nicht einmal eine U-Bahn gibt's da draußen."

„Die U1 wurde vor Kurzem bis in die Großfeldsiedlung verlängert. Lesen Sie keine Zeitung?"

„Eh wurscht." Statt den Rotz auszuspucken, wie Alfred befürchtet hatte, schluckte der Mann ihn hinunter und verzog dann das Gesicht. „Wir gehn hier nicht raus, die Kündigung können Sie sich in die Haare schmiern." Damit knallte er die Tür zu.

Einen Stock tiefer wohnte eine alleinstehende ältere Dame. Laut Mietvertrag tat sie das schon seit mehr als dreißig Jahren. Mit der Zeit waren ihre Kinder ausgezogen, ihr Mann weggestorben und der Dackel, der kläffend zwischen ihren dicken Beinen auftauchte, als sie die Tür einen Spalt breit öffnete, sah auch nicht aus, als würde er sie überleben.

„In meinem Alter zieht man nur noch ins Altersheim", erklärte sie.

„Tja, dann ist es jetzt soweit, Frau, äh, Koller." Alfred lächelte. „Wir helfen Ihnen auch beim Umzug."

Frau Koller blickte ihn verständnislos an.

„Wir tragen Ihre Möbel raus, packen Ihnen die Kartons."

„So viele Sachen, das schaffen Sie doch gar nicht, junger Mann, das kann ich Ihnen unmöglich zumuten."

„Nun, ich selber ..."

Bevor Alfred weitersprechen konnte, hatte Frau Koller die Tür sanft ins Schloss fallen lassen.

Seufzend stieg Alfred die letzten Stufen hoch bis ins oberste Stockwerk. Hier sollten die beiden exklusiven Dachwohnungen entstehen. Richards Pläne sahen vielversprechend aus: zweistöckige Maisonetten mit geräumigen Dachterrassen in Südlage. Dafür könnte sein Schwiegervater eine Menge Geld verlangen. Alfred klingelte an der rechten Tür. Die linke Wohnung stand bereits leer.

„Ja, bitte?"

„Guten Tag, Herr Grünsteidl, ich komme von der Hausverwaltung und möchte Sie ..."

„Kommens rein, kommens rein, Herr ...?"

„Brinkmann, Alfred Brinkmann von der Pokorny'schen Liegenschaftsgesellschaft." Zögernd betrat Alfred die dunkle Wohnung. Er hasste es, in fremde Intimsphären einzudringen. Grünsteidl lief ihm durch den endlos langen Flur voraus. Auf dem Boden lagen fadenscheinige Teppiche. Alle Türen zu den Zimmern waren geschlossen. Der Mann, der etwa Mitte dreißig sein musste und etwas Gelehrtes, zumindest Oberlehrerhaftes ausstrahlte, führte ihn ins Wohnzimmer. Hier war es heller, die Sonne schien durch halbwegs saubere Gardinen. Grünsteidl wies auf einen runden Esstisch, auf dem eine geklöppelte, cremefarbene Spitzendecke lag.

„Bitte nehmen Sie Platz."

Alfred setzte sich.

„Kaffee?"

Alfred schüttelte den Kopf. Grünsteidl blieb stehen.

„Herr Grünsteidl, Sie haben auf unsere Schreiben vom Oktober, Jänner und März nicht reagiert. Sie wohnen mittlerweile widerrechtlich in dieser Wohnung."

„Widerrechtlich? Aber hier haben schon meine Eltern und meine Großeltern gelebt." Grünsteidl begann, den Tisch zu umkreisen. „Das heißt, meine Großeltern sind ja damals gezwungen worden auszuziehen, aber nach dem Krieg sind sie zurückgekommen."

„Und jetzt wohnen Sie hier ganz alleine?"

„Seit meine Eltern ins Altersheim ziehen mussten."

„Trotzdem möchte ich Sie dringend bitten, bis nächsten Montag die Räumlichkeiten zu verlassen, sonst muss ich mit der Polizei wiederkommen."

Grünsteidl grinste. Jetzt wirkte er wie ein Raubtier, das seine Beute umkreiste.

„Glaub ich kaum, Herr Brinkmann. Meine Familie hat mit den Eigentümern dieses Hauses vor vielen Jahren einen Vertrag abgeschlossen, dass wir hier ein Leben lang wohnen können."

„Ja, Ihre Eltern und Großeltern vielleicht ..."

„Und dieses Recht haben sie auf mich übertragen."

„Aber die Besitzer haben gewechselt, Herr Grünsteidl. Seit letztem Jahr gehört das Haus der Pokorny'schen Liegenschaftsgesellschaft, und die wird das Haus entkernen und umbauen. Deshalb müssen alle Mieter ausziehen. Vorübergehend zumindest."

„Und danach kosten die Wohnungen das Vierfache!" Der Mann blieb endlich stehen und sah Alfred erbost an.

„Das wird die marktübliche Miete sein, Herr Grünsteidl. Aber wahrscheinlich werden das sowieso Eigentumswohnungen."

„Meine nicht!", rief Grünsteidl.

Alfred seufzte.

„Ihre auch, Herr Grünsteidl. Sie müssen raus, es bleibt Ihnen nichts anderes übrig. Wir werden sicher etwas anderes für Sie finden."

Friedrich hatte etwas von undurchsichtiger Rechtslage gemurmelt, als er Alfred die Räumung des Hauses übertragen hatte. Deshalb sollte Alfred dafür sorgen, dass die Mieter „freiwillig" auszögen. Aber wie sollte Alfred das anstellen? Eine Bande georgischer Schläger vorbeischicken? Alfred kannte keine Georgier. Die musikalische Lösung erschien ihm eleganter. So schwerhörig konnte die alte Dame gar nicht sein, dass sie das Geschrammel auf verstimmten Gitarren ignorieren würde. Diesen Grünsteidl würden die Mädels der Death-Metal-Combo weichkochen. Die würden direkt neben seinem Schlafzimmer proben. Immer das gleiche Riff. Sie hatten Alfred versprochen, das täglich zu tun, überwiegend in den Abendstunden.

Befriedigt beschloss Alfred, die Sprechstunde zu beenden und zu einem frühen Mittagessen überzugehen. Dafür brauchte er nicht einmal die Lokalität zu wechseln. Er bestellte ein Gulasch.

„Ein Rindsgulasch, der Herr? Groß? Aber gern!" Der schwarz livrierte Kellner strahlte ihn an, als hätte ihm Alfred mit der Bestellung einen persönlichen Gefallen getan. Wenig später kam die Saaldienerin herangeeilt, so nannte man die wohl, zumindest hatte das in Berlin so geheißen, eine adrette, etwas blasse junge Frau in weißer Bluse, um ihm Serviette und Besteck hinzulegen.

Als das Gulasch im rotbraunen Saft vor ihm dampfte, ließ Alfred seine Gabel in das faserige, weiche Fleisch gleiten. Ja, so und nicht anders musste ein Gulasch schmecken. Genauso viel Zwiebeln wie Fleisch. Ein bisschen Majoran, Knoblauch, viel Paprika. Die Zwiebeln und das Fleisch in Butterschmalz anbraten und mit einem burgenländischen Rotwein ablöschen. Darüber müsste er bei Gelegenheit mal etwas schreiben.

Es war doch eine gute Idee gewesen, sich von Cordulas Vater an die Donau locken zu lassen. „Ich brauche jemanden in Wien, dem ich vertrauen kann, Alfred", hatte Friedrich von Pokorny in seinem holzvertäfelten Büro am Kurfürstendamm in Berlin erklärt.

Cordula umschrieb Alfreds Position mit „Frühstücksdirektor": „Du gehst vormittags ein paar Stunden ins Büro, schaust, dass alle machen, was sie sollen, und setzt dich anschließend ins Kaffeehaus, um mittagzuessen." Genau, dachte Alfred, und da sitze ich jetzt und gehe meinen Geschäften nach, was immer das für Geschäfte sein sollen.

Alfred schaufelte sich schwungvoll einen kräftigen Bissen Gulasch auf die Gabel. Als er diese zum Mund führen wollte, tropfte ihm die Hälfte auf die Hose. Fluchend tupfte er mit der Serviette auf dem Fleck herum und rieb so die rote Sauce noch tiefer in den Stoff. Dabei hatte er gestern doch gar nicht so viel getrunken.

„Hat's gschmeckt, der Herr?" Der Livrierte stand wieder vor ihm.

Alfred nickte.

„Noch an Wunsch, der Herr?"

„Eine Melange, bitte", murmelte Alfred.

„Eine Melange, bitte sehr, bitte gleich!" Der Kellner eilte mit wehenden Rockschößen davon.

Und da schimpfen die deutschen Touristen immer auf die unfreundlichen Kellner in Wien, dachte Alfred. Man muss eben wissen, wo man hingeht und wie man auftritt. Wer in einem Wiener Kaffeehaus „ein Kännchen Kaffee" bestellt, wird nie eine Melange bekommen. Und es kam auf die richtige Betonung an: Der Wiener sagt Kafféé – und nicht wie der Deutsche Káffe. Und er meint damit einen kleinen Mocca. Wer etwas Größeres bekommen möchte, bestellt eben eine Melange. Oder einen Verlängerten. Oder einen Vierspänner. Oder ...

Als der Kellner schwungvoll die Melange vor ihm platzierte, betrachtete Alfred wohlgefällig die perfekt geformte Milchschaumkrone und das obligate kleine Glas Wasser mit dem umgedrehten Kaffeelöffel quer darüber. Da fiel ihm ein, dass er noch einen Termin mit Richard Blumenauer ausmachen musste. Alfred blickte auf sein Handy und beschloss, den Anruf auf später zu verschieben. Lieber holte er sich ein paar Zeitungen. Am Zeitungstisch wühlte er sich durch etwa dreißig Blätter, die im Hummel angeboten wurden. Das Berliner Abendblatt hielt er nur kurz in der Hand und legte es dann auf den Stapel zurück.

Alfred musste zugeben, dass er froh gewesen war, von diesem Berliner Intrigantenstadel weggekommen zu sein. Er musste an keinen Redaktionssitzungen mehr teilnehmen, die jeden Morgen zum Schaulaufen der Eitelkeiten gerieten. Er musste sich nicht mehr mit dem Anzeigenleiter darüber streiten, welches Lokal er besprechen sollte, weil Lokal A oder Hotel B vorhatte, eine Anzeige zu schalten. „Und bitte keine Ihrer berühmten Sottisen, Herr Brinkmann, das mögen vielleicht unsere Leser, aber nicht unsere Anzeigenkunden." Er musste vor allem nicht mehrmals in der Woche in mittelmäßigen Lokalen speisen. In Wien waren die Lokale selten mittelmäßig. Alfred fraß sich seit mehr als einem Jahr mehr oder weniger systematisch durch die hiesigen Küchen. Und das tat er freiwillig. Vielleicht wurde daraus mal ein Buch. Vielleicht auch nicht. Darauf kam es nicht mehr an.

Alfred bestellte zur Krönung noch einen warmen Milchrahmstrudel mit Vanillesauce und las sich genüsslich weiter durch die Tages- und Wochenpresse.

„Alfredito! Schon wieder fleißig?"

„Guten Morgen, Cordula." Alfred ließ seine Zeitung sinken. Seine Frau wirkte wie immer wie aus dem Ei gepellt. „Man sieht dir die Aufregungen der letzten Nacht nicht an."

„Danke. Dir leider schon", lachte Cordula. „Hast du heute schon geduscht?"

„Im Gegensatz zu dir durfte ich nicht ausschlafen. Hatte doch diesen Termin mit meinen Musikern."

„Dafür bist du immerhin passend gekleidet."

Alfred blickte an sich herunter: Seine Jeans sahen wie immer stilvoll zerrissen aus, sein Hemd war ungebügelt. Dafür leuchtete es knallig gelb. Er hatte in der Früh keine Lust auf Anzüge gehabt, wozu auch, es stand keine Begegnung mit seinem Schwiegervater zu befürchten. Allerdings hatte Alfred vergessen, sich zu kämmen, wie ihm ein Blick in den Spiegel verriet, der in ihrer Sitzecke an der Wand hing. Er fuhr sich mit der linken Hand durch die Haare, doch das von seinem Hinterkopf abstehende Büschel wollte sich nicht legen.

Cordula setzte sich neben Alfred auf die gepolsterte Bank. Schon stand der Livrierte neben ihr, angesichts ihrer strahlenden Blondheit war er kurz davor, sich vor Galanterie zu überschlagen.

„An Kaffeee, die Daaame?"

„Ach ja, bitte, einen Verlängerten mit einem Schuss Milch, ohne Zucker."

„An Verlängerten braun, bittschön, die Dame."

Schon war er wieder weg. Hätte nur noch ein „G'schamster Diener!" gefehlt, dachte Alfred.

Cordula griff sich eine von Alfreds Tageszeitungen und blätterte darin herum. „Schon wieder ein Fall von Polizeiübergriffen in Wien", murmelte sie. „Wieder gegen Ausländer. Ein Nigerianer soll im Stadtpark von Polizisten schwer verprügelt worden sein."

Alfred zuckte mit den Achseln.

Cordula blickte ihn an: „Mehr hast du dazu nicht zu sagen?"

„Welche Zeitung liest du?"

Cordula hob sie.

„Ach so, der Morgenkurier. Na, die werden gerade eine Kampagne gegen die Polizei reiten. Wahrscheinlich wollte sich der Polizeipräsident nicht mit dem Herausgeber auf ein Achterl und ein Hintergrundgespräch treffen."

„Und du meinst, die denken sich das aus? Hier ist aber ein Bild von dem Opfer, sieht übel aus."

„Photoshop macht vieles möglich."

„Dein Zynismus geht mir auf den Zeiger", murmelte Cordula.

Alfred lachte. „Vielleicht solltest du lieber die Klatschseiten lesen. Das verdirbt dir nicht die Laune."

„Hast du eine Ahnung", brummte Cordula.

Alfred grinste. Er wusste nur zu gut, dass Cordula meinte, die Klatschspalten besonders intensiv lesen zu müssen, aus „beruflichen Gründen". Deswegen hatte sie am Vorabend auch auf dieser dämlichen Party im höchsten Gebäude Wiens antanzen müssen, dem Einweihungsfest des Baric Tower. Die Tochter des Hauses war mit Cordula befreundet. Und zufällig auch einer der wichtigsten Sponsoren ihres Museums.

„Erinnerst du dich an unsere Irrfahrt durch die Wiener Altstadtgassen, als wir dieses Weinlokal suchten?", fragte Alfred in versöhnlicherem Ton.

„Über das du was schreiben wolltest?" Cordula lächelte.

„Du konntest wie immer den Stadtplan nicht richtig lesen", sagte Alfred.

Cordula warf ihrem Mann einen genervten Blick zu. „Andere haben längst eine Navi in ihrem Auto."

„Wird für meinen alten Saab leider nicht angeboten."

„Ach, Ausreden. Kein Mensch, nicht einmal ein Mann, kann auf diesen winzigen Stadtplänen, noch dazu im Dunkeln, erkennen, in welche Richtung diese Gassen Einbahnen sind."

„Und Einbahnen sind sie alle", seufzte Alfred.

„Am Ende bist du einfach gegen die vorgeschriebene Fahrtrichtung am Lokal vorgefahren."

„Wo wir prompt von einer Polizeistreife in Empfang genommen wurden."

Cordula lachte. „Ich habe mit den Wimpern geklimpert und meine blonde Mähne geschüttelt. Und du hast den Polizisten vollgelabert, wie schrecklich das sei, zum ersten Mal mit dem Auto in einer fremden Stadt und überall diese Einbahnstraßen. Bis der arme

Mann dachte, schafft mir bloß den blöden Piefke vom Hals, und uns laufen ließ."

„Das ist das Schöne an der hiesigen Polizei. Sie lässt mit sich reden. Man darf deinen Landsleuten nur nicht von oben herab kommen."

„Man darf nur kein Neger sein", sagte Cordula.

„Oder sich mit dem Morgenkurier anlegen", sagte Alfred.

Dann wandte er sich wieder seinen Zeitungen zu, zu denen bewusst nicht der Morgenkurier gehörte, Österreichs führendes Boulevardblatt. Wenn er hin und wieder aufblickte, erwischte er fast immer seine Frau dabei, wie sie sich nach irgendwelchen Bekannten umsah. Immerhin war sie hier zur Schule gegangen. Und sie hatte an der Wiener Akademie der Bildenden Künste studiert, bevor sie an die Akademie in Berlin wechselte, weil dort irgendeine Koryphäe für Videokunst lehrte. Für sie bedeutete der Umzug nach Wien auch eine Rückkehr. Ihre Mutter war eine geborene Wienerin. Über sie waren die k.u.k.-Besitztümer ins Familienimperium der Pokornys gekommen, zu deren Verwaltung Alfred jetzt beitragen durfte.

Wieder fiel Alfred auf, wie dünn Cordula geworden war. Sie hatte seit ihrem Umzug vor eineinhalb Jahren mindestens zehn Kilo abgenommen. Sie arbeitete auch Tag und Nacht. Schon erstaunlich, was in seiner zierlichen Frau schlummerte. Quasi über Nacht war aus einer wenig bis nichts verdienenden Video- und Installationskünstlerin eine erfolgreiche Kunstmanagerin geworden, die sich auf dem glatten Parkett der Wiener Bussi-Gesellschaft bewegte, als hätte sie nie etwas anderes gemacht. Noblesse oblige, würde Friedrich Graf von Pokorny sagen. Schon lange war keine Rede mehr vom Kunstmachen. Jetzt ging es nur noch ums Kunstvermarkten.

Aber gehörten Essstörungen wirklich zum weiblichen Jetset? In letzter Zeit schwor Codula mal wieder auf Trennkost – oder war es Rohkost? Oder eine Verbindung von beidem? Auf alle Fälle kaufte sie unentwegt sündteure Nahrungsergänzungsmittel in vielen bunten Farben. Und wollte auch Alfred von der traditionellen österreichischen Küche abbringen. Viel zu viel Fett und Kohlenhydrate! Lebensgefährlich und völlig unmodern! Transfette waren der Feind. Weil die angeblich die Arterien verklebten. Doch Alfred blieb standhaft. So konnte zumindest er sein Gewicht halten ... Er grinste und wollte gerade seiner Frau einen dicken, feuchten Kuss auf die leicht gepuderte Wange geben, als ihr Handy klingelte.

„Pokorny ... Ach, du bist es, Barbara ... Nein, nein, du störst überhaupt nicht ... Barbara? ... Was ist denn los ... Beruhige dich doch ... Alfred? Ja, der sitzt neben mir ... Okay, wir kommen gleich vorbei ... Ciao."

Alfred sah seine Frau fragend an.

„Barbara. Sie ist völlig fertig, steht kurz vor einem Nervenzusammenbruch und bittet uns vorbeizukommen."

„Wäre es nicht besser, du erledigst das alleine, unter Freundinnen?" Alfred hatte überhaupt keine Lust auf Frauen kurz vor einem Nervenzusammenbruch. Und schon gar nicht bei Barbara Baric, dieser etwas überkandidelten Tochter eines stadtbekannten Baulöwen, die alle nur „BB" nannten.

„Sie hat ausdrücklich nach dir gefragt. Ober, zahlen!", rief Cordula. Sie schlüpfte in ihre hellbeigen Handschuhe, die ihr Alfred bei ihrem letzten Besuch in Venedig geschenkt hatte.

„Jetzt zeig mal, dass du auch ein Gentleman sein kannst, Alfred!", sagte sie. „Letzte Nacht hat das ja nicht so geklappt."

Im Taxi überlegte Alfred, warum die Erbin der Baric Bau ausgerechnet ihn sehen wollte. Und was Cordula mit ihrer letzten Bemerkung gemeint haben könnte. Er kannte Barbara Baric eigentlich kaum. Cordula hatte mit ihr gemeinsam studiert. Er hatte gestern am Büffet mit ihr ein paar Floskeln ausgetauscht. Ihr ein Kompliment gemacht für ihren extravaganten Hosenanzug. Sie hatte ihm sofort die Designerin genannt, die er allerdings nicht gekannt hatte. Damit war ihr Gespräch beendet gewesen. Alfred hatte sich auf die Aussichtsterrasse verzogen, obwohl da draußen ein kalter Wind blies. Aber der Blick auf die Donau tief unter ihm war ihm lieber gewesen als weitere Wortwechsel mit Mitgliedern der Wiener Prominenz.

Die Eskapaden der Familie Baric kannte er zur Genüge aus den „Seitenblicken", dieser Sendung kurz nach den Abendnachrichten, die zu Cordulas Pflichtterminen gehörte, weil in ihr lauter wichtige Persönlichkeiten auftraten. Zumindest Cordula amüsierte sich über die regelmäßigen Auftritte der Barics: Der Vater mimte den Baulöwen, der sich von bedeutend jüngeren Frauen umringen lässt. Eine Gattin schien es nicht zu geben. Die Tochter gab die Frau von Welt mit Kunststudium in Wien, Architekturstudium in London und vielen ambitionierten Ideen für die Stadt. Barbara Barics Markenzeichen waren riesige Creolen, die an ihren Ohren baumelten. Und ihr bisweilen ans Schrille grenzender Bekleidungsstil.

„Für die Barics war das gestern ein wichtiger Abend", sagte Cordula, als sie sich dem Schwedenplatz näherten.

„Ich weiß. Für dich auch", seufzte Alfred. Sie hatten sich auf dem Heimweg ein wenig gestritten, weil

Cordula fand, Alfred habe sich allzu auffällig vom Partygeschehen zurückgezogen.

„Leider hat er in einem peinlichen Fiasko geendet", setzte er hinzu. „Für das ich nun aber wirklich nichts konnte."

Barbara Baric wohnte in einem üppigen Jugendstilbau. Die Haustür war ein verschlungenes schmiedeeisernes Kunstwerk und so schwer, dass Alfred sie kaum aufstemmen konnte.

„Ich bin beeindruckt", murmelte er.

„Warte, bis du die Wohnung siehst", flüsterte Cordula.

„Warum flüsterst du?", fragte Alfred.

In den sechsten Stock beförderte sie ein altertümlicher Fahrstuhl. Oben wurden sie an der Wohnungstür von der Hausherrin empfangen. Sie sah gar nicht gut aus. Rote Augen, verschmiertes Make-up, zerraufte Haare, als wäre sie verprügelt worden. Sie trug einen schlabberigen Hausanzug. Gott sei Dank war niemand von den „Seitenblicken" zugegen, dachte Alfred.

Matt winkte sie ihre Gäste in die Wohnung und führte sie über eine kleine Treppe in ein mindestens vierzig Quadratmeter großes Wohnzimmer, in das die Mittagssonne durch eine gläserne Kuppel und riesige Fenster schien.

„Wollt ihr was trinken? Something to drink?"

Cordula sagte: „Tee wäre jetzt wohl das Richtige. Ich mach uns schnell einen."

Barbara nickte: „A cup of tea. Du kennst dich ja aus."

Cordula verschwand in der Küche.

„Nimm Platz, Alfred", sagte Barbara und wies auf eine riesige orangebraune Sofalandschaft. „Ich darf doch ‚du' sagen?" Sie versuchte ein Lächeln.

„Natürlich", murmelte Alfred.

Sie setzten sich.

Schweigen.

„Schön, dass du mitgekommen bist", sagte BB.

Erneutes Schweigen.

„Toll", sagte Alfred.

„Was?"

Er wies auf die Kuppel mehrere Meter über ihren Köpfen.

„Das war der Grund, warum ich mir diese Wohnung vor zwei Jahren gekauft habe. Ain't it phantastic?"

Schweigen. Alfred überlegte, ob er auch etwas auf Englisch sagen sollte.

Endlich erschien Cordula, ein Tablett mit drei Tassen und einer Teekanne balancierend. Kanne und Tassen sahen teuer und alt aus.

Barbara nippte seufzend an ihrer Tasse. „Den Auftritt von Papa habt ihr ja mitbekommen."

Alfred musste grinsen. „Dein ‚Wie geht der Scheiß hier an?' über das bereits eingeschaltete Mikro war sehr schön."

Barbara lächelte matt. „Ich musste endlich in die Offensive gehen. Meine Ankündigung, Ferdl zu heiraten, sollte ein Befreiungsschlag sein."

„Der damit endete, dass dein Vater auf die Bühne stürmte und deinem Verlobten mit der Faust ins Gesicht schlug", sagte Alfred. „Was hat dein Vater gegen Ferdinand Wagner?"

„Beton-Willy, der König der Billigbauweise, trifft auf den Shootingstar der Avantgarde", sagte Barbara. „Außerdem habe ich mit Ferdl vor einigen Monaten die Frischbau gegründet. Sozusagen unser Seitenprojekt. Für extravagante Bauprojekte. Darin sieht mein Vater einen Affront. What would you expect?"

„Die Frischbau steckt auch hinter diesem aufsehenerregenden Wohnprojekt in Ottakring", erklärte Cordula Alfred. „Dass, mit dem Swimmingpool auf dem Dach, begrünter Fassade und Wohnungen mit variablen Grundrissen."

Barbara nickte: „Das sich leider nur schleppend verkauft. Vielleicht wollen die Wiener keine variablen Grundrisse? Vielleicht sind sie zu faul zum Mitdenken?"

Sie stand auf und starrte aus den riesigen Fenstern, die einen phänomenalen Panoramablick auf den Schwedenplatz, den Donaukanal und die Leopoldstadt bis zur Neuen und Alten Donau boten. Von hier konnte man auch den Baric Tower auf der anderen Seite der Donau gut erkennen.

„Ich habe den Fehler gemacht, Ferdl heute morgen von meinem Treffen mit dem Revolvermann in der Blutgasse zu erzählen", sagte sie.

„Revolvermann?" Cordula hätte sich fast an ihrem Tee verschluckt.

Barbara berichtete in knappen Worten von einem Mann im Ledermantel, der aussah wie der Golem.

„Das war nicht das erste Mal", sagte sie.

„Dass jemand eine Waffe auf dich richtet?", fragte Cordula.

„Dass mich jemand beobachtet, verfolgt, belästigt. Das erste Mal ist mir ein Mann auf dem Nachhauseweg vom Büro gefolgt." Barbaras Stimme zitterte, sie schluckte und machte eine Pause. „Zumindest kam es mir so vor."

Jetzt lief sie durch das riesige Zimmer und fuchtelte mit ihren manikürten Händen in der Luft herum.

„Dann bemerkte ich jemanden, der mich nach einem Konzert im Musikverein beobachtete. Als ich ihn meinem Begleiter, dem Petric von den Grünen, ihr wisst schon, zeigen wollte, war er verschwunden." Sie blieb vor ihnen stehen. „Beide Male kam es mir vor, als sei es derselbe Mann gewesen, nur irgendwie verkleidet. Mittlerweile glaube ich, den ständig irgendwo zu sehen. Hinter mir an der Supermarktkasse, vor mir in der Trafik, zwei Tische weiter im Restaurant. Manchmal trägt er einen falschen Schnurrbart, manchmal eine Perücke mit schwarzen Locken, manchmal ist er blond."

„Vielleicht ein Fan von dir", murmelte Alfred.

„Der Barbara mit einer Pistole bedroht?", fragte Cordula.

„Lennon haben sie vor seiner Haustür erschossen. Einfach so, um auch berühmt zu werden."

„Na prima", sagte Cordula. „Du machst Barbara ja richtig Mut."

Die starrte wieder aus dem Fenster.

„Warst du bei der Polizei?", fragte Cordula.

„Nein. Es ist ja nie irgendwas passiert."

„Also wenn ich mir vorstelle, nachts versteckt hinter stinkenden Mülltonnen zu hocken, weil draußen auf der Gasse jemand eine Waffe auf mich richtet ... Das ist wirklich zum Fürchten." Cordula schüttelte sich.

„Darum geht es wahrscheinlich", murmelte Alfred. „Barbara soll Angst bekommen."

„Warum?", fragte Cordula.

„Keine Ahnung", sagte Alfred.

„Ich könnte mir schon einen Grund vorstellen", sagte BB. „Mein Vater, die Firma, der Aufsichtsrat, Managing Board." Ratlose Blicke. „Der Aufsichtsrat will meinen Vater absetzen, in den Ruhestand schicken."

„Kann er das denn?", fragte Alfred.

„Ja. Vor allem, wenn ich zustimme."

„Und, würdest du?"

„Liebend gerne. Er kann nicht loslassen. Und traut mir nicht zu, die Firma zu führen. Man könnte ja die Frischbau in die Baric Bau integrieren. Würde der Baric Bau nur gut tun. Ferdl hält das alles für Hirngespinste, ich soll mich nicht so wichtig nehmen, sagt er. Oder endlich zur Polizei gehen. Als ich mich heute Morgen erneut weigerte, ist er wutschnaubend davongerannt."

„Typisch Mann", sagte Cordula. „Schnell mit klugen Ratschlägen zur Seite, und wenn die nicht sofort angenommen werden, sind sie beleidigt."

„Dann kam dieser Anruf", sagte BB. „Vor einer Stunde."

Barbara setzte sich zu ihrer Freundin auf das orange Sofa und brach in Tränen aus. Die nahm sie vorsichtig in die Arme und blickte dabei ihren Ehemann über Barbaras Schulter etwas ratlos an.

„Jemand drohte mir, mich zu ermorden", schluchzte Barbara. „Außerdem beschimpfte er mich als blöde Zicke."

„Deswegen bringt man niemanden um", brummte Alfred.

„Ich komme mir langsam vor wie in einem Film von Hitchcock", schluchzte BB und schnäuzte sich in das Taschentuch, das ihr Cordula reichte. „Gestern wären wir fast mit dem Fahrstuhl abgestürzt. Nachdem die letzten Gäste gegangen waren, fuhren Ferdl und ich hinunter. Zwischen dem 20. und 19. Stockwerk blieben wir stecken. Das Licht ging aus, der Alarmknopf funktionierte nicht, unsere Handys auch nicht. Um uns herum Tonnen von Beton."

„Na servus", sagte Alfred.

„Nach zehn Minuten sackten wir plötzlich ab. Drei Stockwerke weiter unten blieben wir wieder stecken. Durch eine Luke im Dach der Fahrstuhlkabine sind wir im Dunkeln raus und über eine Nottür ins Treppenhaus geklettert."

„Und das hält Ferdl auch für Einbildung?", fragte Cordula.

„Unfall. Pech. Technische Panne, you name it. Schließlich ist der Tower noch nicht ganz fertig. Bis auf unser Penthouse steht noch alles leer."

Barbara schwieg einen Moment. Dann fragte sie: „Was haltet ihr von Prosecco? Ich brauch jetzt was Stärkeres als Tee."

„Gute Idee", rief Cordula. „Könnte den Restkater vertreiben. Was, Alfred?"

Frauen, die Prosecco trinken, dachte Alfred. Sind das die Guten oder die Bösen?

Als Barbara in der Küche herumkramte, sagte Cordula zu Alfred: „Also, ich an ihrer Stelle würde schnurstracks zur Polizei gehen."

„Ich auch", sagte Alfred.

„Du bist eben keine prominente Erbtochter, Cordula", rief BB, mit einer Flasche und drei Gläsern zurückkehrend.

Oh doch, dachte Alfred. Allerdings stand die Nachfolgefrage im Pokorny'schen Familienkonzern noch lange nicht auf der Tagesordnung. Aber wenn Cordula in dem Tempo weitermachte, wäre sie auch bald so prominent wie BB. Man würde sie „die Pokorny" nennen. Oder „Gräfin".

„Ich bin bald die Chefin eines börsennotierten Unternehmens, das im Jahr rund eine Milliarde Umsatz macht", sagte Barbara. „Und stehe trotzdem kurz vor der Insolvenz."

„Geht es euch so schlecht?", fragte Cordula.

„Habe wohl zu viel in arme Künstler investiert." BB schenkte ihnen ein. „Mit Papas Preisdrückerei kommen wir jedenfalls nicht mehr weiter. Mit dem Baric Tower, Papas idiotischem Prestigeprojekt, haben wir uns völlig übernommen."

„Da würde ein in aller Öffentlichkeit ausgetragener Rosenkrieg im Hause Baric nicht gerade nützen", sagte Alfred.

„Deshalb war Papas Auftritt letzte Nacht umso depperter", rief BB. „Aber er war viel zu besoffen, um das zu checken. Ich traue ihm zu, dass er hinter all dem steckt."

„Was? Das war dein Vater vorhin am Telefon?", fragte Alfred. Cordula rollte mit den Augen. Manchmal war ihr Mann ein wenig zu albern, besonders in Gesellschaft. Was Alfred genau wusste und womit er sie gerne provozierte. Außerdem war er noch nicht wirklich überzeugt von dem Auftritt der verfolgten armen Tochter aus reichem Hause.

Barbara schüttelte den Kopf. „Keine Ahnung, wer das war, wie ein Scherz hörte es sich jedenfalls nicht an. Die wollen mich verunsichern, unter Druck setzen, beweisen, dass ich nicht die Nerven habe, ein Unternehmen wie die Baric Bau zu führen. Das ist mir jetzt klargeworden."

„Wer ist ‚die'?", fragte Alfred.

„Mein Vater und seine Buberlpartie. Die wollen so weitermachen wie in den letzten Jahrzehnten, ihre Machtspielchen spielen, Monopoly und Fang den Hut mit Stadtverwaltung und Konkurrenten."

Die Maisonne schien durch die Glaskuppel. Ihre Strahlen brachen sich in der ausladenden, avantgardistisch verformten Kristallschale auf dem Couchtisch.

„Warum wolltest du, dass ich mir das alles anhöre, Barbara?", fragte Alfred.

„Cordula hat mir davon erzählt, wie du dich in Berlin als Detektiv betätigt und den Tod deines Vorgängers bei deiner Zeitung aufgeklärt hast."

Alfred machte eine abschätzige Handbewegung.

„Sei nicht so bescheiden, Alfred!", sagte Cordula. „Immerhin hat man uns entführt und du hast uns befreit. Anschließend haben wir uns sogar eine wilde Verfolgungsjagd mit diesen Verbrechern geliefert."

„Und hat man nicht auf dich geschossen?", fragte Barbara.

Alfred seufzte: „Erst hat mich die Polizei verdächtigt, dann benutzte sie mich als Lockvogel ..."

„Denkst du, du könntest meinem Vater auf den Zahn fühlen, ohne dass er Verdacht schöpft? Vielleicht kannst du mich auch ab und zu mal begleiten? Vier Augen sehen mehr als zwei. Und ich hätte endlich einen Zeugen, der beweist, dass ich nicht spinne."

„Als dein Leibwächter?" Alfred kratzte sich am Kopf. „Ich Kevin Costner, du Whitney Houston?"

„So ungefähr", lachte BB.

„Und was meint wohl der liebe Ferdl dazu, wenn ich nicht mehr von deiner Seite weiche? Heuere lieber einen Privatschnüffler an, der kennt sich mit so was besser aus."

„Der liebe Ferdl hat dazu gar nichts zu meinen. Vorläufig. Und einem Privatdetektiv traue ich nicht. Dazu bin ich in Wien zu prominent. Der verkauft die Story sofort an die Presse. Ich kenne außer dir niemanden, dem ich in dieser Sache wirklich vertrauen könnte."

BB lächelte Alfred strahlend an.

Cordula hob ihr Glas: „Auf Alfred, unseren Meisterschnüffler!"

Alfred schüttelte den Kopf. Er hatte keine Lust, sich mit der Wiener Baumafia anzulegen, und wollte auch niemandem „auf den Zahn fühlen", schon gar nicht diesem Beton-Willy. Er wollte wieder zurück ins Kaffeehaus. Aber zwei ausgesprochen gutaussehende Frauen blickten ihn erwartungsfroh an.

Sie schreckt hoch. Sitzt aufrecht im Bett. Ist da was? Sie lauscht. Nur der Wecker tickt neben ihr auf dem Nachttisch. Ein altmodisches Ungetüm, das sie auf dem Flohmarkt an der Portobello Road gekauft hat. Seine Blechzeiger zeigen zehn nach drei. In the Wee Small Hours. Sinatra hat sie immer gerne gehört.

Der Mond verbreitet sein bleiches Licht durch die geschlossenen Terrassentüren. Da klappert etwas im Wohnzimmer einen Halbstock tiefer. Sigi auf nächtlichem Raubzug. Erleichtert lässt sie sich wieder zurück in ihre Kissen sinken.

Dann grübelt sie: Normalerweise treibt sich ihr nachtaktiver Kater draußen auf dem Dach herum. Oft die ganze Nacht. Ins Wohnzimmer kommt er nur tagsüber, um in der Sonne zu dösen. Ihr Vater fällt ihr ein und das seltsame Verhalten Franz Fuhrmanns, des Finanzvorstands, Vaters rechte Hand seit Jahrzehnten. Fuhrmanns servile Hilfsbereitschaft, als sie aus London zurückgekehrt war, als er ihr alles erklärte, auch einige unsaubere Details der Firmengeschichte. Doch seine anfängliche Hilfsbereitschaft hat sich in den letzten Monaten in kühle Reserviertheit verwandelt. Hat sie einen weiteren Verbündeten in der Firma verloren? Beton-Willy formiert seine Reihen ...

Der Wecker tickt. Viertel vier. An Schlafen ist nicht mehr zu denken.

Wieder rumpelt etwas im Wohnzimmer. Es hört sich an, als sei der Aschenbecher vom Couchtisch aufs Parkett gefallen. Der Aschenbecher ist aus Stein und wiegt mehr als zwei Kilo. Das kann unmöglich Sigi gewesen sein.

Ihre erste Reaktion ist, sich die Decke bis über die Nase zu ziehen und so zu tun, als sei nichts gewesen. Aber das ist einer aufstrebenden Jungunternehmerin nicht würdig, die sich aufgemacht hat, die patriarchale Bauwirtschaft Wiens aufzumischen. Sie lässt die Decke unten.

Die zweite Idee wäre, mutig aufzustehen – und die Schlafzimmertür von innen zu verriegeln. Als sie an der Tür steht, kann sie keinen Schlüssel im Schloss finden. Sie hat noch nie das Bedürfnis verspürt, ihre Schlafzimmertür zu versperren. Keine Kinder und keine Mitbewohner, die ihre Intimität stören könnten. Die Männer, die sie in ihre Wohnung lässt, sollen ihr Schlafzimmer durchaus betreten. Aber damit war Schluss, seit sie Ferdl kennengelernt hat, den bestaussehendsten Architekten, der ihr jemals über den Weg gelaufen ist. Der könnte nicht nur endlich Konstanz in ihr chaotisches Liebesleben bringen, der würde auch der Firma gut tun. Ihrer gemeinsamen Firma. Mit der sie der Baric Bau Konkurrenz machen wollten. Aber nach dem Streit gestern sieht es damit erst mal schlecht aus. Ach was, der wird sich schon wieder einkriegen. Schließlich ist sie eine gute Partie. Noch sind sie nicht wirklich pleite. Wenn sie die Ausschreibung für den Ostbahnhof gewinnt, kann Willy seinen Laden behalten, und sie startet mit Frischbau durch. Und mit Ferdl wird sie gewinnen. Selbst wenn ihr Vater wie angekündigt tatsächlich mit einem anderen Architekten gegen sie antritt. Willy, Franz, Ferdl. Jetzt müsste Alfred hier sein. Aber das würde wohl doch zu weit gehen. Obwohl der Berliner nicht schlecht aussieht. Etwas schlaksig, aber das macht ihn nur noch charmanter. Und witzig ist er auch noch. Mit seiner Frisur müsste man etwas machen. Diese halblangen Haare sind weder Fisch noch Fleisch. Immerhin, auf seine Garderobe scheint er zu achten. War das ein Anzug von Paul Smith, den er anhatte, als er sie zu dem Treffen bei Fabios begleitete? Ihre Gedanken rasen.

Sie lauscht hinunter in die Dunkelheit des Wohnzimmers, das am Ende einer kleinen Treppe liegt. Wieder alles still. Hat sie sich das Geräusch eingebildet? Ist sie eingenickt und hat von fallenden Aschenbechern geträumt? Und attraktiven Leibwächtern? Unwillig schüttelt sie den Kopf. Jetzt fängt sie auch schon an. Sie bildet sich nichts ein. Sie hat etwas gehört. Und jetzt geht sie nachsehen. Sie muss Gewissheit haben. Sonst wird das nichts mehr mit der Nachtruhe. Schließlich galt sie schon in der Schule als Tomboy. Als Mädchen, das auf Bäume klettert und vom Zehn-Meter-Brett springt. Feigheit hat ihr noch niemand vorwerfen können. Und ihre Angst, als sie ganz allein oben auf dem Sprungturm stand und unten alle Jungs gröhlten: „Spring, Barbara! Spring!“ konnte ja niemand sehen.

Sie tritt in die kleine Diele. Durch die Glaskuppel scheint auch hier der blasse Mond. Die Treppe und die Einrichtung des Wohnzimmers sind nur schemenhaft zu erkennen. Sie macht Licht. Tatsächlich, neben dem Tisch liegt der Aschenbecher auf dem Boden. Unbeschädigt. Ferdls Zigarettenkippen daneben. „Sigi?“, ruft sie leise. Natürlich, von Sigi keine Spur. Wieder lauscht sie. Ist da jemand in der Küche? Oder im Arbeitszimmer? Im Flur?

Vorsichtig tappt sie barfuß die Stufen hinunter. Mit einer Hand streift sie an der rauen, unverputzten Wand entlang. Sie fühlte sich kühl an. Sie sollte sich einen Revolver besorgen. Oder eine Alarmanlage. Offenbar ist man selbst im sechsten Stock mitten in Wien nicht mehr sicher. BB hebt den Aschenbecher auf und stellt ihn auf den Tisch zurück. Die Schranktür neben dem Fernseher steht offen. Aus diesem Schrank hat sie seit Wochen nichts mehr genommen, hier bewahrt sie nur Tischdecken und selten benütztes Geschirr auf. Oder hat Bianca die Tür offen gelassen? Barbara kommt sich plötzlich schrecklich verloren und einsam vor, wie sie auf die von ihrer Putzfrau sauber gefalteten Tücher starrt.

Dann atmet sie einmal tief durch und läuft durch den Flur in die Küche und dann ins Arbeits- und Gästezimmer. Überall macht sie Licht, alle verfügbaren Lampen brennen. Es soll so hell wie nur möglich sein. Sie begegnet auf ihrem Rundgang keinem maskierten Einbrecher und findet auch keine weiteren verdächtigen Spuren. Zurück im Wohnzimmer schließt sie die Schranktür und legt die Zigarettenkippen zurück in den Ascher. Sigi und Bianca, ganz einfach. Sie setzt sich aufs orangebraune Sofa. Well done, Barbara. Papa kann stolz auf dich sein. Papa ... Der ist schon lange nicht mehr stolz auf sie. Sie ist niemandes braves Mädel mehr. Die Einsamkeit schmerzt. Sie sehnt sich nach einer Schulter zum Anlehnen. Etwas, das sie tagsüber weit von sich gewiesen hätte. Aber sie sitzt hier in the Wee Small Hours in ihrem hell erleuchteten Wohnzimmer, in dem vor Kurzem jemand gewesen sein könnte. Und das war nicht Sigi. Und nicht Bianca. Ein Fremder.

Schließlich wählt sie Ferdls Nummer. Nach dem zwölften Klingeln meldet er sich.

„Bei mir war jemand in der Wohnung, ich bin von einem Geräusch aufgewacht und später habe ich wieder was gehört und der Aschenbecher liegt auf dem Boden und die Schranktüren stehen offen und ...“ Sie hält inne. Läuft da nicht Wasser im Bad? Barbara lässt das Telefon fallen.

„Barbara?“, quäkt Wagners Stimme.

Das Zimmer dreht sich um sie. Der Schrank, die Jugendstilfenster, der Plasmabildschirm ihres Fernsehers, die Vase mit den Lilien, alles dreht sich an ihr vorbei, immer schneller, Fernseher, Vase, Schrank, Fenster. Wasser rauscht. Eindeutig. Es könnte die Dusche sein. Das Badezimmer liegt oben, neben ihrem Schlafzimmer. Dort ist sie noch nicht gewesen. Dort ist es noch dunkel. Wie in Trance setzt sie sich in Bewegung. Das Telefon und Ferdl hat sie vergessen. Magisch wird sie vom rauschenden Wasser angezogen. Vor der angelehnten Badezimmertür bleibt sie stehen. Eindeutig, jemand duscht in ihrem Bad. Sie holt tief Luft und stößt die Tür auf. Das Licht brennt. Unter dem Spiegel reihen sich ihre Tiegel, Fläschchen und Tuben. Wie immer. Aus dem Duschkopf über der Kabine stürzt Wasser. Ob hinter den roten Schiebetüren der Dusche jemand steht, kann sie nicht erkennen.

„Hallo?", flüstert sie. Dann etwas lauter: „Hallo, ist da jemand?" Ihre Stimme krächzt. Sie räuspert sich. Bevor sie noch einmal ihre Frage stellt, auf die sie ohnehin keine Antwort bekommen wird, geht sie die drei Schritte bis zur Kabine und schiebt die Türen auf.

Niemand.

Nutzlos rinnt das Wasser zum Ausguss, wo es gurgelnd verschwindet. Barbara greift durch das fallende Wasser und dreht es ab.

Die schmale Tür vom Bad zur Terrasse vor ihrem Schlafzimmer steht offen. Hat sie vergessen, sie nach ihrer Dusche vor dem Schlafengehen zu schließen? Hat sie vergessen, das Wasser abzudrehen? Sie steht gerne tropfnass auf ihrer kleinen Zweitterrasse und spürt die kühle Luft auf ihrer Haut. Oder die Sonne.

Hält er sich dort versteckt? Sollte sie nachsehen? Oder einfach die Terrassentür von innen verriegeln?

Langsam bewegt sie sich auf die Tür zu. Vorsichtig steckt sie den Kopf hinaus. Was du hier machst, ist völlig idiotisch, Barbara, denkt sie. Warum es ihm so einfach machen? Warum ihm entgegengehen? Wehrlos im hauchdünnen Negligé. Doch die Neugier ist stärker. Sie will endlich Gewissheit haben.

Keine Seile baumeln vom Dach über ihrer Terrasse, keine Strickleitern führen hinunter auf den Schwedenplatz. Ihre Hände krallen sich am Geländer fest, als sie in die Tiefe blickt. Ihr schwindelt. Sie dreht sich um, wirft einen Blick in ihr dunkles Schlafzimmer, dem einzigen Raum ihrer Wohnung, wo noch kein Licht brennt. Die Tür, die von dort auf die Terrasse führt, ist verschlossen. Nicht einmal angelehnt.

Sie läuft über das Badezimmer zurück in die Wohnung und schließt die Terrassentür diesmal sorgfältig hinter sich. In der Küche füllt sie ein Glas mit Leitungswasser. Sie trinkt in kleinen Schlucken. Langsam beruhigt sich ihr Puls. Sie setzt sich wieder auf die Couch.

Ein Geräusch an der Eingangstür schreckt sie aus ihren Gedanken. Sie erstarrt. Sie spürt, wie sich alle ihre Härchen aufrichten. Gänsehaut am ganzen Körper. Die Eingangstür! Dort hat sie nicht nachgesehen. Das Naheliegendste hat sie vergessen. Kommt er zurück? Was soll sie tun? Flüchten? Wohin? Sie stürzt in die Küche, reißt die Schublade mit dem Besteck auf und greift nach dem größten Messer, das sie zu fassen bekommt. Damit dreht sie sich um. Soll er kommen, diesmal ist sie vorbereitet. Sie hört Schritte im Flur. Eindeutig Schritte. Diesmal ist kein Irrtum möglich. Ihre Hand umklammert das Messer. Sie postiert sich hinter der Küchentür. Von hier hat sie den Flur und das Wohnzimmer im Blick. Eine Gestalt betritt das Wohnzimmer. Ihr verschwimmt alles vor den Augen. Trotzdem springt sie nach vorne, hebt das Messer und stürzt auf den Eindringling zu.

„Barbara!“

Ferdinand Wagner kann im letzten Moment den Arm mit dem blitzenden Brotmesser abfangen. Sanft entwindet er ihrer Hand die Waffe, lässt sie fallen und nimmt seine Freundin in beide Arme.

„Was machst du denn für Sachen? Rufst mich an, erzählst wirre Geschichten von Einbrechern und dann bist du plötzlich weg. Ich habe mir das Schlimmste ausgemalt!“

Tränen laufen der zitternden Frau in seinen Armen übers Gesicht. Wagner führt sie zur Couch. Barbara will etwas sagen, bringt aber kein Wort über die Lippen. Sie fühlt sich wie zu Eis erstarrt.

„Jetzt ist alles gut“, murmelt er dann.

BB schüttelt stumm den Kopf.

Wagner streicht ihr über den Kopf. Langsam beruhigt sie sich. Stockend erzählt sie ihm, was vorgefallen ist. Oder vorgefallen zu sein scheint. Gemeinsam untersuchen sie die Eingangstür nach Spuren eines gewaltsamen Eindringens und können nichts finden. Wagner hat die Tür mit seinem Schlüssel aufgesperrt. Das heißt, sie war nicht verschlossen. Nur ins Schloss gefallen. „Du musst deine Tür von innen versperren, Barbara. Immer“, sagt Wagner.

Als Barbara ihn ins Badezimmer führt, ist die Duschkabine fast trocken. Im Wohnzimmer steht der Aschenbecher mit Wagners Kippen auf dem Tisch. Die Schranktür ist geschlossen. Barbara starrt Ferdl an. Ferdl starrt Barbara an. Niemand sagt ein Wort.

Wagner blickt auf einen Zettel, der unter dem Aschenbecher auf dem Couchtisch hervorschaut. Er zieht ihn heraus. Es ist ein quadratisches Stück Papier, ein ganz gewöhnlicher Notizzettel. Sie starren auf ein krakeliges Z, spiegelverkehrt und etwa drei Zentimeter lang. Es könnte auch ein Blitz sein. Oder eine Rune.

„Der ist da heute Abend noch nicht gelegen“, flüstert Barbara.

Wagner nickt nur mit dem Kopf. Und starrt auf das Z.

## Dehnübungen

An einem Sonntagmorgen klingelte das Telefon im Haushalt Brinkmann-Pokorny. Alfred hatte sich nach dem Frühstück Kopfhörer aufgesetzt und war in die Welt des Rock 'n' Roll abgetaucht. Kürzlich hatte er Pete Dohertys Babyshambles live in der Arena gesehen. Die trugen tatsächlich alle zu kleine Hüte. Viele im Publikum auch. Seine neuen Untermieter hatte er nicht gesehen, die waren aber bestimmt auch da gewesen.

Cordula tippte ihm auf die Schulter und reichte ihm das Schnurlostelefon.

„Hi", flötete Barbara. „Wir müssen uns treffen. Sofort."

„Wo bist du, strenge Herrin?"

„Ich wollte durch den Prater joggen."

„Joggen?" Alfred hüstelte. „Und ich neben dir? Dann darfst du aber nicht so schnell laufen."

„Keine falsche Müdigkeit vortäuschen, junger Mann! Schaffst du es in einer halben Stunde bis zum Riesenrad?"

„Wenn ich nicht hinlaufen muss ..."

Als Alfred sich am Praterstern dem Riesenrad näherte, in Turnschuhen und Jogginganzug, grinste ihm Barbara Baric im strahlenden Sonnenschein entgegen. Ihre Haare hatte sie zu einem frech wippenden Pferdeschwanz hochgebunden. Als Alfred näherkam, sah er die Schatten unter ihren Augen.

Sie spürte seine Blicke und murmelte: „Schlecht geschlafen."

Als Alfred fragend die Augenbrauen hochzog, ergänzte sie: „Hatte eine unschöne Begegnung ... erzähl ich dir später, jetzt muss ich mich erst mal bewegen, ich bin völlig verspannt. Wir wollen uns doch nicht verrückt machen lassen, oder?"

Pflichtbewusst sah sich Alfred um. Barbara hakte sich bei ihm unter und sagte: „Kannst dich entspannen. Keine verdächtigen Typen zu sehen. Außer dem üblichen Wurstelpraterpublikum."

Sie liefen die Hauptallee Richtung Lusthaus hinunter. Das musste die Lieblingsstrecke aller Wiener Jogger sein, wie Alfred feststellte. Man trabte in langen Kolonnen unter alten Kastanien auf Holzschnipseln, schonend für die Gelenke. Nach etwa eineinhalb Kilometern kündigte sich bei Alfred Seitenstechen an. Er beschloss, sich nichts anmerken zu lassen. Doch nach drei Kilometern musste er stehenbleiben. Nach Atem ringend beugte er sich nach vorne. Barbara tänzelte um ihn herum.

„Laufen ist nicht dein Ding, was?"

„Ich bin ja auch keine Erfolgsmanagerin", japste Alfred.

„Lass uns eine Pause machen. Du kannst dich auf die Bank da vorne setzen und ich mach derweil ein bisschen Stretching."

Dankbar setzte sich Alfred. Die Sonne brannte, es hatte mindestens dreißig Grad. Der Mai fühlte sich an wie Hochsommer. Auf den Wiesen des Praters räkelten sich die Sonnenanbeter. Im Fernsehen lief seit Tagen eine Serie zum Klimaschock. Angeblich würde die Erderwärmung für zunehmende Flutkatastrophen an der Donau sorgen. Alfred lehnte sich gemütlich nach hinten, blinzelte in die Sonne und dachte: Die Flut kann kommen, reißt die Alpen ab, freie Sicht bis zum Mittelmeer.

Barbara stützte sich mit beiden Armen auf der Rückenlehne von Alfreds Bank ab und drückte ihr Kreuz bedenklich durch. Alfred sah ihr zu. Das Seitenstechen war weg. Schon eine attraktive Frau, diese Baric-Erbin, in ihrem hautengen Laufdress. Ganz zu Unrecht trug sie nicht die Initialen von Brigitte Bardot. Jetzt stand sie im Ausfallschritt und dehnte ihre Unterschenkel. Soweit er das beurteilen konnte, machte BB einen beneidenswert durchtrainierten Eindruck. Auch wenn sie ihm einen Tick zu dünn war.

„Gestern Nacht ist in meine Wohnung eingebrochen worden", sagte sie zwischen zwei Übungen.

Als Alfred darauf nichts erwiderte, sagte sie: „Aber es ist nichts gestohlen worden." Danach schilderte sie ihm kurz die Ereignisse.

„Der Aschenbecher ist wirklich seltsam", sagte Alfred. „Wenn's Sigi nicht war, kann's nur Ferdl gewesen sein."

„Einen Schlüssel hat er."

„Vielleicht wollte er dir nur einen Schrecken einjagen. So als kleine Boshaftigkeit? Inspiriert von deinen Erzählungen vom Revolvermann?"

„So kindisch ist er nun doch nicht."

„Wer hat noch einen Schlüssel?"

„Bianca."

„Bianca?"

„Meine Putze."

„Ach so."

„Aber das ist eine herzensgute Person. Die schleicht nicht nachts durch meine Wohnung."

Barbara griff in ihre kleine Tasche an der Jogginghose und zog den Zettel heraus. „Den hat Ferdl unter dem Aschenbecher gefunden."

Alfred betrachtete den Zettel. Dann blickte er Barbara verständnislos an. „Und?"

Barbara zuckte die Achseln. „Weiß auch nicht. Der ist da jedenfalls am Abend davor noch nicht gelegen."

Alfred drehte den Zettel um. Auch auf der Rückseite war nichts weiter zu erkennen. Kein Firmenlogo. Einfach ein neutraler weißer Zettel.

„Den könnte Ferdl dort hingelegt haben.“

„Ferdl, Ferdl, Ferdl – was anderes fällt dir wohl nicht ein!“

„Stopp!“ Alfred funkelte seine Auftraggeberin an. „Liebe Frau Baric, in diesem Ton können Sie mit Ihren Angestellten sprechen, aber nicht mit Ihrem inoffiziellen Leibwächter.“

Barbara nahm Alfreds Hand.

„Sorry, Alfred. Hast ja recht. Aber langsam geht mir diese Sache wirklich an die Nieren. So wie es aussieht, ist entweder mein Vater oder mein Liebhaber und künftiger Ehemann hinter mir her.“

„Beides keine sehr schönen Vorstellungen“, murmelte Alfred.

Er löste seine Hand aus Barbaras. Ihm ging dieses Armes-reiches-Mädchen-Gehabe immer noch gehörig auf die Nerven. Da passte einiges nicht zusammen. Es wurde bei Madame eingebrochen und die hatte nichts Besseres zu tun, als mit ihm anschließend durch den Prater zu joggen und ihm ihren elastischen Körper vorzuführen. Warum sollte Ferdinand Wagner Barbara Angst einjagen wollen? Steckte der mit Baric senior unter einer Decke? Wollten sie gemeinsam Barbara ausbooten? Oder dachte sich Barbara das alles aus? Aber warum? Um sich wichtig zu machen? Litt sie unter Paranoia? Verfolgungswahn?

„Hast du schon mit meinem Vater sprechen können?“

„Wir haben morgen einen Termin. Er glaubt, ich wolle ein Porträt über ihn fürs Abendblatt schreiben.“

„Oh, das wird seiner Eitelkeit schmeicheln.“

„Er kommt persönlich auf die Baustelle in der Brünner Straße.“

„Da hängt er sowieso immer herum. Willy ist der einzige Tycoon, der immer noch glaubt, sich um alles selbst kümmern zu müssen. Der staucht seine Poliere persönlich zusammen, traut keinem und will allen zeigen, dass er immer noch alleine eine Mauer hochziehen könnte, wenn er müsste. Aus kleinstbürgerlichen Verhältnissen in Rudolfsheim-Fünfhaus hinauf in die teuerste Opernball-Loge. Das ist Beton-Willy, du wirst begeistert sein!"

Barbara stand auf. „Lass mich noch ein paar Übungen machen, dann laufen wir zurück zum Schweizerhaus und ich lade dich auf eine schöne Stelze ein."

Als sie wenig später im ausgedehnten Biergarten rund um das Schweizerhaus vor zwei Krügerln Budweiser saßen und die Speisekarte studierten, fragte Alfred: „Also, für mich wäre eine Stelze recht, aber was isst du? So wie du aussiehst, knabberst du vorwiegend an biologisch aufgezogener Rohkost – und das scheint es hier nicht zu geben."

„Keine Sorge, du musst die Stelze nicht alleine essen", lachte Barbara. „Ab und zu darf auch ich sündigen. Kann ich mir doch leisten, oder?" Sie stemmte ihre Arme herausfordernd in ihre schmale Taille.

„Unbedingt", murmelte Alfred.

Bald stand ein riesiger gegrillter Schweinefuß vor ihnen auf dem Tisch, begleitet von einem scharfen Messer für die zentimeterdicke Kruste, weiteren Bieren und einer riesigen Portion Krautsalat. Sie aßen schweigend. Ab und zu ließ Alfred den Blick über die Nachbartische schweifen. Nichts Auffälliges zu sehen. Touristen saßen zwischen Einheimischen, die meisten aßen das Gleiche wie sie. Die einzelnen Abschnitte des Gartens waren nach den Wiener Gemeindebezirken benannt. Sie saßen in Favoriten. Alfred hatte einmal gehört, dass im Schweizerhaus die Kellner als eine Art Subunternehmer arbeiteten. Sie bewirtschafteten ihre

„Bezirke“ in Eigenverantwortung. Entsprechend flink und manchmal etwas ruppig war der Service.

Sobald von ihrer Stelze nur noch der imposante Knochen auf dem Teller lag, stand Alfred auf, um die Toilette aufzusuchen. Als er zurückkam, bemerkte er schon von Weitem einen Mann neben Barbara am Tisch. Er redete auf sie ein und Barbara machte abwehrende Gesten. Alfred beschleunigte seinen Schritt. Der Kies knirschte unter seinen Schuhen. Barbara blickte ihm erleichtert entgegen. Alfred trat hinter den Unbekannten und tippte ihm auf die Schulter. Der wirbelte herum und traf Alfreds Wange mit seinem Handrücken. Alfred schlug reflexartig zurück, streifte aber auch nur die Wange des Mannes. Die Gäste an den Nebentischen sahen neugierig zu. Zwei Kellner eilten heran. Der Unbekannte sah Alfred erstaunt an. Alfred starrte zurück. Die Kellner erreichten ihren Tisch.

„Ähem“, sagte Barbara. „Alfred, darf ich vorstellen: Daniel Petric, Stadtrat und ein Freund von mir. Und das ist Alfred Brinkmann, der Mann meiner Freundin Cordula und so etwas wie mein inoffizieller Bodyguard. Er hat mich heute auf meiner Praterrunde begleitet.“

„Wofür brauchst du einen Bodyguard, Barbara?“ Petric ließ seinen Blick abschätzig über Alfreds Jogginganzug gleiten.

Barbara schenkte Petric ihr strahlendstes Lächeln.

„Das tut man jetzt in unseren Kreisen, Daniel, you know.“

Der Stadtrat musterte Alfred weiter: „Sie sehen nicht gerade aus wie ein typischer Bodyguard. Das wollen Sie wohl durch Ihren Übereifer kompensieren.“

„Tut mir leid, Herr Stadtrat, ich habe die Situation offenbar falsch eingeschätzt. Der Job ist für mich noch etwas neu.“ Alfred grinste. Schließlich hatte er den

Mann kaum berührt. Außerdem mochte er keine Politiker, auch wenn sie von den Grünen waren.

„Lassen Sie bloß den Stadtrat weg, Herr Brinkmann“, sagte Petric und streckte seine Hand aus. Alfred ergriff sie und ließ sein Grinsen in ein verbindlicheres Lächeln übergehen.

Man setzte sich und wenig später diskutierte man erst das ungewöhnlich warme Wetter und dann den Architekturwettbewerb zum Ostbahnhof. Petric war Mitglied in der Jury, die in knapp einer Woche zusammentreten sollte. Barbara versuchte, Petric irgendwelche Informationen zu entlocken, der berief sich auf seine Schweigepflicht. Als Barbara es aufgab, weiter in ihn zu dringen, fragte Petric Alfred: „Sie sind aber nicht aus Wien, oder?“

„Berlin“, sagte Alfred.

„Das ist ja toll. Da will ich mit meiner Familie in vier Wochen hin. Sie müssen mir unbedingt ein paar gute Tipps geben! Was sind denn so die Hotspots in Deutschlands Hauptstadt ...“

Das Spiel kannte Alfred schon. Sobald er gegenüber einem Wiener erwähnte, wo er die letzten Jahre seines Lebens verbracht hatte, bekam der glänzende Augen. Berlin schien für Wiener das gelobte Land zu sein. Alfred ließ dann gerne einfließen, dass er die Nase vom Preußentum gehörig voll habe und es sehr schätze, bei den lässigeren Österreichern zu leben. Doch das wollten die nicht hören. Die wollten heiße Tipps aus Berlin, all die braven Familienväter und jungen Mütter wollten von ihm wissen, welche Bar am Hackeschen Markt gerade angesagt wäre und in welchem Club in Friedrichshain die Post abgehe. Wohin sollte er diesen Petric schicken? Der wirkte auf ihn wie ein verkrampfter Berufsjugendlicher, ein Möchtegern-Bohème im H&M-Outfit. Gleich würde er Alfred das Du anbieten.

Alfred murmelte etwas von Käthe-Kollwitz-Platz und Hackescher Markt. Da würde sich der Petric sicher wohlfühlen. Er erwähnte noch das Berghain am Ostkreuz. Aber in den angeblich „besten Club der Welt" würde der gute Petric sowieso nie reinkommen. Auf alle Fälle konnten Alfreds Freunde in Kreuzberg und Schönberg weiter unbehelligt ihrem Tagesgeschäft nachgehen.

Als man sich schließlich verabschiedet hatte, war Alfred sich immer noch nicht ganz sicher, ob Petric vorhin nicht doch bedrohlich auf Barbara eingeredet hatte. Aber warum hätte ihm Barbara das verheimlichen sollen?

Am Montag überquerte Alfred die Donau und wagte sich nach „Transdanubien“, wie die alteingesessenen Wiener die neugebauten Bezirke jenseits der Donau nannten. Das war Baric-Country, hier hatte sich Beton-Willy jahrzehntelang ausgetobt. Und tat es immer noch. Seine Sekretärin hatte Alfred auf die Großbaustelle in Jedlersdorf gebeten, als er um einen Interviewtermin mit ihrem Chef angesucht hatte. Die Baric Bau entwickelte dort ein großes Projekt mit Mehrparteienwohnhäusern. Alfred sprach einen Bauarbeiter an, der gerade Zement in eine Betonmischmaschine schaufelte.

„Ich suche den Chef.“

„Ich auch. Meistens.“

„Und? Heute schon fündig geworden?“

Der Mann ließ seine Schaufel sinken und grinste: „Da oben, irrrgendwo“, nuschelte er mit slawischem Zungenschlag.

Als Alfred über eine Betonplatte lief, die einmal die Terrasse einer Erdgeschoßwohnung bilden würde, wurde er von einem Mann mit einem Klemmbrett in der Hand angehalten.

„Betreten verboten.“

„Ich bin mit Herrn Baric verabredet.“

„Oben“, antwortete der Mann und wies auf eine nur bedingt vertrauenserweckende Treppe mit provisorischem Geländer aus zusammengenagelten Fichtenbrettern. Dann tippte er sich an den Kopf. „Helm aufsetzen. Ist Pflicht. Moment.“ Er verschwand in einem Zimmer, das vielleicht einmal die Küche sein würde, und kam mit dem gleichen gelben Hartplastikteil zurück, das er und alle anderen, die hier arbeiteten, auf dem Kopf trugen.

Alfred setzte den komischen Helm auf und kämpfte sich zwischen Bauschutt, großen leeren Wannen, Bretterstapeln und herumliegendem Werkzeug bis in den fünften Stock hoch. Nachdem er noch weitere maulfaule Arbeiter nach dem Chef gefragt hatte, stand er endlich vor Beton-Willy persönlich. Der stauchte gerade jemanden zusammen, der irgendeinen Termin nicht eingehalten hatte. Nachdem er den Mann ausgiebig beschimpft hatte, klopfte er ihm freundschaftlich auf die Schultern und entließ ihn. „Und schick mir den Beppi vorbei, hörst!"

Dann wandte sich Baric seinem Gast zu.

„Ah, Sie müssen Alfred Brinkmann vom Berliner Abendblatt sein. Arbeiten Sie nicht auch für den Pokorny?" Beton-Willy griff nach Alfreds Hand und drückte sie kräftig.

Alfred deutete ein Lächeln an und entzog dem voluminösen, schwitzenden Baulöwen seine Rechte, bevor der sie ihm zu Matsch verarbeiten konnte.

„Woher kennen Sie meinen Schwiegervater?"

„Schwiegervater?", blickte ihn Baric überrascht an. „Ach so: Cordula, die Busenfreundin meiner Tochter ... Sie waren ja auch auf unserem kleinen Fest. Aber dass Sie der Mann von Cordula von Pokorny sind, war mir entgangen."

„Und was haben Sie mit meinem Schwiegervater zu tun?"

„Ach, wir stehen in vielfältigen geschäftlichen Verbindungen", grinste Baric. „Steht Ihnen gut, Ihr Hut. Sie müssen verzeihen, dass ich Sie hierher bestelle, aber wir haben momentan so viel zu tun, dass ich kaum noch ins Büro komme. Und so kriegen Sie auch gleich einen guten Eindruck vom Business für Ihren Artikel."

Sein Handy klingelte. Er drehte sich zur Seite und murmelte ein paar Anweisungen. Dann klappte er das Telefon energisch zu.

„Man hat keine ruhige Minute. Nun erzählen Sie mal, was interessiert die Berliner an einem alten Wiener Baulöwen?“

„Nun“, Alfred hüstelte. „Die Baric Bau ist auch in Deutschland ein Begriff.“

„Ach ja? In Berlin habe ich nie gebaut. Nur in Leipzig in den frühen Neunzigern ein paar Wohnblöcke hochgezogen und alte Plattenbauten saniert. Unter uns: Was die in der DDR aus Beton gemacht haben, hält keine zwanzig Jahre mehr. Schrott, einfallsloser Schrott.“

„Mit der Platte kennen Sie sich ja aus.“

„Allerdings. Beim Beton macht Beton-Willy keiner was vor!“ Baric lachte meckernd. „Kommen Sie, Brinkmann, verschaffen Sie sich einen Überblick.“

Er führte Alfred an den Rand eines Balkons. Auch hier bestand das Geländer aus wenig stabil wirkenden Brettern. Alfred zögerte, an den Rand zu treten. Doch Baric schob ihn gnadenlos ganz nach vorne und wies mit der Hand über den großzügigen Innenhof auf die gegenüberliegenden Häuser.

„Hier werden einmal über hundert Familien leben. In Niedrigenergiewohnungen Strom und Heizkosten sparen, in offenen Küchen kalorienarme Steaks brutzeln. Jede Wohnung bietet viel Tageslicht, einen Balkon oder eine Terrasse. Und das Ganze zu bezahlbaren Mieten. Da unten wird es einen begrünten Innenhof geben, mit Spielplatz und Swimmingpool.“

„Swimmingpool?“, fragte Alfred. „Man wirft Ihnen vor, Sie seien in den Siebzigerjahren stehengeblieben und würden immer noch nach dem Motto bauen: möglichst viel, möglichst schnell, möglichst billig.“

Baric grinste.

„Soso, sagt man das. Hat Ihnen wahrscheinlich dieser Wagner erzählt, mein sauberer Herr Schwiegersohn in spe.“ Über ihren Köpfen drehte sich ein riesiger Kran. „Der Herr Professor. Glaubt, er sei der Größte, seitdem er diesen Preis für das Grüne Haus in Ottakring bekommen hat. Und jetzt werden er und Barbara die sauteuren Wohnungen nicht los. Seine Weisheiten vom Wohnungsbau der Zukunft, die er als Professor an der Akademie der Künste jahrelang verbreiten durfte, ohne je ein Haus gebaut zu haben, sind längst nicht mehr so taufrisch, wie er gerne vorgibt. Wagner ist in der Avantgarde der Sechzigerjahre steckengeblieben. Aber im aalglatten Selbstmarketing ist er der große Meister.“ Baric machte eine wegwerfende Handbewegung. Wieder klingelte sein Handy.

„Woos? Nix!“ Sein Gesprächpartner sagte etwas. „Nix, sag ich, ist der deppert? 150 fürs Packerl und bitte gleich liefern, nicht erst zu Weihnachten, gell!“ Baric legte auf. „Saubande. Wo waren wir stehengeblieben? Achtung, Herr Brinkmann!“ Ein mehrere Meter langer Stahlträger schwebte knapp über ihren Köpfen. Im letzten Moment konnte sich Alfred ducken. „Sind schon nicht umsonst, die hübschen gelben Kopfbedeckungen, Herr Brinkmann.“

„Würden die denn helfen, wenn einen so ein Monstrum trifft?“

„Naturgemäß nicht, Herr Brinkmann. Ist alles nur Show für die Gewerkschaft.“

Er führte Alfred vom Balkon zurück ins Wohnzimmer. Baric nahm zwei Bierflaschen aus einem Kasten und öffnete sie, indem er die Kronkorken gegeneinander aushebelte.

„Gut, besser, Gösser, Herr Brinkmann!“ Alfred nahm die Flasche entgegen. Elf Uhr vormittags war eigentlich nicht seine Zeit für Alkohol. Aber schließlich war er hier am Bau. Und wenn es der Gesprächsführung diente ...

„Wie schafft man es als Erbe eines, verzeihen Sie den Ausdruck, unbedeutenden Bauunternehmers zum Dauergast in den ‚Seitenblicken'?", fragte Alfred, nachdem er einen kräftigen Schluck aus der Flasche genommen hatte.

„Ach, wissen Sie, Dinge wie der Opernball, regelmäßige Berichterstattung in den ‚Seitenblicken', die eine oder andere Covergeschichte in einem unserer famosen Nachrichtenmagazine – das gehört für uns Österreicher zum Geschäft. Das ist unser kleiner Ersatz für die verbotenen Adelstitel. Dass die Monarchie untergegangen ist, bedauere ich keineswegs, damit wir uns richtig verstehen. Unter einem Kaiser Otto von Habsburg wäre ich nicht Wiens führender Entrepreneur im Bauwesen geworden. Mein Großvater fristete sein Dasein noch als k.u.k-Wanderarbeiter und mein Vater führte mehr schlecht als recht eine kleine Baufirma in schwierigen Zeiten, deren glamourösester Auftrag der Bau der neuen Toilettenanlage in der Hofburg war. Ich bin nicht umsonst seit 1961 Mitglied in der Sozialdemokratischen Partei. Die ermöglichte mir durch ein Stipendium das Studium, das ich übrigens mit Auszeichnung abgeschlossen habe. Ich hätte den Doktor in Bauingenieurwesen machen können, wenn mich nicht die Pflicht zur Übernahme des Familienbetriebs gerufen hätte."

Baric blickte versonnen auf ein Bündel Elektrokabel, das aus einer unverputzten Wand ragte.

„Waren und sind Sie nicht auch Mitglied in einer schlagenden Studentenverbindung?"

„Sie meinen die Pennale Burschenschaft Vandalia Wien? Sie sind gut informiert, Herr Brinkmann. Die Vandalia gehört dazu. Kontakte, Sie verstehen?"

Alfred suchte nach Schmissen in Barics Gesicht.

„Keine Narben, Herr Redakteur? Wie schade." Baric lachte und schlug Alfred gönnerhaft auf die

Schulter. „Marx, Liebknecht und Lassalle waren auch Korporierte." Baric versuchte dem Kabelbündel, das ihm zu missfallen schien, eine andere Richtung zu geben und bog es mit beiden Händen nach oben. „Doch von all diesen Traditionen hat meine Tochter trotz ihrer umfangreichen, von mir finanzierten Studien leider keine Ahnung. Die hat aus London nur Flausen und diesen aufgesetzten britischen Akzent mitgebracht. Spielt lieber die Kunstmäzenin für Ihre Frau. Und probiert sich mit der Frischbau aus, dieser Totgeburt. Und die wollen die Baric Bau übernehmen. Ich kann nur hoffen, dass sich der Wagner das mit der Ehe nochmal überlegt, wenn er endlich mitbekommt, dass bei uns nichts mehr zu holen ist. Mein Lebenswerk, Herr Brinkmann, mein Lebenswerk wankt." Wieder griff Willy Baric zur Flasche, stellte fest, dass sie bereits leer war, bückte sich, nahm aus dem Kasten eine weitere, blickte Alfred fragend an und öffnete, als dieser ablehnte, achselzuckend nur eine. „Sie wollen mich aufs Altenteil abschieben. Es gibt Tage, da denke ich: sollen sie. Ich lass mich auszahlen, solange noch etwas da ist zum Auszahlen, und ziehe mich zurück ins Privatleben." Wieder machte Baric eine Pause und nahm einen weiteren Schluck. „Nur leider, nach dem Tod meiner Frau ist da niemand mehr."

„Wann ist Ihre Frau gestorben?"

„Das ist lange her, Barbara war noch klein."

In die folgende Stille fragte Alfred: „Und die vielen Damen? In Ihrer Staatsopernloge? Und anderswo? Man sieht Sie doch ständig Arm in Arm mit schönen Frauen."

Baric sah Alfred an und rieb Daumen und Zeigefinger beider Hände aneinander.

„Alles Show. Was mir Barbara leider nicht glaubt."

Alfred schwieg erneut kurz, dann fragte er: „Und warum gibt es keine neue Frau Baric?"

„Liebe, Herr Brinkmann, über den Tod hinaus. Auch daran glaubt meine Tochter nicht." Baric lächelte. „Lassen Sie uns zum Container gehen, da habe ich noch eine schöne Williams-Birne versteckt."

Sein Handy klingelte. „Ah, geh, muss man denn alles selber machen? Is recht, ich komm gleich. – Herr Brinkmann, wenn Sie mir bitte zuvor noch in den zweiten Stock folgen möchten, da gibt es ein Problem, das leider keinen Aufschub duldet."

Im zweiten Stock diskutierte Baric kurz mit seinem Polier über ein Problem bei den Installationen. Alfred nutzte die Gelegenheit, um sich in der Wohnung umzusehen und sich vorzustellen, wie es wohl wäre, hier zu leben. Klein und dunkel, war das Erste, was ihm einfiel. Die Fenster waren bis auf das zum Balkon, das bis zum Boden reichte, winzig, sie wirkten wie Frischluftklappen. Wahrscheinlich aus energietechnischen Gründen. Das Wohnzimmer als größter Raum konnte nicht mehr als knapp zwanzig Quadratmeter haben, daneben ein Raum mit Fenster auf die Loggia, wahrscheinlich die offene Küche, von der Baric geschwärmt hatte. Vom Wohnzimmer ging es in einen kleinen, überflüssigen Flur, an dem ein zweites Zimmer lag, in das gerade mal ein Doppelbett und ein Kleiderschrank passten. Das winzige Badezimmer lag nach innen. Alfred hasste Badezimmer ohne Fenster und ohne Badewanne.

„Na, Herr Brinkmann, Interesse an einer Wohnung?", fragte der zurückgekehrte Baric. „Wir haben auch größere."

„Das wäre zu wünschen."

„Sie sind wohl auch so ein Altbau-Nostalgiker? Unter dreimeterfünfzig Raumhöhe halten Sie alles für Kaninchenställe, was? Na, das konnte man vielleicht vor hundert Jahren bauen. Heute müssen wir auf die Kosten schauen, Herr Brinkmann, immer und zuerst auf die Kosten, da kann der Wagner fabulieren von Erlebnisarchitektur und neuer Wohnkultur, so viel er will. Nehmen Sie dieses idiotische, überteuerte Grüne Haus. Jede Menge Schnickschnack, den keiner braucht und keiner will. Mein alter Grundsatz stimmt noch immer: Man muss nicht der Beste sein, sondern der Billigste!“

„Wird der auch fruchten im Wettbewerb um den Ostbahnhof?“

„Günstige Preise helfen immer“, antwortete Baric. „Das war in den Siebzigern und Achtzigern so, warum soll das im 21. Jahrhundert anders sein? Es ist ja nicht so, dass die lieben Auftraggeber plötzlich im Geld schwimmen. Und die Österreichischen Bundesbahnen erst recht nicht. In deren Ausschreibung steht eindeutig drin, in welchem Preisrahmen sich das Ganze bewegen darf. Und diesen Rahmen halten wir mit unserem Vorschlag ein, unterbieten ihn sogar, wenn ich mich recht erinnere.“

Der Mann mit dem Klemmbrett, den Alfred schon kannte, trat an Baric heran. Das Gespräch schien länger zu dauern, also betrat Alfred den Balkon und blickte hinunter in den Hof. Hier sind einmal viele hohe Bäume gestanden, hatte ihm Barbara am Vorabend im Schweizerhaus erzählt. Ein richtiger kleiner Urwald. Der eigentlich hätte erhalten werden sollen. So stand es zumindest in den Ausschreibungsunterlagen der Stadt, der das Grundstück gehörte. Und es gab einen sehr detaillierten Plan eines Büros für Landschaftsarchitektur, was mit diesen Bäumen zu geschehen hätte. Doch während der Bauarbeiten hatte Baric kurzerhand alles bis auf ein paar armselige Alibibäume roden lassen. Dafür war er lahm von der zuständigen Magistratsstelle gerügt worden und mittlerweile sprach niemand mehr über diese Bäume. Dabei hätten die den ganzen Charme des Baugrundstücks ausgemacht, erzählte Barbara. Jetzt drohe alles wieder zu einer dieser schrecklich durchschnittlichen Baric-Wohnanlagen zu werden. Die Landschaftsarchitektin habe Baric in seinen Wettbewerbsentwurf für den Ostbahnhof miteinbezogen, seitdem laufe sie nicht mehr tobend über die Baustelle an der Brünner Straße.

„Entschuldigen Sie, Herr Brinkmann“, sagte der wiedergekehrte Baric.

„Macht nichts, Herr Baric. Ich habe gerade über die Bäume sinniert, die dort unten einmal gestanden sind.“

„Welche Bäume? Ach, Sie meinen dieses undurchdringliche Gestrüpp, das meinen Baufahrzeugen den Bewegungsraum geraubt hat.“ Wieder machte er eine wegwerfende Handbewegung. „Habe nie verstanden, was manche Leute für ein Geschrei um ein paar jämmerliche Grünpflanzen machen. Als würden wir noch auf Bäumen wohnen!“

Sie gingen gemeinsam nach unten ins Erdgeschoß. Baric führte Alfred in einen weißen Baucontainer. Als er die Tür hinter ihnen schloss, verstummte endlich die Kakophonie aus Kreissägen, Hämmern und dem unentwegten Röcheln der Betonmischmaschinen.

„Darf ich Ihnen noch ein paar persönliche Fragen stellen, Herr Baric?“

„Noch mehr Persönliches?“

„Off the record.“

„Das sagt ihr immer und dann muss ich Dinge über mich in der Zeitung lesen, die ich nie und schon gar nicht so gesagt habe.“

Er klopfte Alfred erneut auf die Schulter. „Steht diesmal halt drin, was ich wirklich gesagt habe, aber nie gesagt haben wollte.“ Baric kicherte. „Ist im Grunde auch egal. Lasst die lahme Ente noch ein bisschen quaken. Solange es das Volk amüsiert.“

Er griff in einen kleinen Schrank. „Williams? Natürlich." Bevor Alfred protestieren konnte, hatte er schon einen großzügig eingeschenkten Schnaps vor sich am Tisch stehen. „Also, was darf ich Ihnen noch aus meinem abenteuerlichen Liebesleben erzählen, Herr Redakteur?"

„Was ist das für eine Geschichte mit dem Einbruch in Barbaras Wohnung?"

Baric blickte überrascht auf. „Einbruch?"

„Man hört sogar, Ihre Tochter sei von einem Mann mit Pistole bedroht worden."

„Glauben Sie auch den Scheiß, dass meine Tochter verfolgt wird?" Baric lachte meckernd. „Genau. Ständig wird sie von Unbekannten verfolgt. Das werden ihre verstoßenen Liebhaber sein, die sich vor Gram nicht anders zu helfen wissen." Baric schenkte ihnen noch einen Schnaps ein. „Wissen Sie, unter uns Männern, meine saubere Frau Tochter ist ein bisschen nymphoman. Ich weiß nicht, ob das daher kommt, wenn man ohne Mutter aufwächst. Aber sie wirft sich, seit sie fünfzehn ist, jedem an den Hals, der sie zweimal anschaut." Baric griff zum Glas und stürzte den Inhalt hinunter. „Ich war bestimmt kein guter Vater, hatte immer zu tun, Barbara ist von Kindermädchen erzogen worden. Die wechselten alle paar Wochen, weil Barbara sie systematisch vergraulte. Sie benahm sich wie die sprichwörtliche Prinzessin auf der Erbse. Das hat keine lange ausgehalten, da konnte ich zahlen, was ich wollte."

„Aber dann ist sie nach London gegangen, um Architektur zu studieren", sagte Alfred.

„Einen Abschluss in Business Management hat sie dort auch noch gemacht", brummte Baric.

„Dann ist sie doch bestens vorbereitet, Ihr Unternehmen zu führen."

„Nur über meine Leiche."

„Warum? Wer soll die Baric Bau denn sonst führen?"

„Ich."

„Sie sind 65."

„Na und?"

„Zeit, die Nachfolge zu regeln."

„Ich glaube, ich muss wieder zurück zu meinen Leuten, wundert mich eh, dass mein Handy so lange geschwiegen hat."

„Was soll ich am Ende meines Artikels schreiben, Herr Baric? Wo wird die Baric Bau in fünf Jahren stehen? Wird es sie dann überhaupt noch geben?"

Baric stand auf.

„Wenn wir diesen blöden Wettbewerb um den Ostbahnhof gewinnen, auf alle Fälle. Wenn nicht, kann ich für nichts garantieren. Aber meine Tochter und ihre neueste erotische Errungenschaft werden die Baric Bau nicht bekommen. Lieber melde ich Insolvenz an."

„Und Ihre Mitarbeiter und Angestellten? Tragen Sie für die nicht eine große Verantwortung?"

„Oh ja, die trage ich, glauben Sie mir."

Da klingelte Barics Handy.

„Ja!", bellte er. „Was?" Sein Gesicht wurde aschfahl. „Ich komme sofort." Er legte auf.

„Was ist los?", fragte Alfred. Er war ebenfalls aufgestanden.

„Meine Tochter ...", stammelte Baric. „Barbara ..."

„Was ist mir ihr?"

„Sie hatte einen Unfall." Baric öffnete die Containertür. „Mit ihrem Auto."

Alfred folgte Baric nach draußen.

„Ich muss sofort ins AKH. Wir müssen unser Interview jetzt leider abbrechen."

„Ich kann Sie fahren. Mit dem Bier und den Schnäpsen ..."

Baric nickte und lief los, ohne darauf zu achten, ob Alfred hinter ihm herkam.

Im AKH meldeten sie sich in der Notaufnahme. Dort wurden sie in ein Zimmer im Erdgeschoß geführt. Als sie den Raum betraten, kam ihnen Barbara Baric scheinbar unversehrt entgegen.

„Was soll das, Barbara?“, rief Baric senior. „Am Telefon hieß es, du seist verletzt.“

„Bin ich auch, Vater. Aber eher innerlich. Bist du enttäuscht?“

In diesem Moment betrat ein riesiger, etwa fünfzigjähriger Mann in einem Kordsakko mit Ellenbogenschonern aus Kunstleder den Raum. Das Auffälligste an ihm war seine auf Hochglanz polierte Glatze. „Oberinspektor Gehrlinger, Grüß Gott“, sagte er. „Kripo Wien. Die Kollegen von der Verkehrspolizei haben mich verständigt. Herr Wagner hat den Kollegen gegenüber erwähnt, dass Frau Baric den Verdacht geäußert habe, die Bremsen ihres Autos seien manipuliert worden.“ Der Oberinspektor wirkte nicht so, als würde ihm dieser Verdacht besonders viel Freude bereiten.

Barbara biss sich auf die Lippen. „Ich stand unter Schock. Hören Sie, ich weiß nicht, ob da wirklich ... Ich möchte nicht, dass das an die große Glocke ...“

„Vielleicht schildern Sie mir einfach noch einmal, was vorgefallen ist, gnädige Frau?“ Barbara blickte sich hilfesuchend um. Ihr Blick blieb bei Alfred hängen. Der hob die Hände, drehte die Handflächen nach oben. „Sie können auch mit mir aufs Kommissariat kommen, wenn Ihnen das lieber ist.“

Da begann Barbara stockend: „Ich fuhr durch die Berggasse, bergab. Als plötzlich die Bremsen versagten. Ich weiß auch nicht ...“ Der Oberinspektor blickte sie an. „Ich bin bei Rot über die Liechtensteinstraße gerast und wurde immer schneller. Kurz vor der Porzellangasse krachte ich in Müllcontainer, die am Straßenrand standen.“ Sie schluchzte ein wenig.

„Wie alt ist Ihr Auto, gnädige Frau?“, fragte der Inspektor.

„Drei Jahre, den BMW hat mir Papa geschenkt, als ich aus London zurückkam.“

In diesem Moment betrat Wagner den Raum.

„Wie geht’s dir, Barbara?“, rief er und warf Baric einen abschätzigen Blick zu. „Was macht denn dein Vater hier?“

„Was soll die Frage, Wagner? Das Krankenhaus hat mich angerufen“, blaffte Baric.

„Soso“, murmelte Wagner. „Ich glaubte schon, die Polizei.“

„Die ist bereits hier“, sagte Gehrlinger.

„Ich dachte, Sie sind der Arzt. Gut, dass Sie da sind. Jemand hat offensichtlich an Barbaras Wagen herumgebastelt! Barbara konnte das Bremspedal durchdrücken bis auf die Bodenplatte, es tat sich absolut nichts.“

„Warum sollte jemand das machen?“, fragte Gehrlinger.

„Gute Frage“, sagte Wagner. „Die sollten Sie vielleicht diesem Herrn hier stellen.“ Wagner wies auf Baric.

„Was soll das heißen, Wagner? Was habe ich mit Barbaras Auto zu schaffen? Außer, dass ich es ihr in einem Anfall von väterlicher Sentimentalität geschenkt habe?“

„Was haben Sie mit abstürzenden Fahrstühlen in Ihrem präpotenten Angeberturm zu tun, Baric?“, zischte Wagner. „Oder mit Männern mit Pistolen? Von dem vorgetäuschten Einbruch oder was das war will ich gar nicht reden.“

„Ferdl!“, rief Barbara. Doch es war zu spät.

„Fahrstuhl? Pistolen? Einbruch?“ Das schien den Oberinspektor jetzt doch zu interessieren. „Das müssen Sie mir näher erläutern, Herr, äh, Wagner, richtig?“

„Professor Ferdinand Wagner, der Verlobte des Opfers.“

„Opfer?“, rief Baric. „Was reden Sie da, Wagner?“

„Opfer, allerdings“, sagte Wagner. „Sie wollen Ihre Tochter in den Wahnsinn treiben, Baric!“

„Was unterstehen Sie sich!“ Barics Kopf war knallrot angelaufen. Er trat auf Wagner zu. Der wich keinen Millimeter zurück. Doch bevor beide Männer handgreiflich werden konnten, öffnete sich die Tür zum Behandlungszimmer und der diensthabende Arzt trat mit einigen Zetteln in der Hand herein.

„So, meine Herrschaften, noch ein bisserl Bürokratie, dann können Sie alle wieder nach Haus. Frau Baric hat mächtig Glück gehabt.“

„Allerdings“, zischte Wagner.

Baric schüttelte den Kopf. „Ich verfüge vielleicht über manchmal etwas ungewöhnliche Geschäftspraktiken, aber das Feilen an Bremsleitungen gehört nicht dazu“, sagte er. „Noch dazu am Wagen meiner einzigen Tochter! Absurd!“ Damit drehte er sich zu Gehrlinger um. „Oder will mich die Polizei gleich verhaften?“ Er streckte dem Kommissar theatralisch seine Hände entgegen.

Gehrlinger lächelte. „Keine Sorge, Herr Baric, so schnell sind die Kieberer nicht. Aber ich gebe zu, dies scheint ein interessanterer Fall zu sein, als ich ursprünglich annehmen durfte.“

„Dies ist überhaupt kein Fall“, zischte Baric.

„Das müssen wir erst noch feststellen“, antwortete der Inspektor. „Frau Baric, ich muss Sie doch bitten, mit mir aufs Kommissariat zu kommen.“

„Nur, wenn Herr Brinkmann mitkommt", sagte Barbara.

„Ist das Ihr Anwalt?"

„Sort of."

„Bitte?"

„So etwas Ähnliches", murmelte Barbara.

„Aber vorher noch diese Formulare ausfüllen!" Der Arzt wedelte erneut mit seinen Zetteln.

„Na, da haben Sie ja einen schönen Schluss für Ihren Artikel, Herr Brinkmann", murmelte Baric.

Oberinspektor Gehrlinger wies auf zwei abgewetzte Holzstühle und bat Barbara und Wagner, Platz zu nehmen. Alfred suchte sich eine Sitzgelegenheit etwas weiter abseits in der Nähe des Fensters.

„Wo ist Prokopetz?“, raunzte Gehrlinger. „Bin gleich wieder da.“ Damit verließ er das Büro und schloss geräuschvoll die Tür zum angrenzenden Raum.

Alfred sah sich um. Das Zimmer wirkte angestaubt, klassische Amtsstube. Viel Linoleum, auch als Schreibunterlage auf den beiden Kopf an Kopf stehenden Schreibtischen. Es roch sogar leicht nach Bohnerwachs. Die Schreibtische und die abgenutzten Rollschränke aus Eichenfurnier sahen aus, als ob sie schon seit den Sechzigerjahren Dienst tun mussten.

Alfred betrachtete Barbara. Sie kaute auf ihrer Unterlippe herum. Wagner würdigte sie keines Blickes. Der hatte die Beine lässig übereinandergeschlagen und trommelte mit den Fingern auf seinem Knie herum.

Jetzt ließ sich der Rosenkrieg im Hause Baric nicht mehr geheim halten. Jetzt würden sich die Schmeißfliegen der einschlägigen Presse auf Barbara stürzen wie auf ein waidwund geschossenes Reh. Alfred warf ihr trotzdem einen aufmunternden Blick zu. Sie versuchte zurückzulächeln.

Der Inspektor ließ sie warten. Alfred nahm einen leichten Geruch nach Essen wahr. Auf dem einen Tisch türmte sich ein Aktenberg, der aussah, als würde er jeden Moment umfallen. Den anderen Tisch schmückte ein leergegessener Pappteller vom Würstelstand. Ein Wurstzipfel und Senfreste waren vom frugalen Mittagsmahl des Polizisten übriggeblieben. Offensichtlich mochte er Käsekrainer. Alfred konnte die Käsestückchen im Wurstrest erkennen. Sie sahen aus wie kleine Eiterbeulen.

Barbara war aufgestanden und lief im Zimmer herum. Hinter dem Schreibtisch mit dem Aktenberg blieb sie stehen.

„Was machst du da, Barbara?“, fragte Ferdinand. „Setz dich lieber wieder hin.“

Sie würdigte ihn keines Blickes. Neugierig betrachtete sie einen tragbaren CD-Player, an dem ein Zettel hing: „Wiener Lieder, ausgewählt für unseren Oberinspektor von seiner treuen Truppe zum Fünfzigsten. Bitte Play drücken“, las sie vor. Barbara drückte Play. Kurt Sowinetz sang „Alle Menschen samma zwider, i mechts in die Goschn haun“, auf die Melodie von „Alle Menschen werden Brüder“ aus Beethovens neunter Sinfonie.

„Das ist ja eine lustige Truppe, die Wiener Kripo“, murmelte Alfred.

Wagner war aufgesprungen. „Bist du übergeschnappt?“, zischte er. „Wühl dich doch noch ein bisschen durch die Akten!“

„Lust hätte ich“, schnappte Barbara zurück. „Es ist alles deine Schuld, dass wir hier hocken müssen. Und das fünf Tage vor der Jurysitzung. Warum musst du Papa so angehen? Wenn die Polizei daneben steht? It’s none of their fucking business!“

Da betrat Gehrlinger die Amtsstube mit einem Kollegen im Schlepptau.

„Wie ich höre, haben Sie es sich schon ein wenig gemütlich gemacht.“

„Herzlichen Glückwunsch zum Geburtstag, Oberinspektor“, sagte Barbara und lächelte ein wenig.

„Erinnern Sie mich nicht daran.“ Er trat zu seinem Tisch und stoppte Kurt Sowinetz. „Darf ich Ihnen meinen Kollegen Inspektor Prokopetz vorstellen?“

Man nickte sich zu. Gehrlinger nahm hinter seinem Eichenfurniertisch mit dem gefährlich schaukelnden Aktenturm Platz, Prokopetz blieb stehen.

„Also“, sagte Gehrlinger. „Sie behaupten, jemand habe Ihren Wagen manipuliert, Frau Baric?“

„Herr Wagner sagt das.“

Gehrlinger richtete seinen Blick auf Ferdinand Wagner.

„Frau Baric berichtet schon seit einiger Zeit davon, dass sie jemand verfolgt, beschattet. Sie bekommt Morddrohungen am Telefon. Vor zwei Tagen hat sogar jemand bei ihr eingebrochen.“

„Warum haben Sie das nicht der Polizei gemeldet, Frau Baric?“

„Es ist ja nichts entwendet worden. Vielleicht ist auch gar nicht eingebrochen worden. Vielleicht habe ich einfach nur schlecht geträumt“, murmelte Barbara.

Gehrlinger blickte sie an. Seine Glatze schimmerte im Nachmittagslicht, das durch die großen Fenster hereinfiel. Prokopetz, der jetzt am Fenster gleich neben Alfred Aufstellung genommen hatte, grinste etwas anzüglich.

„Sie erwähnten vorhin im Krankenhaus noch einen Fahrstuhl und eine Pistole, Herr Wagner.“

„Das soll Ihnen Frau Baric schildern, ich war nur bei einem der Ereignisse dabei.“

„Aber Sie haben Herrn Baric senior verdächtigt, damit etwas zu tun zu haben.“

Wagner zuckte mit den Schultern.

„Ich war wütend. Baric und ich sind nicht die besten Freunde, das ist stadtbekannt. Er will nicht, dass ich seine Tochter heirate. Er sieht mich als Konkurrenten. Ihm passt nicht, wie ich denke, was ich baue. Aber das sind Interna, Herr Oberinspektor, die gehen Sie, mit Verlaub, eigentlich nichts an.“ Wagner lächelte leicht. Sein linkes Bein schaukelte weiter betont lässig über dem anderen.

„Was mich etwas angeht, entscheide immer noch ich, Herr Wagner, mit Verlaub“, sagte der Oberinspektor. „Und ein manipulierter Fahrstuhl im Baric Tower und Menschen, die in der Öffentlichkeit mit Pistolen herumfuchteln, gehen mich sehr wohl etwas an. Was ist da passiert, Frau Baric?“

„Ich weiß es nicht genau. Und ich stimme meinem Lebensgefährten zu. Das sind wirklich Privatangelegenheiten. Auf alle Fälle will ich jedes Aufsehen vermeiden. Einen Skandal können und wollen wir uns nicht leisten.“

„Erzählen Sie trotzdem, wo wir hier gerade so gemütlich beisammenhocken.“

Alfred überlegte kurz, ob er eingreifen sollte. Das war genau die Stelle, an der der Verteidiger in Filmen seiner Klientin rät, von ihrem Recht auf Aussageverweigerung Gebrauch zu machen. Aber Alfred war nicht Barbaras Verteidiger, auch wenn die Polizei das zu glauben schien. Also verlegte sich Alfred weiter aufs Zuhören. Und versuchte dabei, zumindest wie ein Rechtsbeistand zu wirken.

Barbara schilderte seufzend und in knappen Worten ihre Begegnung in der Blutgasse. „Wie gesagt, Herr Oberinspektor, ich kann nicht beschwören, ob der Mann wirklich einen Revolver getragen hat. Und ob er wirklich mich gemeint hat. Könnte alles eine Mischung aus Zufall und Einbildung gewesen sein.“

„In jedem Fall Interna der Baric Bau“, ergänzte Wagner.

Jetzt ließ sich Prokopetz zum ersten Mal vernehmen. Er hüstelte, dann sagte er: „Herrschaften, der Herr Oberinspektor und ich haben noch andere Fälle zu lösen.“ Sein Blick streifte den Aktenberg. „Wollen Sie nun Anzeige erstatten?“

Wagner warf ihm einen giftigen Blick zu. Barbara schüttelte den Kopf. Gehrlinger seufzte vernehmbar, blickte Prokopetz an, der intensiv das Muster der Tapete hinter Gehrlingers Schreibtisch zu studieren schien. Schweigen senkte sich bleischwer in das Büro der Kriminalpolizei. Dann wurde die Tür zum angrenzenden Büro geöffnet. Eine junge Beamtin betrat den Raum und drückte Prokopetz einen Akt in die Hand. Der öffnete ihn, überflog das erste Blatt und räusperte sich erneut etwas theatralisch.

„Also, unsere Kollegen haben festgestellt, dass praktisch keine Bremsflüssigkeit in Frau Barics Auto vorhanden war. Deshalb haben die Bremsen versagt. Was ja nur logisch ist, net. An einer Stelle hat sich der Kontakt der Bremsleitung gelöst. Das kann extern herbeigeführt worden sein. Aber die Leitung kann sich auch einfach so gelöst haben. Wann war Ihr Wagen das letzte Mal bei einer Inspektion, gnädige Frau?“ Die wässrig blauen Augen des Inspektors richteten sich streng auf BB.

„Keine Ahnung. Der BMW ist doch erst drei Jahre alt.“

Prokopetz blätterte im Akt. „Mit einem Kilometerstand von immerhin 121 tausend – äh – 423 Kilometern. Um exakt zu sein.“

„I’m a hard working woman, officer“, sagte Barbara und blickte trotzig in die blauen Augen des Inspektors.

„Aber leider etwas nachlässig im Umgang mit Ihrem Auto, scheint mir.“ Prokopetz grinste leicht.

Gehrlinger ließ beide Hände vernehmlich auf die Linoleumoberfläche seines Schreibtisches fallen. Die Akten wankten.

„Wenn Sie keine Anzeige gegen Unbekannt stellen wollen ...“ Wagner und BB schüttelten beide den Kopf.

„Ich denke, dann wird auch der Staatsanwalt in diesem Fall keinen Grund sehen einzugreifen. Es war ein Unfall. Überlassen wir den Rest den Versicherungen. Die Magistratsabteilung 48 wird Ihnen wegen der beiden verbeulten Mistkübel vermutlich eine kleine Rechnung ausstellen. Den Wagen können Sie in unserer Technikabteilung in der Landesgerichtsstraße abholen, er ist bis auf ein paar Blechschäden noch fahrtüchtig. Bremsflüssigkeit haben die Kollegen nachgefüllt, kleiner Service der Wiener Polizei. Die Rechnung für den Materialaufwand stellen wir Ihnen ebenfalls zu. Damit schließe ich den Akt."

Prokopetz öffnete beiden die Tür und deutete, als BB an ihm vorbeiging, ein Kopfnicken an. Gehrlinger blieb hinter seinem Aktenturm sitzen. Zum Abschied hob er die Hand. Oder war es seine Faust?

Draußen auf dem Schottenring blieben sie noch kurz stehen. Niemand schien etwas sagen zu wollen.

„Na, ist doch glimpflich abgelaufen", versuchte Alfred, das Eis zu brechen.

Wagner blickte auf seine Uhr. „Entschuldige, Barbara, aber ich habe einen Termin. Herr Brinkmann wird dich sicher noch bis zur Landesgerichtsstraße begleiten. Ist eh gleich ums Eck." Er winkte sich ein vorbeifahrendes Taxi, hauchte Barbara ein Küsschen auf die Wange und stieg in den Wagen.

„Nachdem laut deiner Aussage eigentlich nichts passiert ist, brauchst du ja meine Dienste nicht mehr", sagte Alfred, dem davonfahrenden Taxi nachblickend.

„Und der Zettel? Auf meinem Wohnzimmertisch?", fragte Barbara.

„Stimmt, von dem hast du dem Herrn Oberinspektor und seinem sympathischen Gehilfen nichts erzählt."

„Ich werde mich hüten."

„Komm, lass uns dein Auto holen." Alfred legte den Arm um Barbaras Schultern. Sie schmiegte sich ein wenig an ihn. So gingen sie schweigend über das Schottentor an der Hauptuniversität vorbei zur Landesgerichtsstraße, wo im Hof des Untersuchungsgefängnisses Barbaras BMW stand.

„Und wenn ich im Auto wieder so einen Zettel finden würde?"

„Und wenn Inspektor Prokopetz Recht hat? Auch ein neues Auto sollte ab und zu mal zur Inspektion."

Barbara blitzte ihn böse an.

Gegen fünf Uhr am gleichen Tag saß Willy Baric in seinem Büro hoch oben im neuen Firmensitz. Unter ihm lagen zweiunddreißig leere Stockwerke. Bruckners neunte Sinfonie schallte in ohrenbetäubender Lautstärke durch das Zimmer. Machte sich gut, die neue Anlage. Für knapp 12.000 Euro konnte man das aber auch erwarten.

Während Bruckner donnerte, dachte Baric über diesen Alfred Brinkmann nach. In welchem Verhältnis stand der zu seiner Tochter? Machte an sich einen vernünftigen Eindruck. Außer, dass er Deutscher war. Deutete sich da ein erneuter Wechsel in Barbaras langer Reihe von Liebhabern an? Baric musste grinsen. Ein ganz charmanter Typ, dieser Brinkmann. Auch wenn er einen windigen Beruf hatte. Hatte er ihm zu viel erzählt? Was gingen das Berliner Abendblatt seine Pläne an? Vielleicht hätte er Barbara nicht als nymphoman bezeichnen sollen. Naja, wenigstens keiner aus der Branche. Der würde Barbara keine Faxen in den Kopf setzen. Zumindest keine, die ihm in die Quere kommen könnten.

Da machte sich sein Handy bemerkbar.

„Ja!“, bellte er und ließ die Musik mit der Fernbedienung verstummen.

„Willy!“, sagte ein betont freundlicher Bass.

„Albert?“ Über Willys Gesicht zog ein breites Grinsen. „Habe mich schon gefragt, wann du anrufst.“

„Willy, alter Mafioso, wie geht’s dir?“

„Es war ein ereignisreicher Tag.“

„Davon habe ich gehört ...“ Willys Gesprächspartner machte eine Pause. Im Hintergrund hörte man die Geräusche einer Tageszeitungsredaktion kurz vor Druckschluss. Alle Telefone klingelten, Stimmen riefen durcheinander, Tastaturen klickerten.

„Willy, man hat mir erzählt, dass ein gewisser Ferdinand Wagner und eine gewisse Barbara Baric bei der Kripo auf dem Sofa sitzen respektive saßen …“

„So? Funktionieren also noch deine alten Verbindungen? Wie damals beim AKH-Skandal, was?“

„Und gerade in der Rotlichtaffäre.“

„Albert Wibranetz, das Gewissen der Nation, die Personifikation der vierten Macht, die gerissenste Schnüffelnase Österreichs.“

„Genau.“

„Und, was hast du jetzt erschnüffelt?“

„Es stinkt gewaltig im Hause Baric.“

„So?“

„Mein Informant …“

„Dein Informant? Albert, mach dich nicht lächerlich!“

„Mein Informant“, Wibranetz’ Stimme war noch tiefer geworden, wenn das überhaupt möglich war, „schildert mir eine völlig aufgelöste junge Frau, die der Polizei beredt von Mordanschlägen berichtet.“

„Mord? Albert!“

„Mord, Willy. Und der berühmte Architekt Wagner sitzt daneben und nickt stumm. Die Tochter von Wiens führendem Entrepreneur wurde heute ins AKH eingeliefert, nachdem sie mit ihrem Wagen einen schweren Unfall hatte.“

„Das bisschen Blechschaden?“

„Sie sei knapp mit dem Leben davongekommen, heißt es. Jemand habe an ihrem Auto manipuliert. Und dann erzählte Ferdinand Wagner, dass deine Tochter vor Kurzem fast mit einem Fahrstuhl abgestürzt wäre. Und weißt du wo?“

„Sag du’s mir.“

„In deinem neuen Wunderturm.“

„Interessant.“

„In der Tat, sehr interessant.“ Wibranetz machte eine Kunstpause.

„Und dann noch die Sache mit dem Revolver.“

Willy schwieg.

„Ein Unbekannter hat deine Tochter mit einer Waffe bedroht, mitten in der Nacht, mitten in Wien.“

„Tolle Story, Albert.“

„Wenn sie wahr ist.“

„Ist das so wichtig?“

„Was willst du damit andeuten?“

„Nichts Bestimmtes. Ich kenne diese Geschichten meiner Tochter bereits.“

„Geschichten, Willy?“

„Geschichten, Erzählungen, Märchen.“

„Du glaubst, sie denkt sich das alles aus?“

Baric schwieg.

„Du glaubst, deine Tochter dreht gerade ein bisschen durch?“

Baric schwieg weiter. Dann sagte er: „Erstens: Der abstürzende Fahrstuhl lässt sich auf ein technisches Versagen zurückführen, habe mir das angesehen. Die Leute von Corbis haben mal wieder gestümpert. Werde in meinem nächsten Hochhausprojekt mit einer anderen Fahrstuhlfirma zusammenarbeiten. Die können offenbar mit ein bisschen Zeitdruck nicht umgehen. Zweitens: Gibt es für die angebliche Begegnung mit diesem Mann mit Revolver Zeugen? Drittens: Auch bei den Bayrischen Motorenwerken könnte geschlampt worden sein. So eine Bremsleitung kann schon mal reißen, besonders wenn eine so temperamentvolle Dame wie meine Tochter auf die Bremse tritt. Und man kann auch absichtlich gegen Mistkübel fahren.“

Albert lachte. „Und warum sollte sie absichtlich gegen Mistkübel fahren?“

„Ich weiß es nicht“, sagte Baric.

„Mmmh“, machte Wibranetz. „Vielleicht, um dich zu desavouieren?“

Beide Männer schwiegen einen Moment. Baric hörte dem weißen Rauschen der Redaktion im Hintergrund zu.

„Also, was führt Barbara im Schilde, Willy?“

„Sag du's mir, du bist der Enthüllungsjournalist.“

„Fassen wir zusammen: Barbara tritt im Wettbewerb um den Ostbahnhof gemeinsam mit Wagner gegen dich an. Glaubt man den Auguren, dürfte das eine knappe Entscheidung werden. Dein Unternehmen ist in jeder Hinsicht angeschlagen. Keine Aufträge, keine Gewinne, Baumängel, abstürzende Fahrstühle, zu teure Wohnungen, ungeregelte Nachfolge.“

„Wenn du das sagst.“

„Das pfeifen die Spatzen vom Dachl des Stephansdoms, Willy. Was werden die Kriterien für die Auftragsvergabe sein? In der Jury sitzen: Kollegen aus der Bauwirtschaft, Abgesandte der Bundesbahnen, des Stadtmagistrats, der eine oder der andere Stadtrat. Das sind alles nicht mehr deine besten Freunde, Willy.“

„Was soll das heißen, mit dem Fahrenhold von den ÖBB kann ich bestens.“

„Konntest du, Willy. Bis zu der Sache mit der Wohnbebauung am Nordbahnhof, die du fast in den Sand gesetzt hättest. Eine ärgerliche Sache für die ÖBB-Immobilienverwertungsgesellschaft.“

„Schwamm drüber.“

„Sagst du, Willy. Die Zeiten, wo du dir alles erlauben konntest, sind vorbei. Also, was werden die Kriterien am Ostbahnhof sein? Die Qualität des Projektentwurfs? Sicher. Der Preis? Auch wichtig. Zumindest da wirst du wohl mithalten können. Aber dann: Vertrauenswürdigkeit, Außenwirkung, Image. Und da hast du, in aller Freundschaft, lieber Willy, schlechte Karten.

Und mit dem Verdacht, dass du, um deine Tochter und Wagner aus deiner Firma rauszuhalten, obwohl das die Mehrheit in deinem Aufsichtsrat anders sieht, zu ungewöhnlichen Maßnahmen greifst, werden sie nicht besser werden, Willy."

„Du sprichst in Rätseln und Schachtelsätzen, Albert. Ungewöhnliche Maßnahmen? Mach dich nicht lächerlich."

„Barbara hat auch von Personen gesprochen, die sie in den letzten Tagen und Wochen verfolgt hätten."

Baric lachte. „Eben."

„Was heißt eben?"

„Die gute Barbara leidet an Verfolgungswahn. Und hat damit ihren famosen Verlobten angesteckt. Jetzt sind sie beide auf die gloriose Idee gekommen, mir die Sache in die Schuhe zu schieben. Und solchen Leuten soll ich mein Lebenswerk anvertrauen? Bei der ganzen Sache ist mir auf allen Seiten viel zu viel Fantasie im Spiel, Albert!"

„Fantasie ist die Würze des Lebens, Willy."

„Und das Schmiermittel deiner Branche."

„Du sagst es. Jedenfalls brauen sich da schöne Dinge in der Familie Baric zusammen. Vater unterstellt seiner Tochter, sie leide unter Paranoia. Tochter klagt ihren Vater an, ihr nach dem Leben zu trachten."

„An deiner Stelle würde ich diesen Erbschleicher Wagner mal näher unter die Lupe nehmen, Albert!"

„Das kommt später. Nach der Jurysitzung am Freitag. Bis dahin haben wir vorerst genug Stoff. Einen schönen Abend noch. Und schau morgen mal in den Morgenkurier. Ziemlich weit vorne."

Willy Baric legte auf. Das Gespräch war irgendwie nicht so gelaufen, wie er das geplant hatte. Er drückte auf die Fernbedienung und ließ Bruckner von der Leine. Bamm-bamm-bamm.

Alfred saß in seinem Büro im Palais. Es war nicht groß, kleiner als das in der Redaktion des Abendblattes. Aber die Lage war erstklassig. In Berlin hatte er den ganzen Tag das Fenster geschlossen halten müssen, weil der Verkehr auf der Potsdamer Straße bis in den dritten Stock hinaufbrandete. Wenn er hier aufstand, die Flügel eines seiner alten Kastenfenster öffnete, blickte er auf Spaziergänger, die durch eine Passage zwischen Herrengasse und Naglergasse im ersten Bezirk schlenderten. Autos gab es hier nicht. Höchstens das dezente Klimpern von Besteck und Tellern aus den Schanigärten vor den Lokalen drang von unten zu ihm herauf. Ein Geräusch, das er gerne hörte. Oft saß er selbst in den Gaststätten unter seinem Fenster und verzehrte genüsslich ein Schnitzel oder einen zart gekochten Tafelspitz. Vorher eine Grießnockerlsuppe, dazu ein Glas Veltliner aus dem Weinviertel oder ein Sauvignon Blanc aus der Südsteiermark. Was willst du mehr, Alfred Brinkmann, Schwiegersohn reicher Leute? Das karge Berlin-Brandenburg konnte ihm gestohlen bleiben.

Doch momentan war Alfred der Appetit vergangen. Vor ihm auf dem Schreibtisch lag ein Brief. Ein garstiger Brief. Und er war an ihn gerichtet, persönlich: Alfred Brinkmann c/o Pokorny'sche Liegenschaftsgesellschaft, Palais Eibenfels, Wallnerstraße, Wien. In dem Brief war von „Gestapo-Methoden" die Rede. Und von „Widerstand", der geleistet werden würde. Der Brief trug keinen Absender.

Anonyme Drohbriefe. Das kannte Alfred aus seiner Zeit beim Abendblatt. Er wurde wie sein berühmter Vorgänger Heinrich Pompl am Telefon und schriftlich beschimpft und bedroht. Von Gastronomen, die sich in einem seiner Artikel nicht richtig dargestellt fühlten. Auch ein Grund, warum Alfred das Angebot Pokornys, Cordula nach Wien zu folgen, gerne angenommen hatte.

Das Papier fühlte sich teuer an. Alfred hielt den Bogen gegen das Licht. Ein Wasserzeichen war zu erkennen. Das Wappentier der Österreicher: ein Adler, der in seinen Krallen Hammer und Sichel trug und seine Ketten sprengte. Eine schöne Synthese aus Habsburgern und Sozialisten.

Gestapo-Methoden ... Wo hätte Alfred Gestapo-Methoden anwenden sollen? Ging es um Rothneusiedl? Wo Alfred für Pokorny so viele Grundstücke wie nur möglich aquirieren sollte, weil sie davon ausgingen, dass dort am südlichen Stadtrand, wo sich heute nur Wiesen und Äcker und ein paar armselige Gewerbebetriebe befanden, in absehbarer Zeit ein Fußballstadion samt Einkaufszentrum gebaut werden würde, finanziert von einem einflussreichen Geschäftsmann aus Übersee? Die Spekulationen hatten eingesetzt, als der Wiener Bürgermeister solche Pläne etwas leichtfertig erwähnt hatte. Die Bauern versuchten jetzt, die Preise hochzutreiben und potenzielle Käufer gegeneinander auszuspielen.

Da gab es diesen unangenehmen Typen von der ImmoRentabel. Der konnte es offenbar überhaupt nicht vertragen, gegen einen deutschen Mitbewerber anzutreten. Ob ihm ein Tscheche oder Kroate lieber gewesen wäre? Jedenfalls machte er ständig Witze über die Piefke, nannte sie „präpotente Charmebolzen“ und schimpfte über Bayern München, den „unsympathischsten Fußballverein der Welt“.

Bei einem ihrer Treffen fragte der Immobilienfachmann, wann denn das letzte Mal ein Deutscher eine Weltcup-Abfahrt gewonnen habe. Alfred erwiderte, er würde sich nicht für Skifahren interessieren, das überlasse er gerne den Einheimischen, das sei schließlich die einzige Sportart neben Rückenschwimmen, in der sie gut seien. Die anderen lachten, der Immo-Berater nicht. Alfred fügte versöhnlich hinzu: „Im Weinbau seid ihr auch noch ganz gut." Doch das half nichts mehr. „Davon habt ihr Piefke am allerwenigstens Ahnung! Überhaupt ist euch ja alles Kulinarische fremd." – „Deshalb bin ich zu euch gekommen, um endlich mal anständig essen zu können." Da lächelte der Mann: „Gell, gegen ein anständiges Beuscherl kommt nix an? Gehen wir nach Erfüllung unserer lästigen Pflichten ein Beuscherl essen, Kollege! Ich lade Sie ein!"

Später saßen sie tatsächlich in einem verwinkelten, etwas dusteren und ziemlich verrauchten Heurigen am Rand von Favoriten und leerten drei Liter Welschriesling der billigeren Sorte. Kurz ritt der garstige Kollege noch darauf herum, dass Welschriesling viel besser und bodenständiger sei als dieser überzüchtete und höchstens halbtrockene deutsche Riesling. Alfred ließ das widerspruchslos stehen, obwohl er es besser wusste.

Es wurde ein recht gemütlicher, sehr österreichischer Abend. Also, der würde ihm bestimmt auch keinen Drohbrief schreiben. Obwohl, wenn er wieder nüchtern war? Und ihm der tiefsitzende Hass auf die Piefke erneut hoch kam? Wenn es nur als schlechter Scherz gemeint war? Alfred musste lächeln. Nein, so schlimm war es dann doch nicht mit der Rivalität.

Aber der Vorwurf von Gestapo-Methoden hatte in Österreich einen antideutschen Unterton, daran war nicht zu zweifeln. Schließlich waren die Nazis immer nur die Deutschen. Daran hatte auch die Waldheim-Affäre nichts ändern können. Österreich empfand sich als Opfer der Nazi-Diktatur, obwohl am Wiener Heldenplatz zigtausende dem Führer beim „Anschluss an das Reich" zugejubelt hatten. Das waren alles Piefke gewesen, Nazis, also die anderen.

Also wer von seinen „Kunden“ würde zu dieser derben Keule greifen? Grünsteidl aus der Kandlgasse fiel ihm ein. Das war jetzt auch schon wieder eineinhalb Wochen her. Die Familie im ersten Stock wohnte mittlerweile in der Großfeldsiedlung. Es hatte genau 48 Stunden gedauert, bis sie bei Alfred anriefen und um eine andere Wohnung baten. Den Auszug der älteren Dame mit Dackel hatte Alfred ebenfalls in die Wege leiten können. Die Idee mit den kostenlosen Übungsräumen war ein voller Erfolg gewesen. Alfred war neu, dass die Nazis Heavy-Metal-Musik einsetzten. Obwohl – für einen Anhänger barocker Tafelmusik musste das schon harter Tobak sein, wenn gleich nebenan die Marshall-Türme glühten. Hörte Grünsteidl barocke Tafelmusik?

„Ich weiß, wer Sie sind, Brinkmann“, schrieb der anonyme Autor. „Ich kenne auch Ihre saubere Familie. Und ich kenne meine Rechte. Ich werde mir nicht von euch Nazis auf der Nase herumtanzen lassen.“ Alfred seufzte und schob den Brief in die Wiedervorlage. Sein Blick fiel auf die Schlagzeile im Morgenkurier, den ihm Frau Galasek hingelegt hatte. „Neue Wendung im Rosenkrieg“, stand da. „Franz Fuhrmann, die rechte Hand von Beton-Willy, verweigert BB Einsicht in die Geschäftsbücher. Kippt die Mehrheit im Aufsichtsrat zuungunsten von BB?“

Arme Barbara. Alfred hatte zu Mittag mit ihr telefoniert. Sie wirkte gefasst, aber am Ton ihrer Stimme spürte er, dass sie nicht mehr lange durchhalten würde. Noch zwei Tage bis zur Entscheidung. Am Ostbahnhof hing alles. Am Freitag würde sich das Schicksal der Baric Bau entscheiden. Glaubte Barbara.

Alfred blickte auf die Uhr. Noch eine knappe Stunde bis zu seinem Treffen mit Richard Blumenauer. Alfred wollte ihn ein wenig aushorchen über weitere Interna im Hause Baric, der kannte die Familie schon viele

Jahre, hatte immer wieder für Baric senior gebaut und war mit Barbara befreundet, auch wenn ihr Kontakt früher wohl intensiver gewesen war, meinte Cordula. Cordula würde auch kommen. Blumenauer wie immer alleine. Er lebte seit eineinhalb Jahren in Scheidung, eine sehr unerquickliche Geschichte, wie Alfred aus vielen gemeinsamen Abenden in ihrem Stammbeisl, dem Steman, wusste. Unter anderem ging es um viel Geld. Das Richard an seine Frau zu zahlen hatte.

Um die Zeit totzuschlagen, wandte sich Alfred den Prospekten einiger führender Weingüter in Niederösterreich zu. Erstaunlich, wie weit die es seit dem Glykolskandal in den Achtzigerjahren gebracht hatten. Keine Rede mehr vom „sauren Brünnerstrassler“. Alfred lachten avantgardistisch gestaltete Landsitze an, in denen ein Wein produziert wurde, der es mit den Großen dieser Welt aufnehmen konnte.

Es gehörte zu Alfreds angenehmeren Pflichten als Angestellter im Pokorny'schen Familienbetrieb, für seinen Schwiegervater ein Weingut zu suchen, auf dem er seinem Hobby der Vinifizierung stilgerecht nachgehen könnte. Glaubte der Graf, sich einfach irgendwo ins Paradies einkaufen zu können? Als Preuße am Wagram über Nacht zum Winzerkönig aufzusteigen? Das sähe ihm ähnlich. Und würde alle Vorurteile über die Piefke aufs Schönste bestätigen. Alfred musste wieder lächeln. Der Gedanke an seinen steifen, stets im Zweireiher auftretenden Schwiegervater hob seine Laune. Das kam auch nicht alle Tage vor.

Da klingelte das Telefon. Wie immer penetrant laut. Längst hatte sich Alfred vorgenommen, es umzuprogrammieren. Aber er wusste nicht, wie man das machte. Die österreichischen Dinger funktionierten irgendwie anders. Und die Zeiten, wo man mit einem Tastendruck oder noch besser dem einfachen Drehen an einem Regler ans Ziel kam, waren in der Welt der Informations- und Kommunikationstechnologien längst vorbei. Vielleicht sollte er die strenge Dame im Vorzimmer damit beauftragen, die ihn jedes Mal, wenn er an ihr vorbeiging, von oben bis unten musterte. Frau Galasek war hier die Chefsekretärin und auch für Alfred zuständig. Sie stieß sich daran, dass Alfred selten mit Anzug und Krawatte ins Palais kam. Und wenn, dann trug Alfred recht farbenfroh gestreifte von Herrenausstattern aus London oder den USA, die auch nicht den Vorstellungen Frau Galaseks genügten. Saloppe Auftritte entsprachen nicht ihrer strengen Wiener Schule, die von Schneidern wie Knize am Graben geprägt waren. Alfreds in ihrer Anwesenheit betont norddeutsches „Moin!" oder „Tach!" auch nicht. Er sollte ihr mal einen bunten Strauß frühsommerlicher Blumen mitbringen. Aber es würden sicherlich die falschen sein.

„Pokorny'sche Liegenschaften, Brinkmann am Apparat, wie kann ich Ihnen zur Seite stehen?", flötete Alfred in den Apparat.

„Alfred, schön, dich einmal vor Ort anzutreffen."

Wenn man an den Teufel im Zweireiher dachte ...

„Ja, lieber Schwiegervater?"

„Wie geht es in Rothneusiedl voran? Und in der Kandlgasse?"

„Möchtest du nicht erst einmal wissen, wie das Wetter bei uns im schönen Wien ist? Und die werte Befindlichkeit? Wie es deiner entzückenden Tochter geht? Enkelkinder sind ja leider noch keine vorhanden, trotz aller Bemühungen."

„Nein, will ich nicht, Alfred. Ich will wissen, was bei euch los ist."

„Herrje, immer gleich mit der Tür ins Haus fallen ... Musst du unbedingt so germanisch sein, Friedrich? Wie wäre es mit ein wenig alter Wiener Schule, mmh?"

„Bist du betrunken?“

„Keineswegs. Obwohl ich mich gerade intensiv mit deinem Weingut beschäftige.“

„Dazu kommen wir später. Was ist in der Kandlgasse los? Und in Rothneusiedl?“

„Nichts. In Rothneusiedl checke ich gerade die Konkurrenz. Ein anstrengendes Unterfangen. In der Kandlgasse proben diverse hochbegabte Rockbands. Oder wie würdest du sagen: Musikkapellen?“

„Rockbands? In der Kandlgasse? Alfred, wovon faselst du?“

„Gut, gut. Lasse ich die entscheidenden Details halt weg. In Kurzform: Bis auf diesen Grünsteidl sind alle raus. Meine Überredungskünste haben Früchte getragen. In Rothneusiedl steigen die Preise, unaufhörlich. Und niemand verkauft.“

„Und was gedenkst du im Falle Grünsteidl zu unternehmen, Alfred?“

„Räumungsklage?“

Pokorny schwieg.

„Soll ich die Georgier vorbeischicken?“

„Was für Georgier?“

„Oder waren es Tschetschenen? Jedenfalls finster aussehende Gesellen, die einem einen schönen Schrecken einjagen können.“ Alfred kicherte.

„Nein, das sind nicht unsere Methoden, Alfred.“

„Ich habe auch nur einen Scherz gemacht, lieber Schwiegervater.“

„Du scheinst heute überhaupt außergewöhnlich prächtig aufgelegt zu sein.“

„Es ist Frühling, Friedrich! Die Sonne scheint, die Vöglein jubilieren. Der Wonnemonat Mai ist ausgebrochen.“

„Sprich noch einmal mit Grünsteidl, Alfred.“

Alfred seufzte. „Das wird nicht viel bringen. Grünsteidl bockt. Vor mir liegt ein anonymer Brief, in dem mir Gestapo-Methoden vorgeworfen werden. Vermutlich von Herrn Grünsteidl."

„Das sähe ihm ähnlich."

„Wieso? Kennst du ihn?"

„Ach, Baric hatte jahrelang Ärger mit ihm und seiner Familie."

„Baric?"

„Von Willy habe ich doch die Bruchbude vor einem Jahr gekauft."

„Ach, wirklich?" Pokorny war kein Kommunikationsgenie. Er pflegte Alfred nur so weit in seine Geschäfte einzuweihen wie unbedingt nötig.

„Wie gut kennst du Willy Baric?"

„Ich habe als Rechtsanwalt seit Jahrzehnten mit ihm zu tun."

„Du meinst über die Liegenschaftsgesellschaft?"

„Ja. Und persönlich. Ich habe über Hanna auch die Zulassung in Österreich."

„Wie praktisch."

„In der Tat."

„Und diesen Grünsteidl kennst du auch?"

„Ich habe von ihm gehört. Ein äußerst unangenehmer Mieter. Egal, was wir oder Baric von ihm wollten: Immer hat er Widerspruch eingelegt. Renovierungsmaßnahmen, Reparaturarbeiten in seiner Wohnung, winzige Betriebskostenerhöhungen. Das war schon bei seinen Eltern und Großeltern so. Furchtbar."

„Die haben alle in dem Haus gewohnt?"

„Ja, seit dem Krieg. Oder sogar noch davor. Irgendwann sind seine Eltern gestorben. Aber Grünsteidl hat den Mietvertrag zu den alten Konditionen übernommen und zahlt deshalb eine erbärmlich niedrige Miete. Baric konnte nichts machen."

„Der kann da also tatsächlich bis an sein Lebensende wohnen bleiben, Friedrich?“

„Theoretisch.“

„Theoretisch?“

„Wenn wir das Haus abreißen oder kräftig entkernen, wird ihm wohl nichts anderes übrigbleiben, als auszuziehen.“

„Also soll Blumenauer die Bagger anrücken lassen.“

„Besser Baric, der ist der Fachmann für so etwas. Richard hat nur die Entwürfe für den Umbau geliefert. Willy besorgt den Rest.“

„Okay, ich rufe Baric morgen an. Aber was ist, wenn dieser Grünsteidl trotz Bagger und Presslufthämmern dableibt? Sich wie ein Umweltaktivist an der Heizung in seinem Wohnzimmer festkettet?“

„Überlass das Baric, der kennt sich bei so was aus“, brummte Pokorny.

„Hast du von den Rosenkriegen im Hause Baric gehört?“, fragte Alfred.

„Ja, Cordula hat mir davon erzählt. Unappetitliche Sache. Das kommt davon, wenn man nicht loslassen kann. Apropos: Hast du was Passendes für meinen Altersruhesitz gefunden, Alfred? Und, bitte, was Besseres als dieses verfaulende Bauernhaus mitten im Wald im Burgenland, das du mir andrehen wolltest.“

„Aber das lag doch sehr romantisch.“

„Ja, wenn man keinen Wert auf Zivilisation legt.“

„Das Schlösschen mit Weingärten am Wagram sieht wirklich prima aus. Hast du dir die Fotos angesehen, die ich dir gemailt habe?“

„Ja, sehr schön. Besonders der Blick von meinem künftigen Schlafzimmer auf die Weinberge.“

Dann legten sie auf. Jetzt war es Zeit für Blumenauer, Cordula und einen vielversprechenden Ausflug in die asiatische Küche.

# Shanghai

London, schoss es Alfred durch den Kopf, als er die teppichdicken Vorhänge hinter der mit Schnitzereien reich verzierten Eingangstür aus schwarzem Holz für Cordula zur Seite schob. Sie wurden im Dämmerlicht durch den oberen Restaurantraum ins noch exklusivere, noch dunklere Untergeschoß geführt. Alles war schwarz: Boden, Decke, Wände, Tische, Stühle, sogar die Trennwände aus einem feinmaschigen Holzgitter. Auch die auffällig jugendlichen Kellnerinnen und Kellner trugen schwarze T-Shirts. Im Vorbeigehen konnte Alfred an einer Wand schreiend bunt gemalte Kois bewundern. Neben den roten Lampions über den Tischen und den zu Spiralen gedrechselten Karotten und den magentaroten Blüten auf den Tellern der Gäste war die japanische Variante des Karpfens der einzige Farbtupfer in der allgemeinen Schwärze.

Wie in einem Labyrinth verbargen sich hinter den halbtransparenten Stellwänden Kojen für vier bis acht Essende, die an sehr niedrigen Tischen praktisch auf dem Boden oder auf Stühlen ohne Beine saßen. Hier wurde der Shanghai Club sehr japanisch und erinnerte gleichzeitig an einen orientalischen Harem. Der ideale Ort, um ungestört zu speisen und zu reden.

„London?“, fragte Blumenauer, der schon im Schneidersitz und mit einer Tasse grünen Tees auf die beiden gewartet hatte. „Oder tatsächlich Shanghai? Ein bisschen Internationalität kann unserer etwas zurückgebliebenen Stadt nur gut tun. Endlich dürfen wir etwas anderes essen als Schnitzel, Gulasch, Tafelspitz oder Pizza. Und das in zeitgemäßem Interieur.“

„Zeitgemäß?“ Cordula zog ihre Augenbrauen hoch.

„Was hast du gegen Schnitzel und Gulasch, Richard?“, lachte Alfred. „Cordula hat mich nach Wien gelockt, um genau das zu essen! Für Sushi und Sashimi hätte ich auch in Berlin bleiben können.“

„Die Welt der Kulinarik bietet mehr als paniertes Fleisch.“

„In Italien, Singapur und Buenos Aires vielleicht.“ Alfred zog sich die Schuhe aus. „Aber in Wien möchte ich eigentlich keine Sushi oder Farfalle essen, sondern Beuscherl und Tafelspitz. Und Gulasch. Vor allem Gulasch.“

„Du bist noch relativ neu hier. Glaub mir, nach mehr als vierzig Jahren Wien bekommst du Lust auf Abwechslung.“

Cordula lachte. „Ich habe ihn auch mit regelmäßigen Besuchen der Staatsoper gelockt. Es gab mal Zeiten, als mein lieber Alfred gerne mit mir in die Oper ging und schon nach wenigen Takten die Ouvertüren von Rossini oder Puccini erkannte. Jetzt steht er lieber in verrauchten pubertären Rockschuppen herum.“

„Die Ouvertüren erkenne ich immer noch. Nur scheinst du mittlerweile mehr Gefallen an der Besetzung der Logen als an den Sängern auf der Bühne zu finden.“

„In meiner Branche gehört es zum Geschäft, Kontakte zu pflegen.“

„Und deine Kundschaft verkehrt ausschließlich in der Staatsoper?“

„Jedenfalls nicht im Flex oder im Fluc. Das sind alles potenzielle Sponsoren und Käufer. Deine auch, Alfred.“

„Ich verzichte darauf, meine Geschäfte mit meinem Privatvergnügen zu verquicken. Dann macht das Privatleben keinen Spaß mehr.“ Alfred griff sich die Karte. „Oder wie siehst du das, Richard?“

„Ich muss Cordula Recht geben. Manchmal lässt sich das nicht trennen. Was ich gar nicht so schlimm finde."

Angesichts der allgemeinen Kultiviertheit – Schuhe ausziehen, Schalen mit Wasser und blütenweiße gewärmte Handtücher zum Händewaschen am Tisch – hatte Blumenauer sogar auf sein obligates Zigarillo verzichtet. Er trug wie immer Schwarz.

„Das Beste an diesem Lokal sind übrigens die Toiletten", plauderte er gemütlich weiter, während Alfred immer noch versuchte, eine halbwegs bequeme Sitzposition zu finden. Die hatte Cordula, yogageschult, längst eingenommen. „An den Milchglasscheiben stehen lediglich die chinesischen Schriftzeichen für Männlein und Weiblein, was hin und wieder zu kleinen Verwechslungen führt. Die Männer dürfen in eine sehr edle eloxierte Stahlrinne pinkeln, hinter ihnen stehen zwei antike Holzstühle, man weiß nicht wofür. Soll man hier warten, bis man dran ist und den anderen so lange beim Pinkeln zusehen? Oder hockt hier manchmal der Toilettenmann und plaudert mit seiner Kundschaft über die neuesten asiatischen Zubereitungsarten? Beim Händewaschen sind Mann und Frau wieder vereint und stehen sich an einem langgezogenen, mit kleinen weißen Fliesen verkleideten Becken gegenüber, in das Wasser aus vielen kleinen Fontänen sprudelt. Alle bedienen sich an einem riesigen Stück Naturseife, das auf einem Holzgitter über dem Becken liegt. Sehr archaisch, sehr asiatisch. Ob es auch authentisch ist, kann ich nicht beurteilen. Ist mir auch egal."

Ein Kellner im schwarzen T-Shirt mit dem weißen Aufdruck „Shanghai Club – Joy of Food" kam, um die Bestellungen aufzunehmen. Sie wählten ein Menü für drei Personen mit Misosuppe, Papayasalat, Sushi, Tempura, weißgekochtem Schweinefleisch, Hühnerfleisch mit Cashewnüssen, süßsauer gebackenem Fisch und einem Nachtisch aus frischen exotischen Früchten.

Cordula verschwand für einen Moment, offenbar neugierig gemacht von Blumenauers Erzählungen. Alfred war sich nicht sicher, wie weit er Richard in die Baric-Sache einweihen durfte, einweihen musste. Er hatte Cordula eingeschärft, erst mal nichts von ihrer speziellen Beziehung zu den Barics zu verraten. Trotzdem brauchte er ein paar Informationen von Blumenauer.

„Ich habe aus Berlin den Auftrag bekommen, eine Serie von Porträts über Wiener Persönlichkeiten zu schreiben“, erklärte er.

„Und da bist du ausgerechnet als Erstes auf mich gekommen?“, lachte Richard. „So ein berühmter Architekt bin ich ja nun wirklich nicht. Aber freuen tut es einen natürlich.“

Der Kellner erschien wieder und brachte taiwanesischen Oolong. Blumenauer schenkte ihnen ein, dann beugte er sich nach vorne und fragte mit gesenkter Stimme: „Was willst du denn wissen, lieber Alfred, wo soll ich anfangen? Im Kindergarten?“

„Naja, eigentlich geht es um Beton-Willy“, nuschelte Alfred.

„Ach ja?“ Blumenauer ließ sich nach hinten fallen und schob seine Tasse von rechts nach links über den Tisch.

„Er ist ja unzweifelhaft eine schillernde Persönlichkeit“, murmelte Alfred.

„Unzweifelhaft“, bestätigte Blumenauer und schwieg.

Es wurden der Papayasalat und die Suppen serviert. Cordula war zurück.

„Affig“, sagte sie.

„Was?“, fragte Alfred.

„Die Klos."

„Standen bei euch auch antike Stühle zum Plaudern?"

„Wir plaudern im Stehen. Vor dem Spiegel. Muss denn heutzutage alles designt werden?"

„Du hättest Wien in den Achtzigern sehen sollen, Cordula", sagte Blumenauer. „Alle Häuser schwarz wie der Shanghai Club, nur weniger stilvoll. Eine Stadt bevölkert von Pensionisten und Scheintoten. Das verräucherte Café Hawelka galt als Inbegriff der Szene. Die Besitzer des Shanghai Club muss man beglückwünschen."

„Muss denn Wien wie alle anderen Großstädte werden? Gibt es bald nur noch Lokale für Leute, die es sich leisten können? Wie in London oder New York? Alles sauber, geleckt, teuer, aufgesetzt und langweilig?"

„Findest du das Shanghai wirklich langweilig, Cordula?", lachte Blumenauer.

„Warten wir das Essen ab", brummte sie.

„Zurück zu Baric", sagte Alfred.

„Ach ja, wir sind ja nicht nur zu unserem Vergnügen hier." Blumenauer rollte mit den Augen. Dann lachte er und legte Alfred versöhnlich seine Hand auf den Unterarm.

„Drum zahle ich das Essen", sagte Alfred.

„Gott sei Dank. So teure Lokale könnte ich mir sonst nicht leisten!"

„Gehen die Geschäfte so schlecht?", fragte Cordula.

Blumenauer lachte, gab aber keine Antwort und widmete sich lieber seiner Misosuppe. Die anderen taten es ihm nach.

„Du kennst meine hoffentlich bald ehemalige Frau nicht, Cordula", sagte Blumenauer, nachdem er seine Suppe geleert hatte. „Wie sagt man bei euch: Einem armen Mann kann man nicht in die Tasche greifen."

Alfred biss in ein Stück süßsauer marinierter Papaya. „Köstlich", entfuhr es ihm.

Dann sagte Blumenauer: „Also, die Diskussionen um den Baric Tower, dem damit verbundenen unverantwortlichen Eingriff in die Wiener Skyline und der drohende Verlust des Status als Weltkulturerbe sind wohl bis nach Berlin gedrungen."

„Das ist nur das neueste Kapitel der Wiener Baugeschichte", sagte Alfred. „An früheren hat Baric auch mitgeschrieben, oder?"

„Der liebe Willy hatte praktisch in jedem Bauskandal der letzten drei Jahrzehnte seine Finger drin. Und war in jungen Jahren der Erfinder der Fertigteilbauweise in Österreich. Er hatte eine kleine Baufirma geerbt, Ende der Sechzigerjahre begann er, Fertigbetonteile für seine Wohnhäuser zu produzieren. Er gründete mit der Baric Bau einen Bauträger und entwickelte in den Siebzigern und Achtzigern eine Reihe von Wohnprojekten in Großtafelbauweise. Bei euch im Osten nennt man das Plattenbauweise."

„Wir haben in Westberlin gewohnt, wir kommen also aus dem Westen", sagte Cordula.

„Aber Berlin liegt insgesamt gesehen im Osten, oder?" Richard lachte. „Barics geniale Geschäftsidee war: Als Bauträger konnte er seine eigene Firma als ausführendes Unternehmen beschäftigen – und brauchte so den Kuchen nicht mit anderen zu teilen. Das waren meistens ziemlich üble Kisten, die er hochzog. Aber sie erfüllten ihren Zweck, kostengünstig Wohnraum für möglichst viele Menschen zur Verfügung zu stellen. Das Geschäft lief gut bis in die Neunzigerjahre. Dann war der Bedarf an Wohnraum in Wien so gut wie gedeckt, die Stadt wuchs nicht mehr. Der Trend ging jetzt zu qualitätsvollerem Wohnbau. Nur war Barics Baufirma nicht in der Lage, solche Projekte zu verwirklichen. Es gab Ärger, Baumängel, schlechte Presse und so weiter. Seine Tochter hätte vielleicht das Zeug, das Steuer herumzureißen, aber der Alte lässt sie nicht."

„Warum nicht?", fragte Cordula.

Blumenauer hob die Arme. „Altersstarrsinn? Patriarchale Vorurteile? Der Einfluss interner Seilschaften? Ich weiß es nicht."

Jetzt kamen die Sushi. Während Alfred ein wenig Wasabipaste mit Sojasauce verrührte, fragte er: „Die Lage scheint sich zuzuspitzen. Du wirst ja den ‚Morgenkurier' in den letzten Tagen gelesen haben. Warum ist Baric senior so gegen Ferdinand Wagner?"

„Weil der ihm die Show stiehlt. Und sei es mit dieser seltsamen Frischbau, die er und Barbara gegründet haben. Da waren sie noch gar nicht liiert. Seitdem haben sie an mehreren Wettbewerben teilgenommen und sogar zwei gewonnen. Ihr erster Bau, das Grüne Haus, ist wirklich sehr innovativ und geht wohl auf Pläne von Wagner zurück, die er schon vor der Gründung der Frischbau fertiggestellt hatte. Es wurde in der Fachpresse einhellig gelobt. Wagner ist der neue Stern am Architektenhimmel. Der stiehlt uns allen die Show. Niemand mag ihn, aber keiner traut sich, das laut zu sagen. Er ist ein aalglatter Karrierist. Und wenn er jetzt mit der Frischbau noch den Auftrag für den Ostbahnhof bekommt, ist er auch geschäftlich dick im Rennen. Und dann schnappt er sich zum Schluss noch Barics Tochter."

„Barbara scheint das anders zu sehen", sagte Cordula.

Blumenauer tauchte ein Sushi mit einer rosarot gestreiften Garnele in die Sojasauce und biss genussvoll hinein. „Im Augenblick", nuschelte er mit vollem Mund.

„Wart ab, Cordula“, sagte Alfred. „Die wird bald lächelnd neben ihrem Gatten Ferdl zu den Debütantinnen hinunterwinken.“

„Oder auch nicht“, sagte Blumenauer. „BB wechselt ihre Liebhaber schneller als wir unsere Unterwäsche.“

Etwas Ähnliches hatte Beton-Willy auch gesagt, dachte Alfred.

„Anderseits passen die gut zusammen. Zwei Alphatierchen, die um jeden Preis Erfolg haben wollen, haben müssen.“

„Das ist doch Quatsch!“, rief Cordula. „Was hast du gegen Barbara, Richard?“

„Ich habe gar nichts gegen Barbara.“

„Du warst doch sogar mal mit ihr liiert.“

„Wirklich?“, fragte Alfred.

„Ist lange her“, winkte Blumenauer ab und steckte sich ein Sushi in den Mund.

„Hast du nicht sogar mal was für sie gebaut?“, fragte Cordula.

„Nichts Besonderes. Ihr Sommerhaus am Neusiedler See, in dem sie nie ist. Ganz aus Holz.“

Sie widmeten sich für einen schweigenden Moment ihren Sushis. Besonders gut schmeckte Alfred das mit Butterfisch. Wie hieß das japanische Wort für Butterfisch? Ibodai? Früher hätte Alfred so etwas noch sicher gewusst. Jetzt durfte er einfach nur noch genießen. Und ihm konnte egal sein, was Butterfisch auf Japanisch oder in sonst einer Sprache hieß. Hauptsache es schmeckte.

„Kann Barbara Baric mit Wagner gegen ihren Vater den Wettbewerb um den Ostbahnhof gewinnen?“, fragte Cordula. „Da kämpft doch David gegen Goliath.“

Blumenauer grinste. „Eben.“ Er hielt Ausschau nach dem Kellner. „Wo bleiben denn die Tempura?“, murmelte er.

„Also?“, fragte Alfred. „Werden sie?“

Die Tempuras kamen. Sofort griff sich Blumenauer ein in Teig frittiertes Stück Gemüse und tauchte es in ein neues Saucenschälchen.

„Frag lieber, ob Beton-Willy eine Chance hat.“

„Hat er?“

„Darf ich dir nicht sagen“, grinste Blumenauer. „Schließlich bin ich der Juryvorsitzende. Laufendes Verfahren, Informationssperre.“

„Ach komm, Richard, ganz unter uns ...“

Blumenauer schüttelte den Kopf und widmete sich einem zweiten Tempura. „Kellner! Ein Achtel Welschriesling, bitte! Für euch auch?“

Alfred nickte. Cordula ebenfalls.

„Wie wichtig wäre für Baric eine Beauftragung beim Umbau des Ostbahnhofs?“, fragte Alfred.

„So wichtig wie für alle, die sich beworben haben. Da steckt eine Menge Geld drin. Wirklich köstlich, diese Tempura. Erinnert mich an meinen Abstecher nach Kyoto vor ein paar Jahren. Aus dem Auftrag ist nichts geworden, aber die Erinnerung an die lokale Küche ist sehr lebendig geblieben.“

„Kannst du als Vorsitzender Einfluss auf die Entscheidung nehmen?“

Richard hörte kurz auf, an seinem dritten Tempura zu knabbern.

„Was hat diese Frage mit deinem Porträt über Baric zu tun?“

Alfred lachte. „Kannst du oder kannst du nicht?“

Blumenauer seufzte: „Theoretisch kann ich. Wenn es zu einer Kampfabstimmung kommt, könnte meine Stimme entscheidend sein. Und das könnte beim Ostbahnhof durchaus passieren, wenn ich die Lage richtig einschätze. Da stehen sich zwei Fraktionen unversöhnlich gegenüber.“

Jetzt wandten sie sich dem kalten, weißgekochten, in dünne Scheiben geschnittenen Schweinefleisch zu, das unterdessen an den Tisch gebracht worden war. Blumenauer bestrich eine Scheibe Fleisch mit einer sehr scharfen Sauce, die praktisch nur aus grünen und roten Chilis bestand.

„Jetzt wird's endlich chinesisch", sagte Alfred und bediente sich ebenfalls. Sie gaben sich der frischen Schärfe der Peperonis hin.

„Außerdem könnte ich gewisse Projekte aus verfahrenstechnischen Gründen ausschließen, wenn sie gegen Auflagen der Ausschreibung verstoßen", berichtete Blumenauer weiter. „Das ist zum Beispiel vor ein paar Jahren bei der Vergabe für das EM-Fußballstadion in Klagenfurt passiert. Was prompt zur Klage des unterlegenen Mitbewerbers führte."

„Mit welchem Ausgang?", fragte Cordula. Intrigen interessierten sie. Solche Techniken ließen sich auch in der Welt der Kunst gewinnbringend anwenden.

„Das unterlegene Bauunternehmen wurde ausgeschlossen, weil es kurz vor Ende des Verfahrens den Preis noch deutlich abgesenkt hatte. Ohne das wirklich begründen zu können. Sie hatten Kenntnis von den Angeboten der Konkurrenz bekommen, weil die in einer Klagenfurter Zeitung veröffentlicht worden waren, was natürlich während eines Wettbewerbs nicht passieren darf. Wie die Zeitung an diese vertraulichen Informationen gekommen war, ist bis heute unklar. Wahrscheinlich wurden sie ihr unter tätiger Mithilfe des Kärntner Landesvaters zugespielt, der ein Interesse daran hatte, dass der unterlegene Bewerber zum Zuge kam. Denn er und seine Partei hatten zuvor sechsstellige Beträge von diesem Bauträger bekommen. Ein Kommissionsmitglied hatte sich während des Verfahrens in einem edlen Wiener Restaurant mit

Vertretern dieses Bauträgers getroffen, die ihm erbost gesagt hatten: ‚Jetzt haben wir so viel Geld nach Kärnten überwiesen – und dann bekommen wir den Auftrag nicht?'"

„Das äußern die wirklich gegenüber einem Mitglied der Jury?", fragte Alfred.

„Später bedrohte die Baufirma, übrigens eine der größten in Europa, dieses Kommissionsmitglied mit einer 20-Millionen-Klage, woraufhin der seine Aussage zurückzog."

„Und wer darf jetzt das Stadion bauen?"

„Nach diversen Störmanövern von allen Seiten beauftragte der Klagenfurter Bürgermeister, kein ausgewiesener Freund des Landesvaters, in einer Nacht-und-Nebel-Aktion den von der Kommission als Sieger ausgewählten Bauträger mit dem Bau. Auch nicht ganz korrekt, denn das Verfahren war ja wegen des Einspruchs des unterlegenen Bieters und einiger rechtlicher Unklarheiten noch schwebend. Immerhin rettete der Bürgermeister damit den Zeitplan, damit das Stadion bis zur Europameisterschaft überhaupt fertig wurde."

Cordula und Alfred seufzten beide gleichzeitig.

„Langweile ich euch?", fragte Blumenauer lachend.

„Keineswegs", sagte Cordula.

„Und dieses verwirrende Prozedere ist beim Ostbahnhof auch denkbar?", fragte Alfred.

„Denkbar ist alles", sagte Blumenauer. Dann fiel sein Blick auf die fast leeren Gläser. „Wir sollten auf Rotwein umsteigen." Er bestellte eine Runde Zweigelt.

„Das ist das Schöne in Wien", sagte Cordula. „Selbst beim Asiaten schenken sie österreichische Weine aus."

„Weil das die Besten sind“, sagte Alfred.

Sie genossen den Wein, das scharfe Huhn mit Cashewnüssen und den Fisch, das nun auch alles eingetroffen war. So vergaßen sie die Abgründe der Baupolitik. Sie aßen und tranken. Nickten sich hin und wieder begeistert zu. Nach einem letzten kräftigen Schluck Zweigelt blickte Blumenauer traurig in sein leeres Glas. „Wir hätten gleich eine ganze Flasche bestellen sollen.“

Dann wandte er sich an Cordula: „Was macht die Kunst, schöne Frau?“

„Sie gedeiht.“

„Du hast dich etabliert in Wien?“

Cordula nickte lächelnd. „Wir basteln gerade an unserer nächsten Ausstellung.“

„So was Aufrüttelndes wie die Aktionisten? Da kann sich Alfred wieder schön in die Nesseln setzen mit einem Verriss fürs Abendblatt“, sagte Richard.

„Bewahre“, nuschelte Alfred.

Cordula lachte. „Nein, diesmal geht es um uns, um die Frauen.“

Beide Männer schwiegen kurz.

„Dazu fällt euch wohl nix ein?“

„Doch, doch“, hüstelte Richard. „Jede Menge.“

Alfred spielte mit seinem Glas.

Cordula lachte erneut. „Lasst euch einfach überraschen!“

Jetzt tauchte wieder der jugendliche Kellner in seinem schwarzen T-Shirt auf und räumte die Teller ab.

Als die Früchte gebracht worden waren, fragte Cordula: „Jetzt mal ehrlich, Richard: Was hältst du wirklich von Wagner? Ist das der richtige Mann für Barbara?“

Blumenauer gluckste. „Woher soll ich das wissen. Wagner glaubt das bestimmt.“

„Barbara ist sich da nicht mehr so sicher", sagte Cordula.

„Kann ich mir denken", murmelte Blumenauer. „Ich bin mir nicht mal sicher, ob Wagner ein guter Architekt ist. Seine Essays sind gut. Witzig, mit neuen Ideen. Wettbewerbe gewinnen ist gut. Aber ob diese Projekte sich in die Praxis umsetzen lassen? Ob in denen jemand wohnen will? Wagner kommt mir manchmal vor wie die kleinere, österreichische Ausgabe von Zaha Hadid." Er blickte fragend in die Runde. „Ihr wisst schon, diese britische Architektin mit irakischen Vorfahren. Berühmt für ihre dekonstruktivistischen Entwürfe. Von denen sie aber selten bis nie etwas bauen durfte. Also hat sie Bücher herausgegeben, meistens über sich selbst. Und es hat tolle Ausstellungen über sie gegeben. Aber leider nie Häuser von ihr. Dann kam das Feuerwehrhaus für Vitra, diese Sprungschanze in Innsbruck und das spektakuläre Automuseum in Wolfsburg. Jetzt hat sie sogar ein Wohnhaus in Wien bauen dürfen. Und siehe da: Es erwies sich als praktisch unbewohnbar. So ist das in unserer Branche. Theoretisch alles ganz prima. Sieht auf den Plänen und im Modell toll aus. Zimmer mit schrägen Wänden und ohne rechte Winkel. Aber da kann man schlecht seine Möbel platzieren. Und das mögen die Leute nicht. Das ist das Menetekel der heutigen Show- und Investorenarchitektur, die mit prominenten Namen protzt: Spektakel geht vor Leben. Wahrscheinlich können in Wagners wunderschönem Bahnhofsentwurf keine Züge halten, weil die Bahnsteige spiralförmig angelegt sind."

„In den Häusern von Baric möchte auch niemand wohnen", sagte Cordula. „Und die sehen nicht einmal schön aus."

Blumenauer lachte.

„Was hast du denn für Baric entworfen, Richard?", fragte Alfred und lächelte ein wenig boshaft.

„Aha, jetzt kommen die investigativen Fragen, was?" Richard lachte. „Nichts Besonderes. Wohnbau halt. Immerhin habe ich Baric davon überzeugen können, dass nicht immer das Allerbilligste das Allerbeste ist."

„Sondern das Zweitbilligste?", fragte Alfred.

„So ungefähr", nuschelte Blumenauer.

„Umso besser, dass jetzt Barbara und Wagner dem etwas entgegensetzen", sagte Cordula.

„Abwarten", sagte Blumenauer. „Ihr Grünes Haus ist durchaus avanciert. Sehr unkonventionell ..."

„Aber die Wohnungen lassen sich nicht verkaufen", sagte Alfred.

„Genau, weil sie zu teuer sind. Die Wiener in der Preisklasse geförderter Wohnungen mögen es quadratisch, praktisch, gut. Da müssen Barbara und der Herr Professor noch viel lernen. Kommt, Kinder, lasst uns das Etablissement wechseln. Ich kenne da noch ein nettes Beisl. Diesmal lade ich euch ein."

„Da lass ich euch Buben lieber allein", sagte Cordula. „Ich habe morgen einen anstrengenden Tag."

„An dem du wieder wie aus dem Ei gepellt aussehen musst", murmelte Alfred.

„Allerdings", schnappte Cordula. „Da haben es Frühstücksdirektoren einfacher."

Richard blickte die Eheleute etwas irritiert an.

„Insiderscherze", sagte Alfred.

Als Cordula mit dem Taxi verschwunden war, schloss Alfred sein Fahrrad auf und schob es neben Richard her, während sie nur ein paar Straßen und Gassen weiter ins Steman gingen. Dort tranken sie noch einen jungen Veltliner aus der Wachau und klagten sich gegenseitig ihr Leiden an den Frauen.

Richard berichtete von seinen anfänglichen Verliebtheiten – und wie dann alles innerhalb von sechs Jahren vor die Hunde ging. „Die Hochzeit war unglaublich aufwändig und teuer, mit allem, was Ruth nur einfiel: Orchester, Feuerwerk, wir saßen im Nikolaihof in Mautern, ein wunderschöner alter Bauernhof, reizende Leute, alles bio, sogar der Wein, natürlich vollkommen überteuert, die Kellnerinnen im Dirndl, über zweihundert Gäste, von denen ich mehr als die Hälfte nicht kannte, am Ende begrabschte ein besoffener Cousin zweiten Grades die Braut und ich musste ihm eine auflegen." Richard lachte.

„Erinnert mich an meine Hochzeit", murmelte Alfred und spielte mit dem Weinglas in seiner Hand. „Außer, dass ich mich nicht in Verteidigung der Ehre meiner Frau schlagen musste. Bei uns war's ein Landgut in Brandenburg. Nein, um genau zu sein, war es das ehemalige Ferienhaus von Bertolt Brecht am Schermützelsee in der Märkischen Schweiz. Kennt man aus dem Film mit Sepp Bierbichler. Sehr mondän und doch nicht protzig. Vor allem gab es unserer Veranstaltung eine kulturelle Note. Friedrich verlas sogar ein Gedicht von Brecht. Und von Goethe. Das Haus hatten meine Schwiegereltern gemietet. Ich glaube, das kann man eigentlich gar nicht mieten. Nur für Filmaufnahmen oder für Hochzeiten im Hause Pokorny. Und sie brachten es fertig, meine Verwandtschaft, die aus dem Niedersächsischen anreiste, nicht von oben herab zu behandeln. Jedenfalls nicht sehr."

Richard lachte. „Aber Cordula legt doch überhaupt keine Reiche-Leute-Allüren an den Tag. Sie wirkt wirklich nicht wie eine Gräfin."

„Noch nicht."

„Ach, komm, Alfred, du übertreibst."

„Mir geht ihre Karrieregeilheit immer mehr auf die Eier. Bei ihr ist alles Job. Und sie steht wirklich auf diesen ganzen Adelsscheiß. Irgendwann wird sie mich zwingen, mit ihr auf diesen furchtbaren Opernball zu gehen. Weil's gut fürs Geschäft ist."

„Und sie nervt, dass du berufsmäßig so überhaupt keinen Ehrgeiz entwickelst?"

Alfred blickte seinen Freund an.

„Mein Ehrgeiz erstreckt sich auf andere Dinge."

„Du kannst es dir leisten."

„Das hat damit nichts zu tun."

Alfred orderte bei der vorbeieilenden studentischen Kellnerin noch einen halben Liter Wein.

„Ich würde Cordula auch lieben, wenn sie bettelarm wäre. Das war sie übrigens, als wir uns kennenlernten. Wir haben eigentlich gar nichts von Friedrichs Geld."

„Außer einer Hochzeit am Schermützelsee, einer Vierzimmer-Eigentumswohnung in einer der besten Gegenden Wiens ..."

„... naja, die Lerchenfelder Straße ..."

„... genau auf der Grenze zwischen Szenebezirk Neubau und gehobenem Bürgertum Josefstadt."

„Bobotown."

„Da gehörst du doch hin. Wer wie du stundenlang über die unterschiedlichen Qualitäten von Olivenöl referieren kann ..."

„Nur wenn ich besoffen bin. Alles Spätschäden meiner Tätigkeiten in Berlin."

„Die sich ja nicht so sehr von denen unterscheiden, denen du in Wien nachgehst. Du reist über Land auf der Suche nach einem passenden Familienweingut, auf dem du dich zur Ruhe setzen willst – und nicht dein Schwiegervater, gib's doch zu. Wie kommst du eigentlich mit dem aus?"

„Wir schleichen umeinander herum."

Richard lachte.

„Meistens ist er eh in Berlin. Meine Schwiegermutter Hanna habe ich sehr gern. Sie steht leider auch unter Friedrichs Fuchtel."

„Cordula auch?"

„Die betreibt vorauseilenden Gehorsam. Außerdem ist Papa gut fürs Geschäft, sehr gut sogar. Ohne seine Beziehungen wäre sie nie ans Semperdepot gekommen, seien wir ehrlich. Welche Referenzen hatte sie denn vorzuweisen?"

„Sie war eine bekannte Video- und Installationskünstlerin in Deutschland."

„Stimmt. Doch wen interessiert Installationskunst?"

„Manchmal bist du ein aufgeblasener Ignorant, Alfred", lachte Richard. „Nur weil du von Kunst nicht wirklich Ahnung hast, musst du keine apodiktischen Urteile fällen."

„Journalistenkrankheit."

„Und schon gar nicht über deine dich aufrichtig liebende Frau."

„Du solltest nicht so viel trinken, Richard, dann wirst du immer sentimental." Alfred nahm einen kräftigen Schluck vom Veltliner. „Aufrichtig liebend – was ist das denn für ein Ausdruck? Hast du den bei Nicholas Sparks gelesen?"

Richard schüttelte den Kopf. Dann sagte er: „Ich glaube, wir sollten nach Hause gehen."

„Gute Idee. Da wartet sicher meine mich aufrichtig liebende Gattin, um mich nach einem harten Tag zu verwöhnen."

Richard machte „Pfuuh" und sagte: „Du zahlst. Und gib ein anständiges Trinkgeld."

Vor dem Steman umarmten sich die beiden kurz, dann stieg Alfred auf sein Rad und fuhr etwas wackelig über die Mariahilferstraße und die Zieglergasse nach Hause. Die kühle Nachtluft machte ihn wieder nüchtern und hob seine Stimmung. Als es Richtung Burggasse ein wenig bergab ging, stieg er kräftig in die Pedale und sang halblaut vor sich hin. Als vor ihm die Ampel auf Rot sprang, blickte er kurz nach rechts und links und brauste ungebremst über die Hauptverkehrsstraße.

Wo die Zieglergasse die Lerchenfelderstraße traf, stoppte er seine Fahrt, und neben ihm hielt eine Streife. Der Polizist auf dem Beifahrersitz kurbelte seine Scheibe hinunter und sagte: „Grüß Gott, Sie wissen schon, dass die Ampel rot war?"

„Welche Ampel?", fragte Alfred. Seine gute Laune drohte so schnell zu verfliegen, wie sie gekommen war.

„An der Burggasse."

„War doch noch gelb, oder?"

Der Polizist stieg aus und setzte sich seine Kappe auf.

„Ich will nicht annehmen, dass Sie farbenblind sind."

„Hören Sie, es ist halb drei, ich bin müde, ich will nach Hause", sagte Alfred.

„Glauben Sie, wir fahren hier zum Spaß herum?"

„Nein, das ist Ihr Job."

Jetzt stieg auch der andere Polizist aus. Beide waren noch jung, deutlich jünger als Alfred. Er stellte sich neben seinen Kollegen.

„Der Fall ist klar“, sagte er. „Wir haben beide gesehen, dass die Ampel rot war. Und ich gehe davon aus, dass Sie das auch gesehen haben.“

„Ich habe auch gesehen, dass kein Auto weit und breit zu sehen war“, nuschelte Alfred.

„Wenn da eins gewesen wäre, wäre es für Sie zu spät gewesen, es zu sehen.“

„Glück gehabt“, grinste Alfred.

„Nicht ganz. Das macht dreißig Euro Buße.“

„Ach, kommen Sie“, maulte Alfred. „Ist doch mein Leben.“

Der Polizist seufzte. „Das spielt keine Rolle. Außerdem gefährden Sie mit Ihrem Verhalten andere Verkehrsteilnehmer.“

„Dass ich nicht lache. Die gefährden eher mich“, sagte Alfred. „Sind Sie in Wien schon mal Fahrrad gefahren?“

Jetzt mischte sich wieder der Kollege vom Beifahrersitz ein. „Also was ist? Sind Sie bereit, die dreißig Euro gleich zu zahlen?“

Alfred zückte seufzend seine Geldbörse. „Tut mir leid, ich habe nur noch knapp zehn Euro in bar. Nehmen Sie auch Karten?“

Die Polizisten stöhnten. „Dann müssen wir Ihre Personalien aufnehmen. Ausweis bitte!“

Alfred klopfte seine Taschen ab. „Tja, da muss ich Sie wieder enttäuschen. Keine Papiere. Mein Perso ist abgelaufen, den müsste ich in Berlin verlängern lassen, aber Berlin ist weit. Und mein Pass liegt zu Hause.“

„Sie wissen, dass Sie sich ohne Papiere nicht im Ausland aufhalten dürfen?“

Alfred lachte. „Ach, was heißt hier Ausland. Wir sind doch alle EU, oder?“

„Ja, leider“, nuschelte der Polizist.

„Aber warten Sie", rief Alfred. „Ich kann Ihnen meine Visitenkarte zeigen." Er zückte eine blütenweiße Karte, auf der in geprägter Goldschrift stand, dass er für die Pokorny'sche Grundstücksverwaltung arbeitete. Doch das schien den Polizisten wenig zu beeindrucken.

„Oder wie wäre es mit meinem Presseausweis?" Alfred hielt den beiden Beamten seinen Ausweis vom Deutschen Journalistenverband hin. Mit Bild.

„Der gilt bei uns nicht", sagte der Fahrer. „Ist auch kein amtlicher Lichtbildausweis. Wir müssen Sie leider bitten, mit uns auf die Wache zu kommen."

„Was?" Alfred sah die beiden Polizisten an.

„Bitte stellen Sie Ihr Fahrrad ab und steigen Sie ins Auto."

„Ich denk gar nicht dran", sagte Alfred. „Ich wohne gleich um die Ecke. Da zeige ich Ihnen meinen amtlichen Lichtbildausweis." Er war etwas laut geworden.

„Steigen Sie bitte in den Wagen", sagte der Polizist leise.

Alfred überlegte kurz, ob er sich auf sein Rad setzen und einfach davonfahren sollte. Es gab in der Nähe ein Durchhaus, das durch mehrere Hinterhöfe führte. Da könnten die Polizisten ihm mit ihrem Auto nicht folgen. Aber leider wussten sie jetzt, wie er hieß.

„Hören Sie, ich bin wirklich müde. Es war ein langer Tag. Sie haben doch meinen Namen. Können Sie nicht in Ihrem Computer checken, ob meine Angaben stimmen?"

„Der Computer steht auf unserer Wache. Ich sage zum letzten Mal: Einsteigen!"

Jetzt war auch der Polizist laut geworden. Sein Kollege griff hinter sich und zückte Handschellen.

„Hui, kommt jetzt die harte Nummer?", rief Alfred, vom Restalkohol oder der ansteigenden Panik beflügelt.

„Umdrehen, Hände auf die Kühlerhaube!", rief der Kollege.

Alfred sah ihn verdattert an.

„Los, wird's bald!" Der andere stieß Alfred nach vorne und fing an, ihn abzutasten.

„Ich bin unbewaffnet, ich kann Sie beruhigen", murmelte Alfred.

„Halt jetzt endlich die Goschen!", zischte der Polizist und tatschte Alfred weiter ab.

„Oh, sind wir jetzt per du?", fragte Alfred. Doch das war das Letzte, was er sagte. Der Polizist riss ihn hoch, ließ die Handschellen um seine Gelenke schnappen und stieß ihn grob auf den Rücksitz. Dabei donnerte Alfreds Kopf mit voller Wucht gegen das Autodach, was ihn so benommen machte, dass er auf der kurzen Fahrt ins Revier keine Lust mehr hatte zu reden.

Dort musste er sich einem umständlichen Atemtest unterziehen. Die diensthabende Polizistin sah mindestens so müde aus, wie Alfred sich fühlte, als sie ihm sagte: „Sie haben Glück gehabt, wir haben nur 0,45 Promille in Ihrem Blut gefunden." Dann tauchte wieder einer der beiden Polizisten aus der Streife auf. Es war der Fahrer.

„Wir haben Ihre Daten überprüft. Zumindest das stimmt. Da Sie sich weigern, das Bußgeld sofort zu bezahlen, werden wir Ihnen eine Anzeige zustellen."

„Was heißt hier weigern! Ich wollte ja bezahlen ..."

„Wenn Sie noch ein Wort sagen, Herr Brinkmann, dann machen wir noch einen Drogentest und Sie dürfen den Rest der Nacht hier bei uns am Revier verbringen."

Alfred blickte ihn wortlos an. Dann sagte er: „Schade, dass Sie mich nicht aus Ihrem schönen Land ausweisen können, was?"

Der Polizist schnaufte durch die Nase.

Alfred stand auf und verließ die Wachstube. In der Tür sagte er halblaut: „Und mir wirft man Gestapo-Methoden vor."

„Siehst du den Typen da vorne, am Würstelstand?“, fragte Barbara, als Alfred aus seiner Haustür in der Lerchenfelder Straße trat.

„Sorry, das Rasieren hat gedauert. Ich wollte mich doch schön machen für deinen großen Tag.“ Alfred verstummte, als er Barbaras entsetzten Blick sah.

„Woher hast du denn diese Beule an deinem Kopf? Bist du gestürzt?“

„Ja, mit dem Rad. Ist aber halb so schlimm.“ Dann drehte er sich um. „Welchen Typ meinst du?“

„Schau nicht so auffällig hin!“, flüsterte Barbara. „Der steht da, seit ich hier auf dich warte. Da, gleich bei der Kirche. Der stand gestern auch vor meinem Haus.“

Am Würstelstand lungerte ein jüngerer Mann mit billig aussehender Lederjacke und ungekämmten Haaren herum.

„Sicher?“

„Absolutely.“

Sie gingen betont dicht an ihm vorbei. Der Lederjackenträger blickte betont in eine andere Richtung.

„Also, auf mich wirkt der völlig harmlos. Höchstens ein bisschen ungepflegt“, sagte Alfred.

Barbara seufzte. „Wie sollte er auch sonst wirken? Das ist ja der Schmäh beim Beschatten.“

„Ist dein Auto immer noch in der Werkstatt?“, fragte Alfred.

„Ja“, sagte Barbara.

„Dann nehmen wir meinen Saab.“

„Ich lass mich nicht verrückt machen. Und ich möchte an diesem herrlichen Morgen zu Fuß gehen.“ Sie hakte sich bei Alfred ein. „Komm, lass uns den kleinen Spaziergang zum Palais Liechtenstein genießen. Du passt ja auf mich auf."

Sie gingen leicht bergauf durch die Albertgasse. Als Alfred sich unauffällig umdrehte, sah er, dass der Typ nicht mehr am Würstelstand wartete.

„Warum sollte dein Vater weiter gegen dich vorgehen?", fragte er. „Seine Taktik kann nicht mehr aufgehen. Jetzt ist doch er der Buhmann. Deine Chancen, heute zu gewinnen, sind in den letzten Tagen entscheidend gestiegen."

„Aber meine Chancen, die Baric Bau zu übernehmen, sind gesunken. Zumindest glaubt das unser Aufsichtsrat. Und Papa."

„Dann setz halt voll auf die Frischbau."

„Bei der Wirtschaftslage? Mit der Baric Bau im Hintergrund wäre vieles einfacher. Jetzt kann Ferdl und mir passieren, dass wir den Wettbewerb gewinnen und uns damit total übernehmen. Und mein Vater muss Insolvenz anmelden. Das Familienunternehmen, die Familie, die ganze Tradition, alles, was sich mein Vater aufgebaut hat, geht den Bach runter."

„Seit wann stehst du auf Familie?"

Barbara schwieg. Dann sagte sie: „Ferdl und ich übernehmen uns ganz bestimmt an dem Ostbahnhof. Wir sind ein junges Unternehmen ohne Erfahrung. Selbst das Grüne Haus ist ein Fiasko. Zumindest finanziell."

„Ach was, Barbara, du bist bloß ein bisschen nervös heute. Komm, lass uns noch einen Kaffee im Hummel trinken, das entspannt", schlug Alfred vor. Sie kamen gerade an seinem verlängerten Büro vorbei.

„In diesen grindigen Laden bringen mich keine zehn Pferde."

„Grindig? Die servieren ein hervorragendes Gulasch."

„Ich bin kulinarisch mehr der mediterrane Typ, Alfred.“

„Mit einer gelegentlichen Stelze“, sagte Alfred.

„Außerdem haben wir keine Zeit. Ich will dir noch was zeigen.“ Barbara zog Alfred weiter, der sehnsüchtig auf die Menschen blickte, die auf der Terrasse des Hummel ihr Frühstück einnahmen und der Straßenbahn beim Um-die-Kurve-Fahren zusahen.

Sie liefen die Skodagasse Richtung altes AKH entlang. Nach ein paar Metern fragte Alfred: „Warum trittst du dann überhaupt gegen deinen Vater an, wenn du fürchtest, ihn endgültig in die Pleite zu treiben? Daran kannst du doch eh nichts ändern, solange er am Ruder ist.“

„Aus Trotz? Übermut? Um es Papa zu zeigen? Leider habe ich dabei aufs falsche Pferd gesetzt.“

„Wagner?“

„Ferdl dreht durch. Nächtelang brütet er über den Plänen. Redet aber nicht mit mir. Er hat mir sogar verboten, heute beim Vortrag vor der Jury etwas zu sagen. Er hat sich zum Autisten entwickelt. Gestern war es so schlimm, dass ich ihn rausgeschmissen habe. Er schien direkt erleichtert, packte seine Sachen und fuhr nach Döbling. Wahrscheinlich sitzt er da immer noch und brütet. Als ob das noch was bringen würde. Wenn hier einer zur Hysterie neigt, dann der Herr Professor.“

„Das kenne ich“, murmelte Alfred. „Vor Vernissagen ist Cordula immer äußerst reizbar und praktisch nicht ansprechbar.“

Barbara blieb stehen. „Wie sehe ich aus?“ Sie streckte die Arme aus und drehte sich einmal um sich selbst wie eine Eiskunstläuferin. „Werde ich so die Jury beeindrucken?“

Das Hellblau ihres maßgeschneiderten Hosenanzugs stand ihr hervorragend. Und das wusste sie ganz genau. Dazu trug sie elegante silberne Creolen.

Sie erzählte Alfred, dass sie am Vortag, während Ferdl über ihren Plänen gesessen war, lange in ihrem begehbaren Schrank gestanden hatte. So eine Wettbewerbspräsentation war in Stilfragen eine heikle Angelegenheit. Sie musste genau die richtige Mischung aus Korrektheit und Frechheit finden.

„Klingt kompliziert", sagte Alfred.

„Die Farbe meines Hosenanzugs kann entscheidend sein."

„Da kannst du beruhigt sein", sagte Alfred.

„Und wie weit soll ich den Reißverschluss herunterziehen?", fragte BB und begann, an ihrem Zippverschluss zu fummeln.

Alfred grinste. „Lass gut sein, Barbara."

Sie blickte ihn ebenfalls lächelnd an.

„Hast du das nötig?", fragte Alfred.

„Die Bauwirtschaft ist immer noch eine männlich dominierte Welt", antwortete Barbara. Sie bogen in die Laudongasse ein. „Da ist er wieder", flüsterte Barbara.

„Tatsächlich", murmelte Alfred. „An der Trafik, der gleiche Kerl." Alfred lief ein wenig schneller. „Das werden wir gleich haben", brummte er.

Er trat auf den Mann zu und sprach ihn an. Jetzt beschleunigte auch Barbara ihre Schritte.

„Was wollen Sie von mir?", fragte der Mann. Alfred stand dicht vor ihm, überragte ihn um einen halben Kopf und drängte ihn gegen einen Zigarettenautomaten, der neben der Trafik hing.

„Fragen wir lieber, was du willst, Bürschchen!", zischte Alfred. „Wer hat dich geschickt?"

„Geschickt? Mich? Wieso?"

„Jetzt stell dich nicht so blöd an. Wir haben dich vorhin an der Altlerchenfelder Kirche gesehen, gestern hast du vor dem Haus dieser Dame am Schwedenplatz herumgelungert und jetzt tauchst du schon wieder auf. Zufall?“

„Gestern? Wieso? Jetzt lassen’S mich halt los“, jammerte er. „Dann zeige ich Ihnen was.“

„Da bin ich aber gespannt“, sagte Alfred.

Barbara stand mittlerweile neben ihm.

Der Mann kramte in der Innentasche seiner abgewetzten Kunstlederjacke. Er zog eine Karte hervor und hielt sie ihm vor die Nase.

„Warum sich sorgen?“, stand da. „Warum verzweifeln? Wenden Sie sich an einen erfahrenen, vertrauenswürdigen, diskreten Ermittler. Karl E. Staudinger, Leopoldsgasse 12, 1020 Wien.“

„Vertrauenswürdig?“, fragte Alfred. „Diskret? Sollst das du sein?“

Der Mann grinste.

„Ein Schnüffler“, sagte Barbara. „Für wen arbeiten Sie? Für meinen Vater?“

Staudinger musterte Barbara von oben bis unten. Ihm schien das Blau ihres Anzugs nicht zu gefallen.

„Mach’s Maul auf!“, zischte Alfred.

Staudinger schüttelte den Kopf. „Is vertraulich, Meister, und tu deine Pratzen weg, sonst wird’s gleich ungemütlich.“

Alfred ließ den Mann los. Die Karte steckte er ein.

„Was soll das?“, fragte er. „Was haben wir mit einem Privatdetektiv zu schaffen? Oder verbietet dir deine Berufsehre auch, uns das zu verraten?“

Staudinger zog die Schultern hoch.

„Also: Weshalb?“

Wieder ein Schulterzucken. Alfred trat dicht an ihn heran. „Wenn du diese dämliche Bewegung noch einmal machst ...“

„Was dann?“, fragte Staudinger. „Wollen Sie mich schlagen?“ Geringschätzig streifte sein Blick über

Alfreds schlaksige Gestalt. „Uhu, da fürcht ich mich aber."

„Kennst du dich mit Autos aus?", fragte Alfred.

„Ich kann sie fahren, das genügt", sagte der Detektiv.

„Du hast natürlich keine Ahnung, welchen Wagen diese Dame fährt?"

Staudinger zog ein wenig Rotz hoch, blickte kurz auf Barbara und sagte: „Ich tippe auf BMW. Oder Jaguar. Obwohl, dafür fehlt ihr die Klasse."

Barbara wurde rot. Dann sagte sie: „Was machen wir mit ihm?"

„Nichts", sagte Alfred. „Außerdem müssen wir weiter, deine Juroren warten."

Damit zog er Barbara energisch am Arm mit sich fort. Sie drehte sich noch einmal um. Staudinger stand vor der Trafik und blickte ihnen nach. Er grinste.

„Was war denn das für eine Nummer?", fragte Barbara, als sie über die Innenhöfe des ehemaligen Krankenhauses liefen, das jetzt als Uni-Campus diente. „War der wirklich hinter uns her?"

Alfred nickte. „Glaube schon. Weiß aber nicht, was das irgendjemandem bringen soll."

Sie gingen weiter, vorbei an Gartenrestaurants und Biergärten, die jetzt noch geschlossen waren. Kellner waren dabei, Stühle zurechtzurücken und Tische abzuwischen.

„Auf alle Fälle hast du deine Rolle als Bodyguard super gespielt, Alfred", sagte Barbara und drückte Alfreds Arm. Der sah sie erstaunt an. „Du hast einen dreimal professionelleren Eindruck gemacht als dieser Staudinger."

„Und diesmal habe ich wenigstens den Richtigen erwischt. Keinen harmlosen Stadtrat."

„Ach, der Petric", murmelte Barbara.

„Was wollte der im Schweizerhaus wirklich von dir?“ Alfred sah Barbara an.

„Naja, ich hatte mal was mit dem. Und ...“

„Und?“

„So gut kennen wir uns noch nicht, Alfred ...“

Cordula ging leider mittlerweile vom Gegenteil aus. Das trug wohl auch zu ihrer zunehmenden Gereiztheit bei, neben ihrem Stress wegen der Ausstellung. Sie sahen sich in den letzten Tagen kaum noch. Alfred saß wie üblich seine Zeit im Palais Eibenfels ab und begleitete Barbara hin und wieder. Wenn er abends von so einem Termin nach Hause kam und Cordula schon im Wohnzimmer saß, begrüßte sie ihn schlecht gelaunt. War sie wirklich eifersüchtig? Auf ihre beste Freundin in Wien? Aber da sie nichts sagte, sagte Alfred auch nichts. Sex hatten sie seit der Baric-Party keinen mehr gehabt. Auch das war normal, wenn Cordula beruflich angespannt war. Trotzdem.

Dann sagte Alfred: „Grünsteidl.“ Und blieb stehen. „Dieser Grünsteidl könnte dahinterstecken.“

„Wer ist Grünsteidl?“

„Ein Mieter in einem unserer Häuser. Der geht mir langsam wirklich auf die Nerven. Der soll da ausziehen. Stattdessen schreibt er mir anonyme Drohbriefe und hetzt drittklassige Detektive auf mich.“

„Du glaubst, das hat gar nichts mit mir zu tun?“

Alfred sagte nichts.

„Ich habe im Auto was gefunden.“

„Ach was, wirklich?“

„Einen Zettel. Ein nach oben spitzes Dreieck mit einem Strich, der vom linken Eck schräg nach unten läuft. Wie eine spiegelverkehrte Neun, nur etwas eckig. Oder eine Rune. Sieht irgendwie altgermanisch aus.“

„Wie nach dem Einbruch?“

Barbara nickte.

„Wozu?“, fragte Alfred.

„Was weiß ich“, brummte Barbara. „Aber es beweist, dass der Gleiche dahintersteckt. Dass überhaupt jemand dahintersteckt.“

„Hast du den Zettel dabei?“

Barbara schüttelte den Kopf.

„Doch dein Vater?“, fragte Alfred.

Barbara schüttelte wieder den Kopf.

„Jemand anderes?“

Sie nickte.

„Drohgebärde, meinst du?“

„Mmmh.“

„Vielleicht ein Konkurrent. Der kurz vor der Juryentscheidung an die Unterlagen eures Beitrages wollte.“

„Um herauszukriegen, bei welchem Preis wir uns bewegen.“

„Um euch kurzfristig noch zu unterbieten. Soll alles schon vorgekommen sein ... Das würde zumindest den Einbruch erklären.“

Ein paar Jogger überholten sie, die hier in den ausgedehnten Höfen des AKH ihre Runden abseits des Autoverkehrs drehten. Studenten saßen auf den Rasenflächen und warteten auf den Beginn ihrer Vorlesungen.

„Dann hat der Einbrecher Pech gehabt, alle Unterlagen befinden sich im Büro beziehungsweise bei Ferdl“, sagte Barbara.

„Unangenehme Anrufe sind keine mehr gekommen?“

„Nein.“

Ein schreiender kleiner Junge umkreiste sie auf seinem Dreirad. Barbara bedachte ihn mit indignierten Blicken.

„Oder doch Sigi. Während er eine Maus jagte.“

„Es gibt keine Mäuse in meinem Appartement.“

Beide schwiegen und hingen ihren Gedanken nach. Die Mutter hatte ihr aufgewecktes Kind eingefangen und bedachte Alfred mit einem strahlenden Lächeln. Alfred lächelte zerstreut zurück.

Sie passierten den Narrenturm. Dann erreichten sie über die Boltzmanngasse die Strudlhofgasse.

„Kennst du Heimito von Doderer?“, fragte Barbara, als sie an der Strudlhofstiege angekommen waren. „Immer, wenn mich in London die Sehnsucht nach Wien ergriffen hat, habe ich Doderer gelesen.“

„Das ist doch der, der einen 600-Seiten-Wälzer über einen Mann schreiben kann, der die Ringstraße überquert“, sagte Alfred.

Barbara lachte und stieg die ersten Stufen der berühmten Treppe hinab. Die Treppenanlage erstreckte sich in zwei hübschen barocken Schwüngen über eine Geländestufe zwischen Strudlhofgasse und Liechtensteinstraße. Auf halber Höhe bildeten die Stiegen eine kleine Terrasse mit einem Springbrunnen. Hier blieb Barbara stehen und drehte sich zu Alfred um. Die Sonne spielte in ihren Haaren und ließ sie plötzlich rot schimmern. Sie lächelte.

„Komm, Alfred“, sagte sie leise. Sie legte ihre Hände auf die bereits sonnenwarme Mauer. Hinter ihr plätscherte der kleine Springbrunnen. Alfred stellte sich neben sie. Beide blickten hinunter auf die Liechtensteinstraße. Alfreds Hand lag nur wenige Zentimeter neben ihrer. Sie sahen auf ihre Hände. Sie hatten beide sehr feingliedrige Finger. Reglos lagen sie da. Dann sagte Barbara leise: „Lass uns weitergehen, sonst kommen wir noch zu spät.“ Alfred nickte und schritt neben ihr die übrigen Stufen hinunter, wo sich einst die Donau ihr Bett in den sandigen Boden Wiens geschnitten hatte. Oder war es der Alserbach, der der Gegend ihren Namen gegeben hat?

Nach wenigen Minuten erreichten sie das Palais. Vor dem barocken Portal lief Ferdinand Wagner aufgeregt hin und her.

„Da bist du ja endlich“, begrüßte er Barbara. „Alle sind längst drinnen. Ach, guten Morgen, Brinkmann. Hat Sie Barbara als neutralen Beobachter mitgenommen?“ Wagner verzichtete darauf, Alfred die Hand zu schütteln. „Ich muss Sie enttäuschen: Die Jurysitzung ist leider nicht öffentlich.“

„Ich drücke Ihnen beiden trotzdem die Daumen“, sagte Alfred.

„Nicht Beton-Willy?“, fragte Wagner und lächelte etwas schief. „Man hört, Sie seien neuerdings ganz dicke mit ihm. Sagt man so bei Ihnen in Deutschland? Dicke? Sie schreiben ein langes Porträt über ihn. Kann mir gar nicht vorstellen, wieso. Der Mann ist doch Geschichte.“

„Abwarten. Mit der laufenden Pressekampagne habe ich jedenfalls nichts zu tun, falls Sie das andeuten wollen. Aber die kommt Ihnen ja eher gelegen, oder?“

Wagner sah Alfred an. „Ich glaube nicht, dass sich die Jury von solchen Äußerlichkeiten leiten lässt. Blumenauer ist ein ehrenwerter Mann.“

„Das hat Antonius über Brutus auch gesagt.“

„Bitte?“

„Der Caesarmörder Brutus ...“

Wagner sah ihn verständnislos an.

„Ich will Sie nicht aufhalten, Herr Wagner, Sie müssen ja vortragen.“

„Richtig. Komm, Barbara.“ Damit verschwanden sie in der Vorhalle des Palais Liechtenstein. Das Traumpaar der Wiener Architekturszene. Zumindest sahen sie so aus.

Im Vorraum belauerten sich die Kandidaten. Beton-Willy wippte auf seinem Stuhl. Siegessicher lächelte er seine Konkurrenten an. Nur nicht Wagner, der vier Stühle von ihm entfernt saß und grimmig die gegenüberliegende Wand anstarrte. Ab und zu flüsterte Beton-Willy auf einen kleinen Mann ein. Das war sein Architekt, wie Barbara Alfred zuflüsterte: Hans Neuenfels, ein Mann, der bislang noch nie durch spektakuläre Projekte hervorgetreten war. Ein Mitarbeiter des Hauses. Solider Handwerker. Neben den beiden favorisierten Pärchen – Barbara/Wagner und Willy/Neuenfels – saßen noch drei weitere, die in die Endrunde dieses Wettbewerbs gekommen waren. Man kannte sich, hatte Höflichkeiten und Zweideutigkeiten ausgetauscht. Jetzt lag gespanntes Schweigen über der Runde.

Dann öffnete sich die Tür zum Saal und ein grinsender Richard Blumenauer erschien. „Fellner Bau bitte, ihr seid's als Erstes dran, bittschön." Die Angesprochenen standen auf und schritten betont schwungvoll in den Saal. Hinter ihnen schloss sich sofort die Tür.

Alfred hatte einen Blick auf die farbenfrohe, mit Fresken bemalte barocke Decke erhaschen können. Fette, grinsende Putten blickten auf die Versammlung herunter. Vor vielen Jahren hatte hier wahrscheinlich ein Fürst Liechtenstein Geschäfte für den Hof getätigt, hatte im Auftrag des Kaisers geheime diplomatische Treffen veranstaltet, Umgang mit den wichtigsten Würdenträgern Europas gepflegt. Jetzt flüsterte der graugesichtige Aufsichtsratsvorsitzende der Österreichischen Bundesbahnen mit dem gehetzt wirkenden Stadtrat für Stadtentwicklung und Verkehr, tauschten Architekten und auch eine Architektin im biederen Zweiteiler Fachbegriffe aus. Nur Barbara in ihrem hellblauen Hosenanzug würde hervorstechen. Ob sie es schon bereute, auf die extravagante Karte gesetzt zu haben? Alfred beobachtete, wie sie mit ihrem Reißverschluss einige Zentimeter nach oben und nach unten fuhr. Immer wieder: rauf und runter. Mit der anderen Hand hielt sie die von Wagner. Rührend. Wenn man es nicht besser wüsste.

Nach einer Viertelstunde öffnete sich die Tür erneut und die Fellners traten heraus, mit ein paar Schweißperlen auf der Stirn. Sie nickten den Wartenden zu und setzten sich wieder.

Als Vorletztes kamen Beton-Willy und Neuenfels dran. Barbaras Vater schritt mit militärischem Gruß an Wagner vorbei in den Barocksaal. Barbara würdigte er keines Blickes. Als er Alfred sah, blieb er kurz stehen und fragte: „Was machen denn Sie hier, Herr Redakteur?"

Alfred zuckte mit den Schultern: „Ihre Tochter hat mich gebeten", murmelte er.

Als Baric und Neuenfels herauskamen, strahlten sie und traten vor die Tür an die frische Luft. Baric steckte sich eine Zigarette an.

Als Blumenauer die Tür öffnete, um Barbara und Wagner als Letzte hereinzurufen, sah er schon ein wenig abgekämpft aus. Barbara stand auf und zog den Reißverschluss bis ganz nach oben.

Irgendwann hörte Alfred Applaus im Saal. Das war bei den anderen Vorträgen nicht geschehen. Oder waren die Juroren nur froh, dass es endlich vorbei war? Die Tür ging auf, Barbara und Wagner traten heraus. Sie strahlten. Und liefen hin und her, bis die Tür ein letztes Mal aufgerissen wurde und Blumenauer alle bat, in den Saal zu kommen. Alfred schloss sich einfach an.

Als sich alle gesetzt hatten, sagte Blumenauer: „Lassen Sie mich zuerst meinen Respekt und tief empfundenen Dank an alle Teilnehmer unseres städtebaulichen Wettbewerbs aussprechen. Die Jury hatte wahrlich die Qual der Wahl und hat sich ihre Entscheidung nicht leicht gemacht, nicht leicht machen können, äh, dürfen." Er blätterte in irgendwelchen Zetteln. „Das Niveau des Wettbewerbs war vor allem in dieser letzten und entscheidenden Runde ungewöhnlich hoch. Alle Kandidaten haben ihre Entwürfe noch einmal überarbeitet und deutlich verbessern können. Wir haben sehr verschiedene Ansätze für diese stadttechnisch so entscheidende, so herausgehobene neue Funktion des Ostbahnhofs als Stadtscharnier, als architektonischen Leuchtturm, als Kulminationspunkt und Attraktor für eine noch zu entwickelnde Gegend, ähem, erleben dürfen. Hier entsteht das Wien der Zukunft, und daher waren wir uns auch der politischen, nicht nur der ästhetischen und ökonomischen Verantwortung unserer Entscheidung bewusst." Wieder raschelte er mit seinen Unterlagen. Dann setzte er fort: „Nach längerer Diskussion hatten sich schon im Vorfeld zwei Favoriten herauskristallisiert, die aufgrund ihres funktionalen wie ästhetischen Ansatzes auch heute überzeugten. Wobei die Vorschläge ihre Schwerpunkte jeweils auf einen der beiden Pole setzten: entweder ästhetisch brillant oder ökonomisch überzeugend. Leider war kein Vorschlag dabei, der beides gleich gut einlösen konnte. Ähem." Leichte Unruhe machte sich im Saal bemerkbar. „Leider können wir wie so oft im Leben unsere Wunschvorstellungen nie völlig mit der Realität in Deckung bringen. Immerhin ist es dem Siegervorschlag annähernd gelungen. Wir werden also vorschlagen, der Baric Bau den Zuschlag zu erteilen."

Stille im Saal. Beton-Willy verzog keine Miene.

„Das gibt's nicht, das ist Schiebung!" Das war Wagner. Sofort setzte lautes Stimmengewirr ein.

„Was heißt hier Schiebung?“, rief ein Stadtrat. „Herr Professor, zügeln Sie Ihre Zunge!“ Auf Wagners Gesicht stritten blankes Entsetzen und Unglauben. Baric betrachtete gelassen seine Fingerspitzen. Barbara wirkte nicht besonders enttäuscht, eher erleichtert.

„Damit schließe ich die Veranstaltung“, rief Blumenauer in das Stimmengewirr. „Die schriftliche Begründung unserer Entscheidung erhalten Sie wie immer in ein paar Tagen auf dem Postweg.“ Er erhob sich und ging zu Beton-Willy, um ihm zu gratulieren. Einige Anwesenden schüttelten den Kopf, auch Mitglieder der Jury. Alfred hatte das Gefühl, hier sei eine heftige Schlacht geschlagen worden, mit Siegern und Besiegten. Und diese Schlacht war noch nicht zu Ende, dachte er, als er in die Augen Wagners blickte. „Das werden wir uns nicht gefallen lassen, was ist in Blumenauer gefahren!“, zischte der.

Wagner stürzte auf den Juryvorsitzenden zu und redete wild gestikulierend auf ihn ein: „Deine Entscheidung werde ich vor der Bundesvergabekommission anfechten lassen!“

„Warte doch erst mal die Begründung ab, Ferdl, dann wirst vielleicht sogar du einsehen, dass Baric einfach das bessere, vor allem wirtschaftlichere Angebot gemacht hat.“

„Was heißt hier wirtschaftlich?“, schrie Wagner. „Noch billiger als unser Angebot ist unanständig. Baric kannte wie immer die Preise der anderen und hat sie ohne Rücksicht auf Verluste unterboten. Das Spiel kennen wir längst und jedes Mal fallt ihr drauf rein. Deinen hehren Worten zum Trotz: Hier ist es nicht um Architektur gegangen, sondern darum, wer alles an diesem Kuchen mitschneidet. Willy ist ja bekannt dafür, dass er andere mitnaschen lässt, solange sein Stück das größte bleibt.“ Wagners Worte überschlugen sich.

Barbara zog ihn von Blumenauer weg. „Komm, lass uns gehen, Ferdl, sonst handelst du dir noch eine Klage wegen übler Nachrede ein. Wir müssen den Fall nicht heute entscheiden.“

Doch Wagner riss sich los und stürzte sich erneut auf Blumenauer: „Dich mach ich fertig, Richard, und den Baric auch“, zischte er.

„Wie gefährlich ist Wagner?“, fragte Blumenauer zwei Tage später. Er lief im Büro von Beton-Willy im Baric Tower auf und ab.

„Er kann nichts wissen. Er ist nur beleidigt, dass du ihn nicht gewinnen hast lassen.“

Beide Männer schwiegen. Blumenauer lief.

„Was wirst du in der Begründung schreiben, Richard?“

„Das, was wir besprochen haben.“ Blumenauer war bei der Tür angekommen.

„Jetzt setz dich endlich, Richard, du machst mich narrisch.“

„Was kann er schon vor dieser Bundesvergabekommission ausrichten? Kennst du nicht den Vorsitzenden, Willy?“

„Klar, der Paul lässt sich jedes Jahr in meine Opernballloge einladen.“

Blumenauer blieb stehen und lächelte.

„Nützt aber nichts. Paul ist unbestechlich.“

„Niemand in diesem Land ist unbestechlich.“

„Paul schon. Sonst wäre er nicht seit mehr als zehn Jahren der Vorsitzende dieser Kommission.“

Willy Baric rollte seinen goldenen Kugelschreiber von einer Hand in die andere. Blumenauer ging zum Fenster und blickte hinaus in die Abendsonne. 32 Stockwerke tiefer blitzte die Neue Donau. Ein Lastkahn fuhr flussabwärts Richtung Slowakei.

„Hält Neuenfels dicht?“, fragte Blumenauer.

„Der sagt nix. Wird sich hüten. Sonst muss er wieder als selbstständiger Architekt seine kargen Semmeln verdienen.“

„Wie wir alle.“

Willy lachte. „Wenn du erst von Neuenfels die Planung am Ostbahnhof übernimmst, hast du für die nächsten Jahre ausgesorgt. Und kannst deine Ruth großzügig abfinden."

„Wenn Wagner genügend Staub aufwirbelt und alle hellhörig geworden sind, geht das nicht mehr."

„Dann warten wir eben, bis sich der Staub wieder gelegt hat. Damit kenn ich mich aus."

Blumenauer drehte sich um und betrachtete Baric. Der thronte wie ein kleiner Napoleon hinter seinem Biedermeierschreibtisch.

„Warten kann ich mir nicht leisten."

„Tja", sagte Baric.

„Was heißt tja!?", rief Blumenauer.

Beton-Willy grinste. „Tja heißt tja."

Blumenauer widmete sich wieder der Aussicht auf die Donau. Der Kahn war noch nicht viel weiter gekommen.

„Die Sache mit der Presse war jedenfalls eine Scheißidee", sagte er dann. „Ich hätte eigentlich gedacht, dass du mehr Einfluss auf diesen Wibranetz hast."

„Ich auch", sagte Baric. „Geschadet hat er uns dann doch nicht. Dank deiner Mithilfe." Willy grinste wieder.

„Hätte schon besser ausgesehen, wenn wir preislich deutlicher unter Wagners Angebot geblieben wären", sagte Blumenauer. „Jetzt wird die Begründung, warum ich die entscheidende Stimme dir gegeben habe, etwas komplizierter."

„Das schaffst du schon."

Blumenauer warf einen bösen Blick auf Baric. Dann trat er verächtlich gegen Barics Schreibtisch.

„He, der ist antik!"

„Und hält vermutlich länger als deine Häuser."

Blumenauer betrachtete die Abendsonne, die wie ein roter Feuerball über dem Kahlenberg hing. Dann murmelte er: „Wagner redet wahrscheinlich gerade mit drei Anwälten gleichzeitig, wie er meine Entscheidung anfechten kann."

„Eine Trumpfkarte haben wir noch", sagte Baric. „Zur Not können wir Wagner mit ins Boot holen." Jetzt berührte die Sonne die Kante des Bergs. „Ihr macht die Detailplanung für den Ostbahnhof gemeinsam und er kriegt auch ein Stück vom Kuchen ab. Groß genug ist er ja."

Blumenauer wirbelte herum. „Kommt nicht in Frage, Willy! Wie stellst du dir das vor? Mit dieser Primadonna? Nicht mit mir."

„Tja", sagte Beton-Willy und machte eine lange, bedeutungsschwere Pause. Die Sonne schickte sich an, hinter dem Kahlenberg zu verschwinden. „Ich kann auch den guten Hans Neuenfels den Bahnhof bauen lassen. Wär eh besser, dann muss ich dir nicht immer deine unbezahlbaren Ideen ausreden. Der Hans macht von vornherein, was ich ihm sage. Nämlich das Billigste."

„So sieht's dann auch aus."

Baric hob grinsend seine Arme und ließ sie sanft auf die Schreibtischplatte zurückfallen.

„Außerdem ist die Planung von mir!", rief Blumenauer.

„Das weiß aber außer dir und mir keiner. Auf den Plänen steht Neuenfels & Partner. Und der Partner bist nicht du."

„Wenn wir auffliegen, bist du auch dran."

„Ach, weißt du, Richard, dann geh ich halt in Pension, den Auftrag bekommen Barbara und Ferdl, Barbara übernimmt die Firma, ich setze mich in mein Haus bei Porec und stelle mir vor, wie's dir wohl geht auf deiner kargen Pritsche in Simmering. Oder ob sie dich nach Stein schicken? Da hättest du dann eine schöne Aussicht auf die Wachauer Weinberge. Nur die Gitterstäbe vor deinem Fenster wären der Idylle etwas abträglich."

Blumenauer starrte Baric an. Dann stürmte er wortlos aus dem Büro. Die Tür ließ er offen stehen.

In Wirklichkeit hatte Beton-Willy nicht die geringste Lust, in Pension zu gehen. Mit dem Ostbahnhof wollte er sich ein Denkmal setzen. Er sich persönlich. Aber das musste er Blumenauer nicht auf die Nase binden.

Darum trat er den Gang nach Canossa an und fuhr nach Döbling. In der Nähe des Türkenschanzparks bewohnte Ferdinand Wagner eine recht ansehnliche Jugendstilvilla. Oder war sie schon Art Déco? Wurscht, dachte Beton-Willy und drückte die Klingel. Die war aus poliertem Messing, immerhin das konnte Willy bereits auf den ersten Blick feststellen.

„Ja?", fragte eine quäkende Frauenstimme.

„Hier Baric. Ich möchte zu Herrn Wagner."

„Moment", quäkte die Stimme.

Willy grinste. Er stellte sich Wagners dummes Gesicht vor, als ihm sein Hausmädchen den Namen des Besuchers meldete. Wenig später stand er in der geräumigen Empfangshalle der Villa. Wagner sah wirklich ein wenig verblüfft aus.

„Baric? Was treibt Sie zu so später Stunde nach Döbling?" Wagner rang sich ein Lächeln ab.

„Störe ich?"

„Nun, Doktor Wohlfahrt von Wohlfahrt, Braun and Associates hat vor wenigen Minuten mein Haus verlassen. Sie müssten ihm eigentlich auf der Straße begegnet sein. Nicht? Aber Sie kennen Doktor Wohlfahrt? Ein sehr fähiger Wirtschaftsanwalt, der beste, den wir haben."

„Deswegen bin ich zu Ihnen gekommen."

„Ach ja?" Wagners Lächeln wurde breiter. „Na, dann kommen Sie. Wenn ich vorgehen dürfte." Wagner fuhr sich mit der Hand durch sein wie immer tadellos frisiertes Haar und geleitete Baric in sein Studio.

„Einen Drink?"

Willy sah sich um. An der Wand ein Regal mit großformatigen Büchern. Kunstbände und Werke zur Architekturtheorie. Auch Philosophie. Überall standen Antiquitäten herum, die teuer aussahen.

„Warum nicht?", sagte Baric. „Machen wir es uns ein bisschen gemütlich."

Ohne vom Gastgeber dazu aufgefordert worden zu sein, ließ er sich in eines der opulenten Lederfauteuils fallen, die wahrscheinlich Charles Eames oder ein anderer dieses Kalibers entworfen hatte. Als ihm Wagner ein Glas mit Scotch reichte, schnupperte Baric kennerisch daran. Dann hob er es.

„Cin cin, Herr Professor."

Wagner nickte gönnerhaft. Beide Männer nippten an ihrem Whisky. Dann stellte Baric sein Glas auf den schweren Natursteintisch zwischen ihren Sesseln. „Ich bin gekommen, um ein paar Missverständnisse aus dem Weg zu räumen."

„Ich höre."

„Zunächst einmal möchte ich Ihnen zu Ihrem Entwurf für den Ostbahnhof gratulieren. Die Wettbewerbskommission hat ja heute alle Beiträge der Endrunde veröffentlicht. Erstaunlich flink, wie ich finde. Naja, der Blumenauer hat ja sonst nichts zu tun." Baric lachte meckernd. Wagner lachte nicht mit. „Und in Ihrem Projekt stecken wirklich ein paar gute Ideen", fuhr er fort. „Besonders diese philosophischen Anspielungen gefallen mir. Very sophisticated. Stammen die von meiner klugen Tochter?"

„Trotzdem haben wir seltsamerweise nicht gewonnen."

„Tja, der solide Vorschlag der guten alten Baric Bau konnte die Jury eben letztlich doch überzeugen."

Baric lächelte und ließ seinen Blick geringschätzig über ein paar Einrichtungsgegenstände streifen, darunter ein kleiner Elefant aus Elfenbein.

„Konnte er das wirklich?", fragte Wagner.

Nippes oder Kunst? Ließ sich auf die Entfernung nicht sagen. „Warum hätte er sonst gewonnen?" Baric löste seinen Blick von dem Elefanten.

„Das ist eine Frage, die an anderer Stelle noch geklärt werden wird", sagte Wagner.

„Dazu muss es nicht kommen." Jetzt fixierte Baric seinen Gesprächspartner.

Wagner lachte. „Oh, doch, Herr Baric, dazu wird es kommen. Und dann wird man feststellen, dass diese Entscheidung nicht ganz legal zustande gekommen ist. Dass die Jury nicht objektiv war."

„Das ist doch lächerlich! Wollen Sie mir unterstellen, ich hätte die Jurymitglieder bestochen?"

„Ich weiß noch nicht, was Sie genau gemacht haben. Aber sauber war dieses Verfahren nicht. Und in der Woche vor der Sitzung ist in Barbaras Wohnung eingebrochen worden!"

„Ach?" Baric nahm einen Schluck von seinem Whisky. „Sie verrennen sich in unhaltbare Anschuldigungen, Herr Wagner."

„Ob die unhaltbar sind, wird sich noch weisen."

„Das alles führt nur zu weiteren Verzögerungen und Kosten, die sich die ÖBB nicht leisten wollen und können. Die wollen jetzt endlich anfangen mit ihrem Prestigeprojekt. Wir diskutieren jetzt viele Jahre über den Ostbahnhof. Niemand hat ein Interesse daran, dass das so weitergeht."

„Ich schon.“ Wagner griff zu seinem Glas.

„Ich nicht, Herr Wagner. Deshalb bin ich gekommen, um Ihnen anzubieten, in unser Projekt einzusteigen.“

„In Ihr Projekt?“

„Die Baric Bau hat den Wettbewerb gewonnen, die Baric Bau wird den Ostbahnhof bauen, da werden auch Ihre Staranwälte nichts dran ändern. Allerdings könnte ich noch einen begabten Architekten in meinem Team gebrauchen. Ich bin mir nicht sicher, ob der gute Neuenfels die Detailplanung alleine stemmt. Um es kurz zu machen, Herr Wagner, ich biete Ihnen die Planungsleitung und Detailausführung am Ostbahnhof an. Und Sie könnten auch noch ein paar Ihrer Ideen einbringen, wir adaptieren einfach meinen Vorschlag. Ich regle das schon mit den ÖBB. Wir könnten morgen anfangen.“

Wagner sah Baric an. Dann stand er auf. „Noch einen kleinen Schluck Whisky, Herr Baric?“

„Es kann auch ein größerer sein, Herr Wagner.“

Einige Gläser später, die Flasche stand mittlerweile zwischen ihnen auf dem Tisch, sagte Baric: „Schön, dann sind wir uns einig. Sie ziehen Ihre Beschwerde zurück, Paul Horvarth von der Bundesvergabekommission kann weiter Golf spielen und die Herren Wohlfahrt, Braun und Associates können sich wichtigeren Fällen zuwenden. Ich habe nur eine Bedingung.“

„Und die wäre?“

„Das mit der Heirat überlegen Sie sich noch einmal.“

Wagner lachte. „Was hat Barbara damit zu tun?“

„Barbara wird nie die Baric Bau übernehmen, dazu hat sie einfach nicht das Format. Sie hat zu viele Flausen im Kopf. Ich habe in den letzten zwei Jahren schon drei Schwiegersöhne in spe kommen und gehen sehen. Sie wären der vierte."

Wagner starrte Baric an. „Aber ich liebe Ihre Tochter!"

Baric lachte aus vollem Halse. „Entschuldigen Sie, Herr Wagner, aber für so sentimental halte ich Sie nicht. Sie können lieben, wen Sie wollen, aber wenn Sie mit mir Geschäfte machen, lassen Sie bitte die Liebe aus dem Spiel."

Wagner schwieg. Dann sagte er: „Sie bringen mich da in eine unhaltbare Position, Baric."

„Ach kommen Sie, Ihre Position war nie besser. Der Ostbahnhof, das ist doch nur eine lukrative Durchgangsstation! Danach steht Ihnen die Welt offen. Was ist schon Wien, Herr Wagner? Da tummeln sich Platzhirsche wie ich. Das wird Ihnen bald zu eng werden. Sie sollten in Hongkong bauen, in Dubai, Bahrain, Moskau. Da sitzen die wirklich potenten Auftraggeber, und, wie ich zugeben muss, auch die mutigen Auftraggeber. Das ist Ihre Welt!"

Wagner grinste. „Aber zuerst muss ich den Ostbahnhof bauen? Nach Ihren Plänen?"

„Aller Anfang ist schwer, Herr Wagner", lachte Willy Baric. „Gewonnen ist gewonnen. Und was Sie in Ihrer Freizeit machen, ist mir egal. Es sollte nur nicht mit meiner Tochter sein. Haben wir uns verstanden?"

Ferdinand Wagner blickte seinen Gast lange schweigend an.

Am nächsten Abend saß Willy Baric zu Hause an seinem üblichen blutigen Steak auf geröstetem Brot. Darüber hatte er einen Berg gedünsteter Zwiebeln gehäuft. Sein Handy klingelte. Einer seiner Bauleute wollte ihn dringend sprechen. Nach Feierabend. „Eine delikate Angelegenheit, Chef!", sagte der Mann, dessen Namen

Baric nicht richtig verstanden hatte. Irgendwas mit Zischlaut am Ende. Auf Barics Baustellen arbeiteten viele Leute mit Zischlaut am Ende und in der Mitte. Ob die immer gültige Papiere hatten, wollte Willy gar nicht so genau wissen. Hauptsache, das Lohnniveau stimmte. Der Mann hatte etwas von gravierenden Baumängeln an der Brünner Straße gemurmelt, die er ihm unbedingt zeigen müsse.

„Na, dann tun Sie das morgen ab sieben Uhr, da bin ich eh wieder draußen."

„Nun, Herrrr Baric, Chef", hatte der Mann herumgedruckst. „Das wäre mir unangenehm, wenn mich die Kolleggen ... Sie verstehen?"

„Nicht ganz."

„Sie werrrden verstehen, wenn Sie sehen, Chef."

Als Baric an der Baustelle ankam, dämmerte es. Was für Baumängel auch immer ihm sein Mitarbeiter zeigen wollte, viel davon sehen würden sie wohl nicht mehr. „Schwachsinn", murmelte Baric. Aber beim Thema Baumängel wurde er in letzter Zeit hellhörig. Er hatte keine Lust mehr, jahrelange Prozesse mit Mietern und Eigentümern zu führen. Er wollte endlich ungestört die Früchte seiner Arbeit genießen.

Verlassen lagen die Rohbauten da. Gegen das letzte Licht am Abendhimmel erhoben sich die beiden Kräne. Die leeren Fensterhöhlen starrten ihn an. Es war sehr still. So still hatte Baric eine Baustelle schon lange nicht mehr erlebt.

Baric sah sich um. Niemand da. Er betrat das mittlere Haus über die Terrasse. Nebenan hatten sie untertags eine Betonfläche gegossen, das Dach der Tiefgarage. Willy konnte den zähflüssigen Beton riechen. Er liebte diesen Geruch. Er war mit ihm aufgewachsen. Der Duft nach Kalk, Sand und Wasser verkörperte für ihn Heimat. „Beton ist nicht Beton. Es kommt immer darauf an, was man draus macht", dachte er. Willy Baric hatte viel aus Beton gemacht. Vor allem viel Geld. Baric musste grinsen.

Prüfend legte er seine Hand an die Wand im Treppenhaus. Seit Neuestem blieb die unverputzt. Sichtbeton war jetzt modern. Von mir aus, dachte Baric, spar ich mir die Maler. Nur leider waren seine Maurer nicht in der Lage, mehrere Quadratmeter Wand ohne hässliche Fugen und Nähte zu gießen. Immer mussten sie irgendwo nachträglich etwas ausbessern. Früher war das egal, kam eh Putz und Rauhfaser drüber. Heute fiel das auf und sah „russisch" aus, wie Baric zu sagen pflegte. Wahrscheinlich wollte ihm sein tschechischer oder slowakischer oder ungarischer Angestellter so eine russische Wand zeigen. Aber warum nach Feierabend? Und wo blieb der Kerl?

„Herrrr Baric!", rief eine Stimme. Willy trat aus dem Flur ins Freie neben das frisch gegossene Betondach. Oben, im letzten Stock, winkte ihm jemand.

Um halb acht Uhr morgens klingelte das Telefon in der Diele in der Lerchenfelder Straße. Alfred ging dran, noch tropfend von der Dusche. Cordula war in der Küche verschwunden. Barbara erzählte tonlos und stockend, dass man ihren Vater gefunden habe. Sein Leichnam stecke in einer frisch ausgegossenen Betonfläche an der Brünner Straße. Er sei wohl von einem Balkon im sechsten Stock gestürzt. Dort habe man zumindest eine Stelle gefunden, an der das Geländer kaputt sei. Die Polizei habe ihn mit Presslufthämmern aus dem über Nacht gehärteten Beton herausholen müssen.

Dann stand Cordula hinter Alfred. Stumm reichte er ihr den Hörer weiter. Sie wechselte noch ein paar Sätze mit Barbara. Dann legte sie auf.

Alfred blickte sie an. Cordula war blass geworden.

„Sie klang gefasst", sagte er.

Cordula nickte. Dann setzte sie sich. „Ist er ermordet worden?", fragte sie.

„Freiwillig wird er nicht in den Beton gestiegen sein. Barbara erwähnte etwas von einem zerbrochenen Holzgeländer ganz oben im sechsten Stock. Er muss hinuntergestürzt sein. Oder jemand hat ihn geschubst."

„Schrecklich", flüsterte Cordula.

Alfred nickte. Dann sagte er: „Ich habe Barbara zum Abendessen eingeladen. Sie sollte jetzt nicht allein sein."

Cordula blickte ihren Mann an. „Natürlich, ihr Beschützer muss ihr zur Seite stehen."

„Ist dir nicht recht, wenn ich deine beste Freundin zu uns einlade?"

„Ich glaube, sie ist mittlerweile eher deine beste Freundin, seit du sie auf Schritt und Tritt begleitest."

„Was soll das, Cordula? Unser Verhältnis ist rein, wie soll ich sagen, beruflich. Professionell." Das Wasser tropfte aus seinen nassen Haaren auf die Holzdielen.

„Platonisch, Alfred? Wie auch immer, ich habe heute Abend leider einen Termin."

„Einen Termin? Wenn deine Freundin gerade ihren Vater verloren hat?"

„Ich bin mir sicher, du kannst sie auch ohne mich trösten." Damit ging Cordula zurück in die Küche zu ihrem Kaffee.

Alfred seufzte. Er zog sich ins Badezimmer zurück, um sich fertig abzutrocknen.

„Außerdem ist meine Verabredung wirklich wichtig", rief Cordula aus der Küche. „Mit einem Bankmenschen, in einem sehr teuren Restaurant."

Als Alfred in seinen Bademantel gewickelt neben seiner Frau in der Küche stand, fragte er: „In welchem?"

„Ist das wichtig?"

Die Ausstellung am Donnerstag im Semperdepot, dachte Alfred. Es konnte nur die Ausstellung sein, die Cordula so unleidlich machte.

„Hätte mich interessiert", murmelte Alfred.

„Das Steirereck im Stadtpark."

Alfred nickte anerkennend und griff sich seinen Kaffeebecher. „Beste Adresse. Wer zahlt?"

„Er natürlich."

„Was will er von dir?"

Cordula lächelte und nahm einen Schluck aus ihrer winzigen Espressotasse. „Weiß man's?"

„Komm schon, Cordula, jetzt sei nicht albern. Was will er wirklich von dir?"

„Ich weiß es wirklich nicht genau. Wir haben uns auf einer Vernissage kennengelernt. Er ist bei der

Bank-Foundation für die Kunstförderung zuständig. Vielleicht will er das Semperdepot fördern? Auf alle Fälle ein wichtiger Mann."

„Sieht er gut aus?" Alfred nahm an, dass Cordula diese Frage jetzt gerne hören wollte.

Wieder lächelte Cordula: „Sehr gepflegt, distinguiert, typischer Banker eben."

„Also eher langweilig", fasste Alfred zusammen.

Cordula seufzte, blickte auf ihre Uhr und stand auf. „Ich muss los."

Als sie im Flur in ihren Mantel geschlüpft war, rief sie: „Weißt du was, Alfred? Ich glaube, sie war es. Sie hat ihn umgebracht."

Alfred ging ihr nach. „Barbara?"

„Ihr nützt sein Tod am meisten: Sie erbt die Firma, kann Wagner heiraten und gemeinsam bauen sie den Ostbahnhof, werden reich und berühmt."

Alfred schüttelte vehement den Kopf. „Spinnst du? Traust du ihr wirklich zu, dass sie ihren Vater vom sechsten Stock in frisch ausgegossenen Beton stürzt?"

„Ich traue BB alles zu. Ich kenne sie länger als du. Sie ist ein eiskaltes Luder. Kann sie zumindest sein." Damit verließ Cordula die Wohnung.

Nachdenklich ging Alfred zurück in die Küche. War da was dran an Cordulas Verdacht? Wenn er ihre Eifersucht abzog? Wenn er irgendwelche verletzten Gefühle im diffizilen Verhältnis zwischen Frauen abrechnete?

Er nahm eines seiner vielen Kochbücher zur Hand und blätterte gedankenverloren darin herum. Was sollte er für Barbara kochen? Auf komplizierte Sachen hatte er keine Lust. Die Rezepte in diesem Buch sahen alle kompliziert aus. Er klappte es wieder zu. Er würde einfach sein Lieblingsgericht kochen und hoffen, dass Barbara ebenfalls Spargel mochte. Der Marchfelder Spargel war fast so gut wie der Beelitzer, den er in Berlin immer gekauft hatte. Dazu eine selbstgemachte Sauce hollandaise, die allerdings sonst immer Cordula zubereitete. Das war ihre Spezialität. Und neue Kartoffeln, vielleicht gekochter Schinken, zart geräuchert, möglichst bio, ein schöner Wein. Alfred machte sich eine kleine Einkaufsliste.

Dann legte er den Stift hin. Seine Gedanken kehrten zurück zu Willy Baric. Irgendwie hatte er ihn fast ein wenig gemocht. Wer hatte ein Interesse daran, einen 65-jährigen Bauunternehmer aus dem sechsten Stock seines eigenen Rohbaus zu werfen? Oder war er gefallen? Alfred machte das Radio an. Einer der vielen Privatsender brachte tatsächlich etwas zum Tod Barics.

Willy Baric war abends wohl noch einmal zur Brünner Straße gefahren. Sein Bauleiter hatte erklärt, dass er als Letzter um 19:15 die Baustelle verlassen hatte. Das provisorische Holzgeländer sei zu diesem Zeitpunkt noch intakt gewesen, hatte der Bauleiter ausgesagt. Es sei noch unklar, ob ein Mord oder ein Unglücksfall vorliege, schloss der Sprecher.

Was wollte Baric abends auf seiner Baustelle? Im Dunkeln? Vor allem: Was wollte er im sechsten Stock? Wenn er etwas Wichtiges vergessen haben sollte – Unterlagen oder seine Brieftasche –, das hätte er doch sicher nicht im sechsten Stock gesucht, sondern eher in dem weißen Blechcontainer, wo sie bei seinem Besuch Schnaps getrunken hatten. Obwohl, wenn Baric zum Beispiel sein Handy gesucht hatte, hätte das sehr wohl überall auf der Baustelle liegen können. Also auch im sechsten Stock.

Vielleicht hatte er auf dem Balkon telefoniert, weil er im Haus keinen Empfang hatte. Dann war er ins Stolpern geraten, wollte sich am Holzgeländer abstützen, das brach unter ihm zusammen und er stürzte in die Tiefe. Vielleicht war er auch betrunken, schließlich war es schon Abend und bei Barics Alkoholkonsum … eine Williams-Birne zu viel.

Oder Selbstmord? Aber warum sollte Baric sich das Leben nehmen? Ihm ging es doch wieder besser. Er hatte den Auftrag für den Ostbahnhof in der Tasche. Hatte er wirklich? Oder hatte Wagner recht mit seinen Unterstellungen? Vielleicht hatte er erfolgreich vor dieser ominösen Kommission Beschwerde eingelegt. Und der Anruf, der Baric mitteilte, dass er und Blumenauer geschoben hatten, erreichte ihn im sechsten Stock. Sein Freund Richard – ein Betrüger? Das konnte sich Alfred nicht vorstellen. Wollte er sich nicht vorstellen. Genauso wenig wie Barbara als Mörderin. Lächerlich. Baric hatte genügend andere Feinde, daran herrschte wirklich kein Mangel.

Alfred zog sich an und erledigte am Naschmarkt seine Einkäufe. Er besorgte auch die passenden Getränke: einen grünen Veltliner von Loimer aus dem Kamptal, einen Zweigelt von Heinrich im Mittelburgenland und einen Quattro von Gager, ein hervorragendes Cuvée, ebenfalls aus Horitschon. Damit konnte nichts schiefgehen, dachte er.

Als er wieder zu Hause eingetroffen war, griff Alfred zu seinem Festnetztelefon und wählte Barbaras Nummer.

„Alfred? Das ist schön, deine Stimme zu hören."

„Wie geht es dir?"

„Ich weiß nicht, wo mir der Kopf steht. Ich war den ganzen Vormittag bei der Polizei. Jetzt nehmen sie es wenigstens endlich ernst. Sogar diesem dämlichen Prokopetz ist das Grinsen vergangen. Und gleich ist die Vorstandssitzung."

„Die haben es aber eilig."

„Die war ohnehin für heute angesetzt. Sie wollten sie verschieben, aber ich sagte, wir sollten es gleich hinter uns bringen. Ich werde dir heute Abend berichten, wie es ausgegangen ist."

„Du kommst also?"

„Natürlich komme ich. Ich lass mir doch deine legendären Kochkünste nicht entgehen."

„Erwarte nicht zu viel, es gibt nur Spargel."

„Ich liebe Spargel!"

Von Cordula hörte Alfred den ganzen Tag nichts mehr. Er schaute kurz im Palais vorbei. Telefonierte mit seinem Schwiegervater, der seinen Besuch für den folgenden Tag ankündigte, um Cordulas Ausstellungseröffnung zu besuchen.

Kurz vor acht erschien Barbara in einem dunklen Regenmantel und mit einem schwarzen, asymmetrisch geformten Hut, an dem vorne die Andeutung eines Schleiers baumelte. Als sie Mantel und Hut abgelegt hatte, durfte Alfred ihr hellbeiges Kleid bewundern, das ziemlich tief ausgeschnitten war.

„Elfenkleid", sagte Barbara, als sie seine Blicke spürte.

„Bitte?"

„So heißt das Label."

„Ach so", stammelte Alfred. „Aus Wien?"

„Natürlich. Ich trage fast nur noch Wiener Designer."

„Gefallen dir die Pariser oder Mailänder nicht?"

„In London trug ich nur Briten. Ich trage immer die Designer aus der Stadt, in der ich wohne."

„Gott sei Dank lebst du nicht in Bratislava."

Barbara lachte. Wie eine trauernde Tochter wirkte sie nicht. Doch sie hatte leichte Schatten unter den Augen und eine Andeutung von Fältchen in den Mundwinkeln.

„Kann ich was tun?", fragte sie munter. „Kochen soll die Traurigkeit vertreiben."

„Das Mühsamste habe ich bereits erledigt. Du könntest ein paar Kartoffeln schälen, während ich die Sauce vorbereite.“

„Kartoffelschälen ist als aktive Trauerarbeit offiziell anerkannt“, sagte Barbara.

Sie schälte tatsächlich ein paar Kartoffeln, nachdem sie sich theatralisch eine Schürze mit Sonnenblumenmuster umgebunden hatte. Alfred wusch den Spargel und setzte ihn in einem Topf mit Salz, Zucker und einem Stückchen Butter auf. Wäre der Spargel etwas bitter gewesen, hätte er noch ein paar Stücke Weißbrot ins Wasser gegeben. Aber man hätte ihn roh essen können, so frisch war er. Alfred öffnete den ersten Wein und sie stießen an.

„Auf was sollen wir trinken?“, fragte Barbara. Sicher nicht auf tote Baulöwen, dachte Alfred. Mittlerweile hatte man auch im Fernsehen die möglichen Hintergründe des Todes von Willy Baric analysiert. Wibranetz’ Revolverblatt zählte in seiner Abendausgabe süffisant Barics größte Konkurrenten auf – mit Foto, unter ihnen auch Wagner. Seine Auseinandersetzungen mit Baric machten ihn laut Wibranetz zum Hauptverdächtigen. Aber auch Angehörige der Baric Bau kämen in Frage, vor allem Barics alter Weggefährte Franz Fuhrmann, der den alten Baric in letzter Zeit massiv gedrängt hätte, Barbara die Firma zu überlassen. Hatte der „Morgenkurier“ nicht vor Kurzem noch das Gegenteil behauptet? Aber was scherte Wibranetz sein Geschwätz von gestern. Und dann natürlich die lange Riege von Barics Opfern: Handwerker, denen Baric so spät so wenig gezahlt hatte, dass sie pleite gegangen waren. Mieter, die in Wohnungen leben mussten, wo es durch die Fenster zog und von der Decke tropfte.

Im Fernsehen hatte man auch einige Fakten von der Autopsie der Leiche veröffentlicht. Man hatte 1,1 Promille Alkohol im Blut von Baric gefunden. Die Polizei hatte noch einmal seinen Bauleiter und seinen Polier und einige andere Bauarbeiter vernommen, die dann auch fürs Fernsehen plauderten. Niemandem war etwas Ungewöhnliches aufgefallen. Keiner konnte einen Grund nennen, warum Baric abends noch einmal auf die Baustelle gefahren war. „Aber Chef oft hatte seltsame Ideen", sprach einer der Bauarbeiter in die Fernsehkamera. „Vielleicht er wollte uns kontrollieren, ob wir heimlich Überstunden machen oder Werkzeug klauen."

„Lass uns auf kochende Männer trinken!", rief Barbara. „Auf dich, Alfred!" Ihre Augen blitzten. Es waren ausgesprochen schöne Augen, groß und grün schimmernd. Von den Schatten war nichts mehr zu sehen.

Alfred lächelte. „Nein, lass uns auf deine Zukunft trinken. Auf die neuen Höhenflüge der Baric Bau. Wie ist die Sitzung ausgegangen?"

„Sie haben mich einstimmig zur neuen Chefin gekürt", verkündete Barbara.

Während die Kartoffeln kochten und der Spargel siedete, schlug Alfred mit einem kleinen Schneebesen Eidotter in einer Metallschale, die er über Wasserdampf hielt. Nachdem der Dotter etwas fester geworden war, ließ er Butterflöckchen hineingleiten, schlug die gelbe Masse weiter, bis die Butter geschmolzen war und das Ganze eine sämige Konsistenz annahm. Immer wieder entfernte er die Schale aus dem Wasserdampf, wenn die Masse zu heiß wurde und Gefahr lief zu gerinnen. Barbara sah ihm interessiert zu.

„Wäre es nicht einfacher, eine fertige Sauce aus der Packung zu verwenden?", fragte sie.

„Das würde weniger eindrucksvoll aussehen", antwortete Alfred.

Während sie darauf warteten, dass der Spargel und die Kartoffeln weich wurden, tranken sie noch etwas Wein. Den Schinken hatte Alfred weggelassen. Er hatte heute Lust auf Spargel pur. Wenig später schien Barbaras Stimmung umzuschlagen. Stumm drehte sie ihr Glas in der Hand, ohne daraus zu trinken.

„Ist doch komisch", sagte sie. „Da wird bei mir eingebrochen, die Bremse meines BMW versagt, ich werde in der Blutgasse mit einer Pistole verfolgt, man bedroht mich anonym am Telefon, ein Privatdetektiv schleicht hinter uns her – und dann fällt mein Vater aus dem sechsten Stock."

„Die Polizei geht mittlerweile von Mord aus", sagte Alfred.

„Wer sollte das denn getan haben?", fragte Barbara und sah Alfred an.

Alfred räusperte sich. „Nun, in der Zeitung ..."

„Bullshit", rief Barbara. „Überleg doch mal: Wem nützt Papas Tod wirklich?"

„Ferdl ...", sagte Alfred leise.

„Ha!", rief Barbara. „Nur weil er sich mit Papa raufte?"

„Naja, er wollte ihn vor dem Schiedsgericht, oder wie das heißt, verklagen."

„Die Klage hat er zurückgezogen."

„Tatsächlich?"

„Ja. Keine Ahnung warum. Ferdl ist ohnehin Geschichte."

„Ihr habt euch getrennt?"

„Ja. Und zwar schon, bevor mein Vater vom Balkon gefallen ist."

„Warum?"

„Er hatte sich vor der Jurysitzung so seltsam verhalten. Und dann sein Ausbruch danach. Ein Choleriker in der Familie reicht mir."

War das eine Träne in Barbaras Augenwinkel? „Dann hat er mir vorgeworfen, ich hätte meinem Vater Details unseres Konzeptes verraten. Ich hätte gewollt, dass er gewinnt und nicht wir. Absurd."

Alfred schwieg. War das wirklich ein so absurder Gedanke?

„Dabei hat er mich die ganze Zeit ausgenutzt. Er hat mich nie geliebt, wollte nur über mich in die Baric Bau oder zumindest mit meinem Geld die Frischbau gründen, damit er endlich seine bescheuerten Projekte verwirklichen kann. Noch mehr Grüne Häuser? Noch mehr unverkäufliche Projekte? Mit Herrn Wagner wäre die Baric Bau endgültig in die Pleite marschiert. Papa hat recht gehabt: Ferdl ist ein Erbschleicher. Und ein Rohrkrepierer. Im Bett übrigens auch."

So genau wollte er das gar nicht wissen, dachte Alfred erschrocken. Jetzt heulte Barbara wirklich. Stumm reichte ihr Alfred die Küchenrolle.

„Keine Angst, so schlimm wird's nicht werden, ich kriege mich gleich wieder ein", sagte sie mit belegter Stimme. Dann schnäuzte sie sich die Nase, holte zweimal tief Luft, griff sie zu ihrem Glas, leerte es in einem Zug und rief: „Und was ist jetzt mit dem Gemüse?"

Alfred holte mit einer Gabel eine Stange aus dem Wasser und hielt sie waagrecht in die Luft. Sie bog sich genau richtig. Alfred mochte den Spargel nicht so weich, wie man ihn meistens im Restaurant bekam. Er sollte noch einen bissfesten Kern haben wie Pasta. Er richtete das Gemüse auf einer vorgewärmten Platte an und trug alles zum Esstisch, wo bereits drei weiße Kerzen brannten. Barbara legte er fünf besonders dicke Stangen auf den Teller, die Spitzen auf sie gerichtet. Aus einer silbernen Sauciere – in Familienbesitz der Pokornys seit mehr als hundert Jahren – goss er ihr die cremige Sauce schwungvoll darüber und legte noch zwei Kartoffeln dazu.

Barbara beugte sich über den Teller und schnupperte. Dabei kam ihr Dekolleté dem Gemüse gefährlich nahe. Sie lächelte Alfred an. „Wie das duftet."

„Guten Appetit“, sagte Alfred und es klang ein bisschen förmlich. Barbara grinste. Immerhin setzte sie sich wieder aufrecht hin, spießte eine Stange auf und nahm die Spitze genüsslich in den Mund. Statt abzubeißen, ließ sie die ganze Stange in ihrem Mund verschwinden und erzeugte dabei ein schmatzendes Geräusch.

„Köstlich“, flüsterte Barbara. „So muss Spargel sein.“ Alfred nickte stumm. Barbara machte sich über die nächste Stange her und vollführte die gleiche Zeremonie.

Alfred fragte, um irgendetwas zu sagen: „Ist er dir nicht zu heiß?“

„Kann gar nicht heiß genug sein.“

„Dann probiere ich das auch mal.“ Alfred ließ wie sie eine ganze Stange im Mund verschwinden. Dann nickte er andächtig.

„Gute Methode, Spargel zu essen, spart man sich das Messer.“

„Ich esse ihn nie anders“, lächelte Barbara. „Alte Rudolfsheimer Schule.“ Beide schlürften und schmatzten jetzt um die Wette.

„Mehr“, sagte Barbara, als ihr Teller leer war. Die Kartoffeln hatte sie nicht angerührt.

„Mehr“, sagte Alfred und verteilte eine zweite Portion Spargel. „Ist ja genug da.“

„Wirklich gut, deine Sauce hollandaise“, murmelte Barbara später, als Alfred ihr den Rest davon aus dem Pokorny’schen Familiensilber über die letzten Spargelstangen goss.

„Rot oder weiß?“, fragte er.

Barbara sah ihn verständnislos an.

„Der Veltliner ist alle. Wie machen wir weiter?“

„Weintechnisch?“, fragte Barbara. „Bleiben wir beim Weißen. Und wechseln wir aufs Sofa. Ist bequemer.“

Alfred trat an den Kühlschrank und Barbara ging schon mal vor.

Später kam es noch einmal zu einem kleinen Tränenausbruch. Das mag an der zweiten Flasche Wein gelegen haben. Oder daran, dass Barbara klar wurde, dass sie jetzt „Vollwaise" war, wie sie es ausdrückte. Als frisch gekürte Chefin der Baric Bau lastete zudem ungewohnt viel Verantwortung auf ihren Schultern, die sie auf dem Sofa an Alfreds lehnte. Er legte den Arm um sie. Barbara schluchzte noch ein paar Mal, dann schnäuzte sie sich erneut ihre Nase und lächelte Alfred an.

„Dein Freund Richard war heute nach der Sitzung bei mir im Büro. Es war ein etwas seltsamer Auftritt. Natürlich kondolierte er mir. In etwas steifen Worten. Dann bot er mir unverblümt seine Mitarbeit an. Er hätte gehört, dass Ferdl seine Beschwerde zurückgezogen habe. Und dass wir uns getrennt hätten. Er habe ihn im Café Diglas getroffen. Wagner habe sich damit gebrüstet, mit der Baric Bau nichts mehr zu tun zu haben. Und auch aus der Frischbau aussteigen wolle. Ich würde ohne ihn und ohne meinen Vater am Ostbahnhof kläglich scheitern. Und er habe sich von mir getrennt. Verstehst du: Er sagt, *er* hat sich von *mir* getrennt. Dabei habe *ich* ihm den Laufpass gegeben! Dieser Affe!"

„Du kannst jetzt vielleicht wirklich Richards Hilfe gebrauchen. Schließlich ist er ein erfahrener Architekt. Hat er nicht mal für dich was gebaut? Dein Wochenendhaus?"

„Ja, das steht sogar noch."

„Wieso?"

„Ein Wunder bei den vielen Baumängeln."

„Hat Richard geschlampt?"

„Er und alle anderen auch. Pathetic! Gott sei Dank hat die Öffentlichkeit nichts davon erfahren."

„Ist Richard ein schlechter Architekt?“

Barbara nahm noch einen Schluck von ihrem Wein. „Nicht so gut wie dieser Wein.“

„Was hast du ihm gesagt?“

„Ich habe ihn hingehalten. Vielleicht kann ich ihn als Projektleiter beim Ostbahnhof tatsächlich brauchen. Die Pläne sind fertig, die müsste er nur noch umsetzen. Und den Rest erledigt dieser Neuenfels.“

Alfred sah Barbara zweifelnd an. Dass Richard ein schlechter, gar schlampiger Architekt war, hörte er zum ersten Mal. Er hatte gedacht, dass Blumenauer in der Branche als seriöser Architekt gelte. Nicht genial, aber solide.

„Und jetzt sollte ich, glaube ich, gehen“, sagte Barbara. „Wenn ich noch einen Schluck Wein trinke, muss ich bei dir übernachten.“ Nach einer kleinen Gedankenpause setzte sie hinzu: „Und das wäre Cordula sicher nicht recht, oder? Wo ist die überhaupt?“

Alfred machte eine wegwerfende Geste. „Trifft einen gutaussehenden, distinguierten Banker, der Großes mit ihr vorhat.“

„So?“ Barbara grinste etwas anzüglich, wie Alfred fand. Dann stand sie leicht schwankend auf. „Grüß sie trotzdem von mir. Wir müssen unbedingt mal wieder einen Kaffee zusammen trinken. Haben uns ein wenig aus den Augen verloren. Auf alle Fälle komme ich am Donnerstag zur Vernissage. Sag ihr das bitte.“

Als Alfred Barbara in den leichten Sommermantel geholfen und sie sich ihr neckisches Trauerhütchen wieder aufgesetzt hatte, beugte sie sich vor und küsste ihn auf den Mund. Dann kicherte sie. Alfred blieb in der geöffneten Wohnungstür stehen und lauschte auf ihre klappernden Absätze, die sich langsam durchs Treppenhaus entfernten.

„Setzen Sie sich, Herr Brinkmann. Mein Chef kommt gleich." Prokopetz wies auf die abgewetzten Holzstühle. Alfred entschied sich für den linken.

Es roch immer noch nach Bohnerwachs. Wann hatte er diesen Geruch das letzte Mal in der Nase gehabt, abgesehen von seinem Besuch mit Barbara und Wagner nach ihrem Unfall? Es musste in der Grundschule gewesen sein. Vor mehr als 25 Jahren. Aber der Duft löste keine nostalgischen Gefühle aus.

Prokopetz setzte sich nicht hinter seinen Schreibtisch, sondern blieb am Fenster stehen und blickte auf die Ringstraße. Es war still im Raum. Von nebenan hörte man das Klappern einer Schreibmaschine. Alfred fühlte sich wie in einer Folge von „Kottan ermittelt". Er hatte diese österreichische Kultkrimiserie der Siebziger- und frühen Achtzigerjahre nie verstanden. Lauter schlecht gelaunte, zynische Polizisten, die „Kieberer" genannt wurden, bevölkerten schlecht möblierte Amtsstuben und ermittelten in schlecht möblierten Wohnungen, egal, wie wohlhabend oder arm die Verdächtigen waren. Und nuschelten dazu einen unverständlichen Dialekt. Das alles im trüben Licht, das man auch aus ganz frühen „Tatort"-Filmen kannte: Immer war schlechtes Wetter.

Die Tür zum Nebenzimmer ging auf und Oberinspektor Gehrlinger erschien. Er marschierte mit ausgestreckter Hand auf Alfred los und brüllte: „Ich grüße Sie!" Nein, er sagte so etwas wie „Grüüaaahhhssiiiääh-na!" Alfred deutete ein Aufstehen an und schüttelte die Hand des Polizisten.

„Schön, dass Sie sich Zeit nehmen konnten, Herr Brinkmann." Der Oberinspektor war sichtlich bemüht,

Hochdeutsch zu sprechen. Was ihm nicht völlig gelang.

„Ich verstehe nicht ...“, wollte Alfred sagen.

Gehrlinger fiel ihm sofort ins Wort: „Kein Problem, Herr Brinkmann, alles reine Routine, reine Routine.“

Ganz besonders fühlte man sich doch immer als Ausländer, wenn man im Ausland mit Behörden zu tun hatte. Alfred ließ sich wieder in seinen unbequemen Holzstuhl sinken und beschloss, die Dinge einfach auf sich zukommen zu lassen. Hing das eventuell mit seinem Fahrradzwischenfall zusammen? Aber sie hatten doch nur 0,45 Promille in seinem Blut gefunden. Was ihn, ehrlich gesagt, etwas überrascht hatte. „Prokopetz, verlesen Sie dem Angeklagten seine Rechte!“, donnerte Gehrlinger. Erschrocken zuckte Alfred zusammen.

„Haha, kleiner Scherz, Herr Brinkmann, hoffe, Sie haben Humor!“

„Nun ...“, setzte Alfred an.

Wieder ließ ihn Gehrlinger nicht zu Wort kommen. „Ein dumme Sache“, sagte er. Dann sagte er nichts mehr. Was war eine dumme Sache, überlegte Alfred. Dass er hier saß, nachdem ihn eine Polizistin angerufen und recht rüde dazu aufgefordert hatte, sich um halb drei in der Kriminaldirektion 1 einzufinden, Schottenring, Sie wissen schon? Nein, er wusste nicht. Er musste im Telefonbuch nachsehen, um die Hausnummer zu erfahren.

Die beiden Polizisten schwiegen. Alfred auch. Er hatte sich vorgenommen, nicht zu viel zu sagen. Was immer die von ihm wollten, es konnte nichts Gutes sein.

„Ein verdienter Bürger unserer Stadt“, brach Gehrlinger das Schweigen. Und verstummte erneut.

„Wer? Willy Baric?“, fragte Alfred nach ein paar Sekunden. Irgendwie musste diese Unterhaltung in Gang kommen. Sonst säße er hier noch eine Ewigkeit, statt sich im Café Landtmann schräg gegenüber einen Topfenstrudel zu gönnen. Mit Blick auf das Burgtheater. Das würde er auf alle Fälle machen. Danach. Als Wiedergutmachung.

„Natürlich. Wir sind hier zusammengekommen, um über den Fall Willy Baric zu sprechen. Oder soll ich es allgemeiner formulieren: den Fall Baric."

Alfred sah in fragend an. Ihm dämmerte jetzt, was ihm der Kriminalist mitzuteilen gedachte, aber er wollte ihm nicht zuvorkommen. Das mochten die Österreicher nicht.

„Aber der Reihe nach." Der Oberinspektor räusperte sich, dann ließ er sich seufzend hinter seinen Schreibtisch fallen, blätterte in Papieren. Prokopetz blickte gelangweilt aus dem Fenster auf das Geschehen am Schottenring. Richtung Café Landtmann.

„Also, uns ist zu Ohren gekommen, dass Sie kurz vor Herrn Barics bedauerlichem Ableben ein reges Interesse am Toten an den Tag gelegt haben."

„Da war er natürlich, mit Verlaub, noch nicht tot, naturgemäß", ergänzte Prokopetz, immer noch aus dem Fenster blickend.

„Selbstverständlich, danke, Herr Kollege, für den sachdienlichen Hinweis." Der dicke Gehrlinger klang todernst. Alfred blickte von einem Kriminalisten zum anderen.

„Dürften wir erfahren, wieso?"

„Nun, das war für ein Interview", sagte Alfred.

„Ein Interview?", fragte Gehrlinger, als sei das für ihn eine völlig abstruse Vorstellung.

„Ja, für das Berliner Abendblatt."

„Sie sind Journalist, Herr Brinkmann?"

„Nicht direkt", sagte Alfred. „Das heißt schon. Also, Teilzeit."

„So? Was darf ich, was dürfen Inspektor Prokopetz und ich uns darunter genau vorstellen?"

Alfred riss der Geduldsfaden. Diese bekloppten Ösis sollten jemand anderen verarschen.

„Was soll das, Herr Gehrlinger?", fragte Alfred mit leicht erhobener Stimme. „Führen Sie hier ein Wiener Volksstück auf?"

Ein Lächeln spielte um Gehrlingers Lippen. Aber er sagte nichts. Prokopetz hatte sich immerhin umgedreht.

„Also, ich schreibe für das Berliner Abendblatt in meiner Eigenschaft als Ex-Redakteur regelmäßig Texte. Meistens Glossen und Feuilletons, manchmal auch andere Textformen wie zum Beispiel Interviews."

„Und gerade das altehrwürdige Berliner Abendblatt wollte ein Interview mit unserem Baulöwen Willy Baric, auch liebevoll Beton-Willy genannt?"

Alfred schwieg. Dann sagte er: „Ja, genau."

„Das ist aber nicht erschienen, oder?", fragte Prokopetz vom Fenster.

„Nein."

„Ist damit noch zu rechnen?"

„Nein."

„Warum nicht, jetzt, wo Beton-Willy ermordet worden ist? Unsere Zeitungen überschlagen sich regelrecht."

„Ja, Ihre", sagte Alfred.

„Was soll das heißen?", fragte Prokopetz, eine Spur schärfer.

„Ganz im Vertrauen", sagte Alfred. „So eine große Nummer war Ihr Beton-Willy nun auch wieder nicht. Weltberühmt in Wien, würde ich sagen."

„Warum haben Sie ihn dann interviewt? Warum erscheint das Interview nicht? War der lebende Baric interessanter für das Abendblatt als der tote?"

„Vielleicht."

„Versteh ich nicht", sagte Gehrlinger.

„Ich verstehe nicht, warum es die Polizei interessiert, ob und warum ich Herrn Baric interviewt habe."

„Herr Baric ist ermordet worden. Das können wir wohl so formulieren, was, Prokopetz?"

„Einen Unglücksfall schließen wir in der Tat aus", assistierte Prokopetz.

„Trotz der 1,1 Promille Alkohol im Blut?"

„Sie sind gut informiert, Herr Brinkmann", sagte Gehrlinger.

„Ich lese Zeitungen, höre Radio und sehe Fernsehen."

„Natürlich. Sie sind ja ein Mann der Medien", sagte Gehrlinger. „1,1 Promille bedeuten bei uns für einen stattlichen Herrn wie Willy Baric so viel wie fast nüchtern. Mit 1,1 Promille ist er zwar nach den strengen Buchstaben des Gesetzes nicht mehr fahrtüchtig gewesen. Aber nicht so betrunken, dass er von alleine aus dem sechsten Stock fällt."

„Es hat ihn also jemand gestoßen, Herr Inspektor?"

„Oberinspektor, Herr Brinkmann. Der Inspektor steht dort drüben." Gehrlinger wies auf Prokopetz. Der hob kurz wie zum Gruß die Hand.

Alfred schüttelte den Kopf. Dann blickte er auf seine Armbanduhr.

„Hören Sie, ich bin ein vielbeschäftigter Mann ..."

„Ach, wirklich?", fragte Gehrlinger.

„Ich habe in einer halben Stunde einen Termin mit einem Immobilienfachmann."

„Ach ja, im Immobiliengeschäft sind Sie als Teilzeitjournalist auch noch tätig ..."

Alfred ging der süffisante Unterton dieses Gesprächs auf die Nerven.

„Also, Herr *Ober*inspektor, ich möchte ja nicht unhöflich erscheinen und ich weiß, dass man in diesem Land auf Höflichkeit großen Wert legt, aber ich würde Sie doch bitten, zum Punkt zu kommen."

„Da sind wir längst. Der Punkt ist das Interview, Herr Brinkmann", sagte Gehrlinger leise.

„Was ist denn damit?"

„Es ist nie ein Interview von Ihnen mit Herrn Baric erschienen. Weder im Abendblatt noch in sonst einer Zeitung, oder?"

„Na und?", sagte Alfred.

„Das heißt, dass Sie uns hier einen Bären aufbinden!", donnerte Gehrlinger.

„Schreien Sie mich nicht an!", donnerte Alfred zurück.

Es wurde sehr still in der Amtsstube der Wiener Kriminaldirektion 1. Sehr still.

Dann sagte Oberinspektor Gehrlinger leise: „Ich würde Ihnen raten, Herr Brinkmann, hier nicht laut zu werden."

„Was werfen Sie mir vor?", fragte Alfred genauso leise wie Gehrlinger. „Dass ich mich mit Herrn Baric unterhalten habe? Ist das neuerdings verboten?"

„Verboten nicht", sagte Gehrlinger, wieder in normaler Lautstärke. „Aber verdächtig, so kurz bevor ein Mord passiert."

„Ich nehme an, Herr Baric hat mit vielen Menschen kurz vor seinem Tod gesprochen."

„Aber nicht eineinhalb Stunden am Stück!"

„Sie sind gut informiert, Oberinspektor."

„Ja, glauben Sie denn, die Wiener Polizei schläft?", fragte Prokopetz.

Es hört nicht auf, dachte Alfred. Die können nicht anders.

„Nochmal: Was werfen Sie mir konkret vor? Welches österreichische Gesetz habe ich in Ihren Augen gebrochen?“

Prokopetz verließ seinen Platz am Fenster, griff sich den zweiten Holzstuhl, wirbelte ihn mit einer Hand herum und setzte sich in Cowboy-Manier mit der Lehne nach vorne drauf. Und rückte ganz dicht an Alfred heran. Alfred konnte riechen, dass Inspektor Prokopetz sein Mittagessen wieder an einer Würstelbude eingenommen haben musste. Alfred tippte erneut auf Käsekrainer.

„Was hatten Sie mit Wilhelm Baric, geboren 1943 in Wien Rudolfsheim-Fünfhaus, verwitwet, ein Kind, zu besprechen?“, fragte der Inspektor.

„Seine Tochter ist mit meiner Frau befreundet“, sagte Alfred.

„Und?“, fragte Prokopetz.

„Und es hatte wegen einer Verlobung zwischen der Tochter und einem gewissen Ferdinand Wagner ein paar Missverständnisse gegeben. Da wollte ich die Lage sondieren.“

„Die Lage sondieren ...“ Prokopetz grinste.

Alfred seufzte. „Barbara Baric hatte mich darum gebeten.“

„Aha.“ Prokopetz drehte sich zu seinem Chef um.

„Also kein Interview?“, fragte Gehrlinger.

„Zumindest kein offizielles.“

„Soso“, sagte Gehrlinger.

Prokopetz stand auf und setzte sich hinter seinen Schreibtisch. Er nahm einen Stift in die Hand und warf ihn in die andere und wieder zurück.

„Welche Rolle spielen Sie im sogenannten Rosenkrieg der Familie Baric, Herr Brinkmann?“, fragte er dann.

„Gar keine.“

„Wirklich?"

„Ja. Das waren familieninterne Angelegenheiten, die von der Presse unnötig hochgespielt wurden. Ich glaube nicht, dass die irgendetwas mit dem Tod Barics zu tun haben."

„So, glauben Sie." Das war wieder Gehrlinger. „Das wäre dann alles. Für heute. Wir danken Ihnen für Ihren Besuch, Herr Brinkmann. Sie bleiben in der Stadt?"

Alfred stand auf und nickte. Damit verließ er das Zimmer. Als er leise die Tür hinter sich geschlossen hatte und ein paar Schritte den leeren Gang hinuntergegangen war, blieb er stehen. Ganz hinten, an der Ausgangstür zum Schottenring, stand ein uniformierter Beamter und spielte mit seinem Schlagstock. Alfred drehte um, öffnete ohne zu klopfen die Tür zu Gehrlingers Büro. Gehrlingers Glatze glänzte. Prokopetz spielte immer noch mit dem Stift und starrte aus dem Fenster.

„Ja?", sagte Gehrlinger und beugte sich leicht vor.

„Nichts", sagte Alfred und schloss wieder die Tür. Er hatte vergessen, was er glaubte, vergessen zu haben.

Vielleicht war es der Wind. Oder lag es doch an den Bällen? Aber es waren die gleichen wie immer. Titleist NXT Extreme. Die flogen angeblich besonders weit. Alfred stand auf einem leicht abschüssigen Stück Rasen. Das Green war noch knappe 120 Meter entfernt. Und es war schon wieder sein fünfter Schlag. Bei einem Par 4. Sein Schwiegervater hatte seinen Ball schon auf das Grün gebracht. Er lag etwa fünf Meter von der Fahne entfernt. Wenn Pokorny Glück hatte, konnte er ihn mit dem nächsten Schlag versenken. Und Alfred brauchte noch mindestens zwei, wenn er Pech hatte drei Schläge, bis er so weit war. Dann hätte Friedrich acht Schläge Vorsprung. Das war nicht mehr einzuholen.

Sein Schwiegervater stand neben dem Grün und wartete auf Alfreds Annäherungsschlag. Er trug tatsächlich karierte Shorts. Seine Golfschuhe waren zweifarbig. Die Golftasche mit den Schlägern transportierte er mit einem elektrisch betriebenen Kart. „Spart Kräfte“, hatte er gesagt, als er Alfreds abschätzigen Blick bemerkt hatte.

Alfred überlegte, ob er nicht doch lieber zum Siebener-Eisen greifen sollte, statt zum Neuner. Dann würde der Schlag in jedem Fall länger werden. Aber wenn er den Ball voll träfe, würde der weit hinter dem Grün irgendwo in den Büschen landen. Doch Alfred würde den Ball bei dieser Hanglage erwartungsgemäß nicht voll treffen. Hanglagen machten ihm immer Probleme: Entweder schlug er leicht über oder leicht unter den Ball. Er wählte das Siebener-Eisen. Alfred holte aus, blinzelte kurz in die Mittagssonne und ließ den Schläger locker durchschwingen. Er spürte und hörte, dass er den Ball etwas zu weit oben getroffen hatte. Der flog trotzdem in einem idealen, steilen Bogen die 120 Meter und landete mitten auf dem Grün. Er rollte noch ein bisschen und blieb einen, höchstens eineinhalb Meter neben der Fahne liegen. Ein perfekter Schlag. Mit dem eigentlich falschen Schläger. Golf hat eben sehr viel mit Ehrlichkeit zu tun, dachte Alfred. Pokorny hob anerkennend den Daumen.

Am Ende lag Alfred nur noch drei Schläge hinter seinem Schwiegervater. Und der hatte ein bedeutend besseres Handicap. Wann spielte Alfred schon mal Golf? Ab und zu mit Richard. Aber der hatte sich auf dem Golfplatz als Nervenbündel entpuppt. Er warf Schläger wutentbrannt von sich und ließ, wenn er im hohen Gras seinen vom Kurs abgekommenen Ball suchte und nicht fand, gern mal einen zweiten fallen, wenn er glaubte, dass es niemand mitbekommen würde. Das ist das Schöne und Gemeine am Golfsport: Er bringt die dunkelsten Seiten des menschlichen Charakters ans Tageslicht.

Da spielte Alfred lieber mit seinen Kollegen und Kunden in der Immobilienbranche. Vor zwei Wochen hatte er während einer Runde hier in Leopoldsdorf südlich von Wien – zufällig nicht weit entfernt von Rothneusiedl – drei Eigentumswohnungen verkauft. Allerdings hatte er, nachdem er lange deutlich führte und die drei Kunden etwas angespannt wirkten, auf den letzten drei Löchern stark nachgelassen. Nicht so stark, dass es aufgefallen wäre. „Toll, was, Brinkmann? Wie wir Sie zum Schluss doch noch gepackt haben, was?“, sagte Dr. Sedlatschek beim abschließenden Bier im Clubhaus. „Tja, am Schluss entscheiden sich die Partien, Brinkmann, am Schluss. Man muss einen langen Atem haben und sich nicht gleich auf den ersten Metern verausgaben. Aber Sie sind ja noch jung! Was, sagten Sie, kostet die Wohnung noch mal?“ Golfen war die einzige Freizeitbeschäftigung, die Alfred bereit war, mit geschäftlichen Belangen zu verquicken. Weil er sonst kaum Gelegenheit zum Spielen bekam. Und weil es sich lohnte.

Friedrich von Pokorny war am Vortag angekommen. Heute Abend war die große Eröffnung von „WEIBLICH-KEIT", Cordulas neuer Ausstellung. Cordula hatte Alfred die letzten zwei Tage kaum noch zu Gesicht bekommen. Wenn sie abends spät nach Hause kam, lag er schon im Bett und stellte sich schlafend. Wenn sie morgens aufstand, befand er sich noch in der Tiefschlafphase.

Pokorny und er hatten sich in der Früh kurz im Palais getroffen. Frau Galasek hatte sich bei der Gelegenheit vor Ehrerbietung fast überschlagen. Sie sprach Pokorny mit „Herr Graf" an, obwohl Adelstitel in Österreich seit 1918 verboten waren. Aber dieser Graf war ja Gott sei Dank Deutscher.

Sie hatten kurz mit zwei weiteren Angestellten konferiert. Im Falle Rothneusiedl waren sie übereingekommen, dass ihnen dort die Hände gebunden waren. Solange die Bauern auf steigende Preise spekulierten, war nichts zu machen. Außerdem mahnte Pokorny zur Zurückhaltung. Er habe gehört, dass es keinesfalls sicher sei, dass es tatsächlich zum Stadionbau kommen würde. Trotz der vollmundigen Ankündigung des Bürgermeisters. Der nordamerikanische Investor hätte Probleme mit seinen heimischen Immobilien. Sein Engagement beim Wiener Fußballclub würde er auch zurückschrauben. Pokorny warnte davor, zu überhöhten Preisen Grundstücke zu kaufen, die dann so gut wie wertlos wären, wenn das Stadion und das Einkaufszentrum doch nicht kämen.

„Was ist denn das für eine Stadtentwicklungspolitik?", hatte Alfred gefragt. Die anderen Herren hatten ihn lächelnd angeblickt und Alfred hatte nicht weiter nachgebohrt.

Danach waren sie zum Golfen nach Leopoldsdorf aufgebrochen. Pokorny besaß natürlich auch noch Mitgliedschaften im altehrwürdigen Wannseer Golfclub in Berlin und in Kitzbühel. Außerdem hatte er sich in einen neuen Club an der slowenischen Adriaküste eingekauft – allerdings eher aus spekulativen Gründen.

Nach ihrer Runde nahmen sie noch ein Getränk im Clubheim.

„Jetzt berichte von dieser Baric-Sache, Alfred! Ich habe morgen einen Termin bei einem gewissen Oberinspektor Gehrlinger."

„Da war ich schon. Viel Spaß", brummte Alfred. „Warum wollen sie dich denn sprechen?"

„Ich war schließlich jahrzehntelang sein Anwalt."

„Und das macht dich verdächtig?"

„Wieso verdächtig?"

„Die machen aus einer Mücke einen Elefanten und aus völlig Unbeteiligten Tatverdächtige."

„Sie verdächtigen dich?" Pokorny musste lachen.

Alfred lachte aus Höflichkeit kurz mit. „Nicht direkt. Aber sie haben schon komisch herumgetan, weil ich Baric wenige Tage vor seinem überraschenden Ableben länger gesprochen habe."

„Hast du?"

„Ja, Barbara hatte mich darum gebeten."

„Verstehe, wegen der sogenannten Rosenkriege. Und?"

„Weiß nicht."

„Will heißen?"

„Ich weiß nicht, ob Baric wirklich hinter seiner Tochter her war. Sie behauptete das. Zum Schluss hat sie sogar von weiteren Hintermännern gesprochen, die sie einschüchtern sollten. Das wirklich Seltsame sind diese Zettel."

Alfred zog einen quadratischen weißen Notizzettel aus seiner Geldbörse.

„Der war gestern in meiner Post. In der Lerchenfelder Straße."

Er legte ihn vor Pokorny auf den Tisch. Sie blickten auf ein schlampig, leicht krakelig gezeichnetes R. Es sah wieder ein wenig aus wie eine Rune.

„Ein R. Was ist daran so seltsam?", fragte Pokorny.

„Erstens kam dieser Zettel in einem Briefumschlag ohne Absender. Außerdem hat Barbara ähnliche Zettel gefunden. Zuerst in ihrer Wohnung, als dort eingebrochen worden war." Er zeichnete den Blitz. „Dann hat sie einen in ihrem Auto gefunden, mit dem sie einen kleineren Unfall hatte, nachdem ihre Bremsen versagt hatten."

Er hatte sich von Barbara den Zettel geben lassen und legte die spiegelverkehrte Neun neben den Blitz, der auch ein S sein konnte. „Und jetzt das da."

Vor ihnen lagen drei Zettel: rechts das S, in der Mitte die Neun und links das R.

Pokorny überlegte. „Der ist gestern in deiner Post gelegen? Also einen Tag, nachdem man die Leiche Barics gefunden hat?"

„Ja."

„Und er ist richtig mit der Post gekommen? Hatte also eine abgestempelte Briefmarke?"

„Ja. Und zwar vom Hauptpostamt am Fleischmarkt. Postdatum war der Tag, an dem Baric aus dem sechsten Stock fiel."

Pokorny betrachtete die drei Zettel. „Jedes Mal ein Strich mehr", sagte er dann. „Schau, das S besteht aus drei Strichen, diese runenartige 9 aus vier und der letzte, das R, aus fünf."

„Das ist eine Serie."

„Genau. Jemand will dir ein Zeichen geben."

„Dass der Einbruch, der Unfall und der Mord zusammenhängen? Aber warum mir?"

„Weil du was mit der Sache zu tun hast. Als Beschützer Barbaras ..."

„Aber was habe ich mit dem Mord an Baric zu tun?"

„Vielleicht indirekt?"

„Das denkt die Polizei auch. Wenn nicht sogar direkt."

Pokorny schaute noch einmal auf die Zettel. „Warum fünf Striche?", fragte er. „Einbruch, Unfall, Mord, macht drei."

„Der Revolvermann", sagte Alfred.

Pokorny blickte ihn fragend an.

„Barbara hatte uns ganz am Anfang eine wilde Geschichte erzählt von einem Mann, der sie durch Innenhöfe in der Wiener Innenstadt gejagt und mit einer Pistole bedroht hat."

„Dann ist das Strich eins. Wie viele Striche waren auf dem Zettel, den Barbara nach dem Einbruch gefunden hat?"

„Drei."

„Wieso drei?"

„Der abgestürzte Fahrstuhl nach der Eröffnungsparty!" Alfred erzählte Pokorny von dem Fest.

Dann überlegte Alfred laut: „Was kann der Revolvermann mit dem Mord an Baric zu tun haben?"

„Es ist der gleiche Mann", sagte Pokorny.

„Aber in welchem Zusammenhang könnten die Verfolgungen Barbaras und der Mord an Baric stehen? Wir sind davon ausgegangen, dass Barbara eingeschüchtert werden sollte, vielleicht damit sie einen Nervenzusammenbruch bekommt, um sie zu desavouieren. Und nahmen an, dass höchstwahrscheinlich ihr Vater dahintersteckte. Dass der irgendwelche Typen angeheuert hatte. Das war ja auch der Stoff, aus dem der Rosenkrieg von der Presse gesponnen wurde. Vielleicht hatte der Einbrecher auch Unterlagen über Barbaras und Wagners Entwurf für den Ostbahnhof gesucht. Und sogar welche gefunden. Das hat jedenfalls Wagner behauptet, nachdem Baric etwas überraschend den Wettbewerb gewann und nicht Barbara und Wagner. Aber warum wurde dann Baric ermordet? Schon einen Tag später wurde Barbara vom Aufsichtsrat zur neuen Chefin der Baric Bau bestimmt. Das widerspräche doch dieser Taktik. Und warum schickt er mir Zettel Nummer vier und nicht Barbara?"

Pokorny stand auf. „Das kann ich dir auch nicht sagen. Vielleicht sind die Zettel gar nicht vom Mörder? Vielleicht will dir jemand helfen? Komm, lass uns in die Kandlgasse fahren. Bevor wir hier weiter die Arbeit der Polizei erledigen, widmen wir uns lieber unseren eigenen Geschäften."

Im Auto fragte Pokorny: „Hast du den Zettel der Polizei gezeigt?"

„Hab ich vergessen", sagte Alfred.

„Solltest du vielleicht nachholen."

„Mal sehen."

Dann fiel Alfred Karl E. Staudinger ein.

„Da gibt es noch ein merkwürdiges Detail. Am Tag vor der Juryentscheidung hat Barbara und mich ein Privatdetektiv beschattet. Das kann aber wiederum mit einer ganz anderen Sache zusammenhängen."

Pokorny zog fragend seine sorgfältig gezupften Augenbrauen hoch.

„Grünsteidl", sagte Alfred.

„Grünsteidl?", fragte Pokorny.

„Dein Mieter in der Kandlgasse."

„Ach, der Querulant! Was hat der mit Detektiven

zu tun? Ach, du meinst, erst der Drohbrief, dann ein Schnüffler ... aber wozu?“

„Um mir Angst einzujagen? Das war eine ganz seltsame Gestalt, drittklassig. War bestimmt billig.“

„Ach, daran soll es beim Grünsteidl nicht scheitern“, warf Pokorny ein.

„Wieso?“

„Der lebt als eine Art Privatgelehrter von den Ersparnissen seiner Familie.“

„Ich denke, er ist auf die billige Wohnung angewiesen?“

„Der hat genug, um bis an sein Lebensende nicht mehr arbeiten zu müssen. Erbschaften in Übersee, du weißt schon.“

„Hoffentlich ist er endlich ausgezogen.“

„Das weißt du nicht?“

„Du hast gesagt, ich solle alles Baric überlassen. Ich habe ihn allerdings nicht mehr erreicht.“

„Soweit ich von Blumenauer weiß, sind die Bauarbeiter eingerückt. Blumenauer ist praktisch täglich dort.“

Als sie das Haus betraten, war von Bauarbeitern nichts zu sehen. Von Blumenauer auch nicht. Allerdings hatten sie in den beiden Wohnungen im Erdgeschoß bereits ihre Spuren hinterlassen. Bis auf die tragenden Wände hatten sie alles herausgerissen, auch die Böden, alle Einbauten, sanitäre Anlagen, elektrische Leitungen, sogar die Fenster.

„Wird alles großzügiger, heller, moderner“, sagte Pokorny.

Als sie die Treppen emporstiegen, hörten sie aus den oberen Stockwerken kakophonische Klänge. Im zweiten Stock schälten sich daraus leicht verstimmte Gitarren und eine schiefe Fistelstimme. Alfred öffnete die angelehnte Tür zur Wohnung links. Im ehemaligen

Wohnzimmer traf er auf die Pete-Doherty-Klone. Als sie Alfred sahen, hörten sie auf zu spielen.

„Servus, Chef“, rief der Gitarrist mit der Fistelstimme.

„Schlechte Nachrichten, Jungs, ihr müsst eure Sachen packen. Wie ihr sicher mitbekommen habt, fangen jetzt die Bauarbeiten an.“

„Hamma uns schon gedacht, als die gestern mit den Presslufthämmern gekommen sind. Morgen samma draußen, Chef, versprochen.“

„Alles klar, Jungs. Und lasst mir ein Exemplar eurer ersten Platte zukommen.“

Der Doherty-Typ grinste.

Als Alfred zurück ins Treppenhaus kam, stand dort sein Schwiegervater mit fragendem Blick. Er deutete nach oben. Von dort dröhnte der infernalische Lärm heftig übersteuerter Gitarren, das tiefe Dröhnen eines Basses und der krächzende Sprechgesang von Frauenstimmen.

„Georgier durfte ich ja nicht einsetzen“, murmelte Alfred und stieg die Treppen bis in den vierten Stock empor. Rechts wohnte Grünsteidl, links probten die Death-Metal-Girls. Sie hatten sich das Schlafzimmer ausgesucht, weil es gleich neben dem von Grünsteidl lag. Die Luft war so vollgeraucht, dass Alfred die Bandmitglieder kaum erkennen konnte. Außerdem roch es markant süßlich. Schon wieder ein Geruch, der Alfred an seine Jugend erinnerte. Diesmal aber mit eindeutig angenehmeren Konnotationen.

Alfred legte seine linke flache Hand im rechten Winkel auf seine emporgestreckte rechte. Als der Lärm erstarb, sagte er: „Wo ist eure Schlagzeugerin?“

„Hat uns kurzfristig verlassen“, sagte die Frontfrau von Blind Eye. Sie hatte die Ärmel ihres T-Shirts bis zu ihren Schultern aufgekrempelt. Ihre muskulösen

Oberarme zierten große Tattoos. Ihr Haar mit blondierten Strähnen stand wild vom Kopf ab.

„Leider Schicht, Mädels. Ihr müsst euch nicht nur eine neue Schlagzeugerin suchen, sondern auch einen neuen Übungsraum."

„Schade", sagte die Gitarristin. Dann lächelte sie: „War trotzdem süß von dir, dass du uns hier hast gratis spielen lassen. Hat Spaß gemacht, besonders als die Kieberer zweimal da waren und wieder abziehen mussten."

Die jungen Frauen stöpselten ihre Gitarren ab und fingen an, ihre Sachen zusammenzupacken. Als die Gitarristin sich nach unten beugte, um ihre Stratocaster in ihren stilvoll abgegriffenen Gitarrenkoffer zu legen, warf sie beiden einen Kussmund zu.

„Sieht sie nicht toll aus?", murmelte Alfred. „Wie die jüngere Schwester von Courtney Love."

„Wer ist Courtney Love?"

„Die Witwe von Kurt Cobain."

„Kurt Cobain?"

Alfred seufzte: „Der Sänger und Gitarrist von Nirvana, der vielleicht wichtigsten Rockgruppe der frühen Neunzigerjahre."

„Ach so", sagte Pokorny.

Dann verließen sie Blind Eye und Alfred klopfte an Grünsteidls Tür.

„Da wird hoffentlich keiner aufmachen", sagte Pokorny.

„Ich würde trotzdem gerne sichergehen", sagte Alfred. Er nahm ein paar Schritte Anlauf, stellte sich kurz das feiste Gesicht Grünsteidls vor, wie er ihm grinsend Drohbriefe schrieb und Privatdetektive auf den Leib hetzte, und warf sich seitlich gegen die alte Holztür. Die gab sofort nach, brach aus ihren Scharnieren und fiel gemeinsam mit Alfred in Grünsteidls Flur. Alfred rappelte sich auf, drehte sich zu seinem Schwiegervater um und sagte: „Bitte einzutreten!"

Pokorny sah ihn mit großen Augen an und betrat die Wohnung, sorgsam darauf achtend, sich seine teure Hose nicht an den emporstehenden Holzsplittern zu zerreißen.

Die Wohnung war leer. In der Küche stand noch ein alter Küchenstuhl, im Schlafzimmer lagen Scherben eines zerbrochenen Spiegels. Im Badezimmer war ein alter Alibert-Schrank hängen geblieben. Im Wohnzimmer lag noch ein zusammengerollter Teppich und an der Wand hing ein Poster von Brigitte Bardot aus dem Godard-Film „Die Verachtung", wie sie sich schmollend in einem Sonnenstuhl am Mittelmeer räkelt.

„Der Vogel ist tatsächlich ausgeflogen", sagte Alfred. „Und wir wissen nicht wohin. Wollen wir auch gar nicht wissen. Die Männer mit den Presslufthämmern können kommen."

„Und wir wenden uns jetzt der Bildenden Kunst zu", sagte Pokorny. „Mal sehen, ob du davon auch so viel verstehst wie von Musikern mit Zottelhaaren und wie man in fremde Wohnungen eindringt, ohne einen Schlüssel zu haben."

Es konnte nur ein weibliches Geschlecht sein. Primäres Sexualorgan, dunkelrot. War das Blut, was da herauslief, fragte sich Alfred. Waren die Ränder wirklich zerfranst? Und da drüben: schlaffe Titten. Manche Frauen trugen drei oder vier davon, sie wirkten wie trächtige Sauen. Überdimensionale Bilder, mit dicken, wilden Pinselstrichen auf die Leinwand geklatscht. Eine Plastik sah aus wie ein Haufen verklebter Matsch. Sollte aber einen weiblichen Torso darstellen, überlebensgroß. Alles hier war überlebensgroß.

„Was für eine Energie!“, rief Cordula, die kurz neben Alfred stehengeblieben war, bevor sie weitereilte, um letzte Anweisungen zu geben. „Diese pure Weiblichkeit! Endlich ohne den verfälschenden, lügenden männlichen Blick! Nach dieser Ausstellung gehört Elfriede Ryschkow zu den führenden Künstlerinnen in Österreich!“

„Passt zu deinen Torsi an der Ringstraße“, murmelte Alfred. Dort hatte Cordula mit der finanziellen Unterstützung von Barbara für ein paar Wochen im letzten Herbst kopflose weibliche Büsten aufgestellt, aus Bronze, ebenfalls mit Hängebrüsten. Von einer angesagten angolanischen Künstlerin. Auch ein Grund, warum Willy Baric nicht besonders gut auf seine Tochter zu sprechen war. „Hängetitten an der Ringstraße für 250.000 Euro! Das sind dreieinhalb Millionen Schilling! Und alles von meinem Geld!“, soll er getobt und Barbara mit Enterbung gedroht haben. Dabei stammte das Geld gar nicht aus der Firmenkasse, sondern aus einem Kunstförderungstopf der EU, gekoppelt mit irgendeinem Entwicklungshilfeprojekt, das ebenfalls von der EU finanziert wurde. Barbaras Anteil war eher klein und ließ sich zudem von der Steuer absetzen.

„Genau. Die sind ein Teil dieser Ausstellung, waren sozusagen die Vorhut auf der Straße."

Ein hochgewachsener Mann mit Haarzopf eilte heran. „Cordula! Was ist das für ein Film?!"

„Film?"

„Diese Bondage-Schweinerei auf unserer Homepage!"

„Bondage? Keine Ahnung, Dirk."

Dirk, der Pressesprecher des Semperdepots, starrte kurz Alfred an, dann wieder Cordula. „Du weißt von nichts? Dann komm mal mit!" Er zog Cordula in sein Büro.

Es blieben noch genau zwanzig Minuten bis zur Eröffnung. Die ersten geladenen Gäste hatten sich im Foyer eingefunden, manche drückten sich tatsächlich schon die Nasen an der Glastür zum zentralen Schauraum platt. Auch Pokorny vertrat sich draußen die Beine.

Alfred folgte den beiden. Im Büro lief ein Computer. Vor dessen Bildschirm hatte sich ein kleiner Pulk von Mitarbeitern versammelt.

„Drück nochmal auf Play!", befahl einer der Anwesenden.

„Kommt tatsächlich von Youtube", sagte eine weibliche Stimme.

„Das ist witzig", murmelte ein Bass.

„Das ist Pornographie!", rief die weibliche Stimme.

„Bitte, Cordula", sagte Dirk. „Schau's dir am besten selbst an, es dauert genau dreieinhalb Minuten."

„Perfekte Länge für eine Single", murmelte Alfred und schaute seiner Frau über die Schulter. Was er sah, war zunächst ein schwarzer Bildschirm. Dann tauchte der Schriftzug „Semperdepot" auf, der von links nach rechts durch die Schwärze schwebte. In der Mitte der Finsternis erschien ein Punkt, der schnell größer wurde. Man erkannte eine Frau, die nackt und gefesselt in einer recht verkrampften Körperhaltung von der Decke hing. Dann Schnitt: das Gefangenenlager von Guantanamo. Gefesselte und geknebelte Gefangene, die mit Mützen über dem Kopf auf dem nackten Beton knieten. Wieder Schnitt. Die nackte Frau fing an zu baumeln. Kein Ton. Die Frau war Asiatin, vermutlich Japanerin, nicht besonders hübsch, leicht dicklich. Das Auffälligste waren die komplizierten Knoten und Verschnürungen, die ihren Körper modellierten. Dann zerbröselte das Bild, löste sich in eine Unzahl auseinanderfallender Pixel auf. Ein Schriftzug erschien: „Lieber gefesselt oder lieber im freien Fall? Lieber online oder lieber offline? Fliegen oder hängen? Fallen oder schweben? Fake oder Wirklichkeit? Warum nicht!"

Dann waren die dreieinhalb Minuten um. Cordula sah Dirk an: „Was hat das auf unserer Homepage zu suchen?"

„Genau", sagte Dirk. „Das ist hier die entscheidende Frage. Du hast es offenbar nicht draufgestellt."

„Ich war's auch nicht", brummte der Mann mit der tiefen Stimme. Er sah aus, als wäre er der IT-Verantwortliche. „Leider. Die Idee ist super."

„Was ist daran super, Chris?!", fauchte der Pressesprecher. „Was hat das mit unserer Ausstellung zu tun?"

„Zumindest ist das Modell weiblich", murmelte Alfred.

„Und es wird für ein bisschen Aufregung sorgen", sagte Cordula. „Was ja nicht das Schlechteste sein muss."

„Soll das eine Kritik an unserer Pressearbeit sein, Cordula?", fragte Dirk. „Ich weiß schon, in Berlin klappt das alles viel besser als hier in unserem gemütlichen ..."

„Reg dich ab, Dirk", unterbrach ihn seine Chefin. „Ich seh hier gar kein Problem, außer vielleicht die Verletzung irgendwelcher Copyrights."

„Die Quelle ist Youtube, dieses Videoportal, wo jeder jeden Schmarrn reinstellen darf“, sagte die Frau. Sie hatte hennarot gefärbte Haare. „Aber wie das auf unsere Site kommt, ist mir schleierhaft.“

„Kein Problem“, sagte der IT-Verantwortliche. „Dazu reichen ein paar Tricks. Schafft jeder Trottel.“

„Also lassen wir es einfach drauf“, sagte Cordula. „Mal sehen, was passiert. Morgen können wir immer noch eine offizielle Verlautbarung herausgeben.“

„Und was soll da drinstehen?“, fragte Dirk.

„Das entscheiden wir morgen. Jetzt machen wir die Türen auf.“

Lächelnd hängte sich Cordula bei Alfred unter und fragte: „Empfängst du mit mir meine Gäste, Alfredito?“

War das ein Friedensangebot? Jetzt, da ihr großer Tag angebrochen war.

Schon erstaunlich, dachte Alfred wenig später, wer da so alles an ihnen vorbeidefilierte und Cordula zu ihrer gelungenen Ausstellung gratulierte. Dabei konnten die noch gar nichts von den Kunstwerken gesehen haben. Richard war auch da und plauderte mit seinem Schwiegervater. Die Künstlerin kam als Letzte. Eine Frau Mitte vierzig, sah ziemlich verlebt aus, strähnige, mausgraue Haare, sehr schlank, fast abgezehrt. Im Gespräch erwies sie sich als überraschend zugänglich.

Alfred trat noch einmal vor die Bilder. Was wollten sie ihm mitteilen? Wollten sie ihm etwas mitteilen? Oder waren das Codes der Wut, der Verletzung, unterdrückter Gefühle von Frau zu Frau? Reagierte deshalb Cordula so euphorisch und er so verständnislos?

„Wirst du was schreiben im Abendblatt über uns?“, fragte Cordula, als sie Atem holend mit einem Glas Prosecco neben Alfred stand. Ihre Augen leuchteten.

„Lieber nicht“, murmelte Alfred.

„Ach, du hast ja bloß Angst vor Bronner und irgendwelchen bösen Leserbriefen."

„Leserbriefe sind mir wurscht, Bronner eigentlich auch", sagte Alfred. Stimmt nicht ganz, dachte er. Bronner und das Abendblatt verkörperten sein einziges, recht wackliges Bein, auf dem er unabhängig von seinem Schwiegervater stehen konnte. Und Bronner war über seinen Beitrag zu Cordulas erster großen Ausstellung über die Neo-Aktionisten nicht sehr erfreut gewesen: „Was interessieren uns Berliner diese Wiener Unappetitlichkeiten, Brinkmann?", hatte er ins Telefon geraunzt. Es hatte eine Flut erboster Leserbriefe gegeben. Künstler, die sich mit Kot und Urin einrieben, sich auf riesigen Leinwänden wälzten, ihre Bilder mit echtem Blut färbten, das aus Schnittwunden tropfte, die sie sich selbst zufügten – das kam nicht so gut an beim Berliner Publikum. Die Wiener waren das schon gewohnt von ihren legendären Aktionisten Otto Mühl, Günter Brus und Herrmann Nitsch aus den Sechziger- und Siebzigerjahren – die neben ihren Nachfolgern recht alt aussahen. Nitsch hatten sie mittlerweile an seinem niederösterreichischen Landsitz ein Museum gebaut, wo er seine Orgien-Mysterien-Feiern abhalten konnte, ohne dass sich irgendwer noch ernsthaft darüber mokierte.

Es war Cordula auch gar nicht um Provokation gegangen. „Wir sind viel zu blutleer, zu verkopft, alle theoretisieren nur noch, denken und arbeiten konzeptionell, bewegen sich auf Metaebenen", hatte Cordula in ihrer Küche gepredigt. „Wir brauchen endlich wieder Gefühle, Sinnlichkeit, Körperlichkeit, Direktheit in der Kunst!"

„Ehrlich gesagt, verstehe ich diese Wut von der Ryschkow nicht", sagte Alfred jetzt. „Was du als Energieleistung bezeichnest, wirkt auf mich nur hasserfüllt und nebenbei auch wenig reflektiert. Was ist das für eine weibliche Sexualität, die uns da vorgeführt wird?"

Cordula lachte: „Das wirkt befremdlich auf dich, kann ich mir vorstellen!“

Alfred sah seine Frau an und schüttelte den Kopf. „Ich konstatiere einen entschiedenen Theoriemangel bei der guten Ryschkow. Das hier ist plakative, eindimensionale Kunst, sorry. Kunst als Tagebuch, Bekenntniskunst.“

„Eben. Das gefällt mir, diese Direktheit. Das spricht mich an“, sagte Cordula. „Und viele andere auch, schau dich um, es ist proppenvoll.“

„Liegt das wirklich an der Künstlerin oder doch an den Gratis-Getränken?“

Cordula sah ihren Mann indigniert an. „Dann schreib halt nix. Ich muss mich jetzt wieder meinen Gästen und meiner Künstlerin widmen. Außerdem habe ich noch kein Wort mit meinem Vater gewechselt. Und da steht der Chef der Kunstförderung von der Bank-Foundation, den werde ich auch noch bezirzen.“

Alfred betrachtete den Herrn eingehend. Vom Scheitel bis zur Sohle korrekt. Und erstaunlich jung. „Viel Glück“, brummte Alfred und sah sich nach einem Kellner um.

Als er zwei Achtel Veltliner ergattert hatte, stellte er sich zu seinem Schwiegervater. „Na, stolz auf deine Tochter?“, fragte er und reichte Pokorny ein Glas.

„Sie veranstaltet einen ganz schönen Wirbel“, sagte der. „Schade, dass das ihre Mutter nicht sehen kann. Aber sie fühlte sich nicht so gut und ist lieber in Buckow geblieben.“ Pokorny ließ seinen Blick gefällig über die brummende Menschenmasse und den vier Stockwerke hohen Raum streifen.

„Interessantes Gebäude“, sagte er. „Schade, dass wir es nicht verwalten.“

„Das Haus hat lange als Requisiten- und Kulissenkammer der Staatsoper gedient“, erklärte Alfred. „Das da oben sind jetzt alles Künstlerateliers, die von den Studierenden der benachbarten Akademie genutzt werden."

Pokorny nickte anerkennend.

„Cordula hat die Wiener Kunstszene ganz schön aufgemischt in ihren eineinhalb Jahren als Kuratorin. Erstaunlich. Deine Tochter ist ein richtiges Alphatierchen."

„Das muss sie von ihrer Mutter haben. Tröste dich: Es legt sich im Alter."

„Immerhin hat sie die Wiener Kunstszene wieder an die Gegenwart angedockt. Die Macher der etablierten Museen und Kunsthallen mussten kurz schlucken, dann erhöhten sie ihren Werbeetat. Und jetzt scheint auch diese Elfriede Ryschkow den Nerv der Zeit getroffen zu haben. Auch wenn ich ihre Kunst nicht verstehe."

„Ich auch nicht", sagte Pokorny. „Aber jetzt muss ich mit diesem Herrn da drüben ein paar Sätze wechseln. Vielleicht weiß der mehr zum Thema Rothneusiedl."

Pokorny schritt quer durch den großen Raum auf den grauhaarigen Stadtrat für Entwicklung und Verkehr zu, der, als er Pokornys ansichtig wurde, sofort lächelnd die Arme ausbreitete. Das konnte Alfred durch noch so viele Runden auf dem Golfplatz nicht aufholen. Außerdem spielte der Stadtrat kein Golf.

„Na, lieber Alfred, du hast heute noch kein Wort mit mir gesprochen", sagte Barbara Baric, die neben Alfred auftauchte.

„Oh", sagte Alfred. „Ich hab dich auch noch gar nicht gesehen."

„Dann muss ich ja erst recht beleidigt sein", lachte BB. Sie trug ein enges silbergraues Kleid, das jede ihrer Körperformen detailliert nachzeichnete. Wie sie ihm sofort erzählte, stammte es von Wendy & Jim, avantgardistischen Wiener Modemachern mit Prêt-à-porter-Schauen in Paris, wie sie hinzufügte. Dazu trug Barbara schrille knallrote Creolen – ebenfalls von einem Wiener Designer, dessen komplizierten Namen Alfred sofort wieder vergessen hatte, eine Spezialanfertigung nach eigenhändigen Zeichnungen von BB. Sie passten genau zum Ton ihres Lippenstiftes.

„Du siehst atemberaubend aus, Barbara, ich muss so abgelenkt von den ausgestellten Werken gewesen sein, dass ich kein Auge mehr für weibliche Schönheit hatte."

„Das kann ich nachvollziehen", sagte BB mit einem Blick auf ein dreibrüstiges Monster, das neben ihnen an der Wand prangte.

„Hast du diese Ausstellung auch gesponsert?"

„Natürlich."

„Schon bereut?"

Barbara lächelte vielsagend: „Schau dich um, der Erfolg gibt Cordula recht."

„Aber was hältst du persönlich von der Ryschkow?"

Barbara zuckte mit den Schultern. „Cordula ist die Expertin, in inhaltliche Fragen mische ich mich nicht ein."

„Sehr nobel, Frau Baric."

Etwa eine Stunde später beobachtete Alfred, wie Cordula unermüdlich von Besuchergruppe zu Besuchergruppe flatterte. Ein blonder Schmetterling im Dienste der Kunst und der eigenen Sache. Eben sprach sie mit einem Mann, der Alfred bekannt vorkam. Was machte der Grünsteidl hier? Was hatte Cordula mit dem zu besprechen? Alfred trat zu den beiden.

„Ah, Herr Brinkmann, ich hatte gerade Ihrer Gattin zu dieser grandiosen Ausstellung gratuliert."

Grünsteidl streckte Alfred seine rechte Hand entgegen. Alfred übersah sie.

„Ihr kennt euch?", fragte Cordula erstaunt.

„Herr Grünsteidl ist, beziehungsweise war, Mieter in einem Haus deines Vaters. Haben Sie schon eine neue Bleibe gefunden, Grünsteidl?"

„Zur Zeit wohne ich im Hotel. Die Rechnung werde ich Ihnen dann zusenden."

„Wieso mir?", lachte Alfred.

„Weil Sie mich widerrechtlich aus meiner Wohnung haben entfernen lassen. Eines Morgens klingelten mich Männer im Schlossergewand mit Presslufthämmern in den Händen aus dem Bett."

„Immerhin haben sie geklingelt", grinste Alfred.

„Sie sind ein Nazi!", zischte Grünsteidl. Leider ziemlich laut. Ein paar Gäste drehten sich um und schauten interessiert herüber. Cordula sah erst Grünsteidl, dann Alfred mit offenem Mund an.

„Ich werde Ihnen das Handwerk legen! Ihnen und Ihrer Nazi-Sippschaft!" Grünsteidl schrie jetzt. Richard Blumenauer tauchte auf und trat zu ihrer Gruppe. Pokorny eilte ebenfalls heran.

„Da kommt ja auch das Ober-Nazischwein", begrüßte ihn Grünsteidl lautstark.

„Ich glaube, Sie gehen jetzt besser", zischte Blumenauer und fasste den völlig außer sich Geratenen von hinten kräftig an den Armen.

„Tun Sie Ihre Dreckspfoten weg! Sie gehören auch dazu. Ich habe Sie durchs Haus schleichen gesehen." Grünsteidls Stimme überschlug sich.

Zwei Männer vom Sicherheitsdienst näherten sich. Blumenauer schob Grünsteidl Richtung Ausgang. Doch der entwand sich seinem Griff und rannte zurück zu Pokorny. Er hob sein halbvolles Weinglas und warf es ihm ins Gesicht. Pokorny versteinerte. Jetzt holte Blumenauer aus und landete einen Haken auf Grünsteidls Kinn. Der taumelte. Ein paar Gäste klatschten. Cordulas Kopf war knallrot angelaufen. Alfred lief auf Grünsteidl zu. Gemeinsam mit Richard beförderte er den weiter wild um sich schlagenden Mann zum Ausgang. Der stieß Verwünschungen aus.

„Das nächste Mal zeige ich Sie an!", rief ihm Alfred zu, als Grünsteidl die Lehárgasse Richtung Getreidemarkt entlangtaumelte. Er schien mit sich selbst zu reden.

„Tolle Rechte, Richard", sagte Alfred zu Blumenauer.

„Das war meine Linke!", grinste Richard. „Ich bin Linkshänder. Wer war das überhaupt?"

„Ein Mieter aus der Kandlgasse. Wollte partout nicht ausziehen."

Blumenauer blickte Grünsteidl nach, wie er um die Ecke bog.

„Immerhin weiß ich jetzt, wer mir den Brief geschrieben hat", murmelte Alfred. Er erzählte Richard von dem anonymen Schreiben.

„Der ist ja gemeingefährlich", murmelte Blumenauer.

„Da hast du recht."

Als sie wieder in die Ausstellung zurückkehrten, hatte sich die Aufregung gelegt. Nur die zwei Sicherheitsbediensteten standen etwas belämmert bei Cordula. „Ist schon recht", sagte sie zu ihnen. „Ist ja nichts passiert."

„Das Sakko ist hin", murmelte ihr Vater, der auf seinem braunen Zweireiher herumtupfte.

„Das bisschen Wein, das kriegt die Putzerei schon wieder hin, Papa."

„Putzerei?"

„So heißt bei uns die Kleiderreinigung."

Pokorny brummte etwas Unverständliches.

## Alte Verträge

Als Alfred am nächsten Vormittag an seinem Schreibtisch im Palais saß, grübelte er. Der Auftritt dieses Grünsteidl ließ ihm keine Ruhe. Was war mit dem los? Dass er sauer war, seine Wohnung räumen zu müssen, konnte Alfred ja verstehen – aber warum er dann gleich so durchdrehte? Er hätte fast Cordulas schönes Eröffnungsfest gesprengt. Gott sei Dank hatten die Gäste das Ganze nicht ernst genommen. Einige hatten wahrscheinlich sogar eine Inszenierung vermutet, eine gelungene Kunstperformance.

Alfred stand auf und ging ins Vorzimmer.

„Liebe Frau Galasek, würden Sie mir bitte den Mietvertrag von Herrn Grünsteidl, Kandlgasse, heraussuchen."

Frau Galasek stand sofort auf. Ihr Blick streifte gefällig Alfreds akkurat gebügeltes Oberhemd und seine graue Anzughose mit scharfer Bügelfalte. Eine Krawatte hätte ihre Zustimmung weiter erhöht. Aber Alfred trug grundsätzlich keine Krawatten, weder auf Hochzeiten, noch auf Beerdigungen. Er würde auch morgen bei Barics Beisetzung keine tragen.

„Sehr wohl, Herr Brinkmann", sagte sie. „Liegt in drei Minuten auf Ihrem Schreibtisch."

Seit sich Pokorny in seiner Wiener Nebenstelle hatte blicken lassen, war ihr wohl bewusst geworden, dass er der Schwiegersohn des Chefs war. Was sich wiederum in gesteigerter Freundlichkeit und vor allem Dienstfertigkeit ausdrückte. Gutes altes Österreich, hier wissen die Leute noch, auf welcher Sprosse der Gesellschaftsleiter sie zu verharren haben, dachte Alfred vergnügt. Und seine Sprosse befand sich neuerdings ein großes Stück über der von Frau Galasek.

Er bereitete sich in der Teeküche einen kleinen Schwarzen, während er Frau Galasek diverse Metalltüren von diversen Aktenschränken öffnen hörte. Sie hätte ihm heute sicher auch gerne seinen Kaffee zubereitet, aber Alfred wollte seine neue Macht nicht über Gebühr strapazieren. Außerdem konnte die gute Frau Galasek ja nicht gleichzeitig Kaffee kochen und den Mietvertrag suchen – obwohl das Kaffeekochen eigentlich nur im Drücken zweier Knöpfe bestand, den Rest erledigte diese schnittige Wundermaschine, die alle Sorten von Kaffee zubereiten konnte: Melange, Verlängerter, Cappuccino, Latte macchiato, schwarz, braun, groß, klein. Wahrscheinlich hätte sie sogar Tee brauen können. Aber niemand trank Tee in ihrer Teeküche.

Nachdem Alfred seinen Kaffee genossen hatte, ging er zurück zu Frau Galasek, die gerade vor einem Aktenschrank kniete und im untersten Fach herumkramte.

„Die drei Minuten sind um, Frau Galasek."

„Ja, ja, ich weiß eh", jammerte sie. „Aber ich kann ihn nicht finden. Das passiert mir immer wieder bei den Unterlagen, die wir von Baric übernommen haben. Man soll ja nicht schlecht über Tote reden, aber eine Aktenhaltung hatten die, zum die Haare raufen."

„Naja, lassen Sie sich ruhig Zeit, Frau Galasek, so sehr pressiert es auch wieder nicht."

Alfred setzte sich wieder an seinen leeren Schreibtisch. Er hatte definitiv nichts weiter zu tun. Er könnte genauso gut ins Kaffeehaus gehen. Oder Golf spielen. Aber er hatte bereits gestern Golf gespielt. Und Kaffee hatte er gerade getrunken. Er kam sich vor wie Philip Marlowe, der in seinem verstaubten Büro in Hollywood sitzt und darauf wartet, dass das Telefon klingelt. Was es bei Marlowe dann meist prompt tat. Bei Alfred klingelte nichts.

Was machte den Grünsteidl so wütend? Und warum immer diese Nazigeschichten? Warum wollte er alle in Sippenhaft nehmen? Alles wegen einer Wohnung? So toll war die auch wieder nicht. Das Haus war ziemlich heruntergekommen, da war jahrelang nichts mehr investiert worden. Und wenn er noch dazu das Geld hatte, sich eine andere, bessere leisten zu können. Warum dieser Aufstand?

„Hier, bitt schön, der Akt Grünsteidl, Herr Brinkmann. Jemand muss ihn falsch abgelegt haben."

„Danke, Frau Galasek."

Der Akt war dick. Ein fetter Ordner mit der Korrespondenz eines gewissen Immanuel Grünsteidl mit der Firma Baric Immobilien. Alfred blätterte sich durch das Konvolut auf der Suche nach dem Mietvertrag. Lauter Beschwerdeschreiben, Widersprüche, Einsprüche, Klageandrohungen. Nichts, was im Haus Kandlgasse geschah, lief ohne den Widerstand Grünsteidls ab. Ein ausgewachsener Querulant, der Gute. Und er hatte offenbar zu viel Zeit. Manche seiner Elaborate waren mehrere Seiten lang, auch wenn es nur um die Mülltrennung ging.

Alfred konnte sich nicht überwinden, auch nur eins davon zu Ende zu lesen. Die ersten Sätze reichten ihm schon. Grünsteidls Stil war ihm zu altösterreichisch verschlungen. Gegen umständliche Sprachverwendung hatte Alfred eine tiefsitzende Aversion.

Doch schon auf den ersten Blick war klar, dass Grünsteidl in seiner Korrespondenz mit den Hauseigentümern und -verwaltern wesentlich höflicher blieb als ihm gegenüber. Da stand viel von „hochachtungsvoll", „darf ich mir erlauben", „dürfte es Ihnen entgangen sein, sehr geehrter Herr", „mit Ersuchen um Ihr Entgegenkommen" und so weiter und so weiter.

Endlich fand Alfred ganz hinten im Ordner den Mietvertrag, der schon leicht gelblich war. Datiert vom 12. Oktober 1988. Hatte Grünsteidl schon so lange allein in der Wohnung gelebt? Was war mit seinen Eltern? Waren die tot? Wohnten die woanders? Im Altersheim?

Es war ein ganz normaler, standardisierter Vertrag. Bis auf zwei Punkte: Grünsteidl konnte jederzeit im Rahmen der gesetzlichen Kündigungsfrist kündigen, die Baric Immobilien nur bei Vorliegen von „besonderen Gründen, die den Bestand des Hauses betreffen". Außergewöhnlich war zudem die niedrige Miete, die Grünsteidl zu zahlen hatte. 1.678 Schilling plus Betriebskosten für eine Vierzimmerwohnung in sehr guter Lage. Das waren umgerechnet 122 Euro. Und diese Miete konnte nicht erhöht werden. Verständlich, dass Grünsteidl auf keinen Fall ausziehen wollte. Warum gibt man jemandem so einen Mietvertrag? Alfred griff zum Telefon und wählte Pokornys Handynummer.

„Störe ich, Schwiegerpapa?"

„Mach's kurz, ich sitz beim Knize und werde vermessen."

„Nobel, nobel. Wenn auch ein bisschen altmodisch."

„Der gestrige Auftritt dieses Grünsteidl gibt mir Gelegenheit, mir wieder mal was Neues machen zu lassen."

„Einen Zweireiher?"

„Selbstverständlich, was dachtest du?"

Alfred lachte.

„Wegen Grünsteidl ruf ich an. Ich habe hier seinen Mietvertrag vor mir liegen. Warum hat der für seine Seite so günstige Bedingungen?"

„Da fragst du den Falschen, den Vertrag hat Baric gemacht."

„Den kann ich nun leider nicht mehr fragen."

„Na, der wird ihn auch nicht persönlich abgeschlossen haben, vermute ich mal, da wird er seine Leute für gehabt haben."

„Aber du kennst den Vertrag doch auch: umgerechnet 122 Euro für knapp 100 Quadratmeter im schicken siebten Bezirk. Das ist doch nicht normal!"

„Stimmt, 122 Euro sind lächerlich. Das ist typisch für diese Juden."

„Bitte?"

„Na, Grünsteidl ist doch Jude. Die werden das irgendwann mal ausgedealt haben. Im Feilschen waren die schon immer gut."

„Ich wusste gar nicht, dass du auch Antisemit bist, Friedrich."

„Quatsch, Antisemit. Aber dieser Grünsteidl ist doch eine Landplage."

„Das hat nichts mit seinem Glauben zu tun."

„Quatsch, Glauben. Ich wette, der hat noch nie eine Synagoge von innen gesehen. Aber wenn es darum geht, Druck auszuüben, dann wird er zum Superjuden. Irgendsowas muss da gelaufen sein. Frag den Fuhrmann, der wird's wissen."

Kopfschüttelnd legte Alfred auf. Was waren denn das für Sprüche? Im Feilschen waren die schon immer gut. Ja, und wir im Vergasen.

Alfred drückte auf den Knopf der Gegensprechanlage.

„Ja?"

„Frau Galasek, verbinden Sie mich bitte mit Franz Fuhrmann von der Baric Bau."

„Sehr wohl, Herr Brinkmann."

Es dauerte keine zwanzig Sekunden, da hatte er Fuhrmann am Apparat.

„Ich grüße Sie, Herr Brinkmann. Was liegt an?"

„Es geht um die Kandlgasse, die Sie ja umbauen. Seit wann genau hat das Haus der Baric Immobiliengesellschaft gehört?“

„Schon länger. In den Sechziger- und Siebzigerjahren hat Willy mit den ersten Gewinnen einiges an Immobilien in Wien erworben. Er hatte Glück gehabt, kam an einige Objekte sehr günstig heran.“

„Können Sie sich erklären, wieso ein gewisser Immanuel Grünsteidl und seine Familie in der Kandlgasse seit vielen Jahren zu äußerst günstigen Bedingungen wohnen durften?“

„Grünsteidl? Der Name sagt mir leider nichts.“

„Wer machte die Mietverträge bei Ihnen?“

„Das ist verschieden. Manchmal Willy persönlich. Und der war ein harter Hund, das sage ich Ihnen.“

„In diesem Fall wohl eher nicht. Hatte Grünsteidl irgendwie besondere Beziehungen zu Baric?“

„Wie gesagt, ich höre seinen Namen zum ersten Mal.“

„Aber die Grünsteidls wohnen seit Jahrzehnten in diesem Haus. Und Sie sind seit den frühen Sechzigerjahren bei der Baric Bau. Sie haben die Firma doch zusammen mit Willy Baric aufgebaut.“

„Und?“

„Und dann haben Sie den Namen Grünsteidl noch nie gehört?“

„Baric gehören in der Stadt 21 Mietshäuser. Da soll ich jeden Mieter kennen? Außerdem habe ich mit Vermietungen, wie gesagt, nichts zu tun.“

„Aber dieser Mieter scheint ein besonderer gewesen zu sein.“

„Gewesen?“

„Ja, jetzt ist er ausgezogen.“

„Dann ist ja eh alles leiwand.“

„Nicht ganz. Er bedroht mich und Herrn von Pokorny."

„Dann gehen Sie zur Polizei."

„Machen wir auch noch. Aber davor würden mich die Gründe interessieren, warum dieser Grünsteidl einen so günstigen Mietvertrag bekommen hat."

„Da kann ich Ihnen leider nicht weiterhelfen, Herr Brinkmann."

„Vielleicht könnten Sie sich mal umhören im Betrieb?"

„Das ist jetzt aber gerade schlecht. Was glauben Sie, was wir gerade um die Ohren haben."

„Ist mir klar, Herr Fuhrmann. Aber mein Schwiegervater, Herr von Pokorny, der Anwalt Ihrer Firma seit vielen Jahren ..."

„Also gut, Herr Brinkmann, ich werd mich mal schlau machen, vielleicht weiß irgendwer bei uns mehr über diesen Mann und seine Familie. Versprechen kann ich Ihnen aber nix. Wir sehen uns eh morgen auf der Beerdigung. Vielleicht weiß ich dann schon mehr. Pfüat Ihna."

Alfred saß noch einen Moment gedankenverloren da. Die Sache stank. Auch wenn ihm noch nicht klar war, wonach.

Links von ihr tuckert ein rostroter Subaru. Hinter ihr schwitzt ein dicker Mann in einem riesigen Jeep Cherokee. So einen Angeberwagen fährt Ferdl auch. Idiot. Rechts telefoniert eine Frau mit hochgesteckten roten Haaren und fuchtelt wild durch den Innenraum ihres schmutzig-weißen Passat. Es geht nur im Schritttempo voran, meistens stehen sie. Der Gürtel ist wie immer an einem Samstagvormittag heillos verstopft. Sie hätte den Schleichweg zum Zentralfriedhof nehmen sollen. Aber sie war zu faul gewesen, sich durch das Wiener Einbahnstraßengewirr zu quälen.

Der Temperaturanzeiger nähert sich bedenklich der roten Marke. Da muss was kaputt sein. Deutsche Wertarbeit, das war einmal. Ihr bleibt nichts anderes übrig, als die Heizung aufzudrehen, um den Motor zu kühlen. Sie hat wirklich keine Lust, mit rauchendem Kühler in der Mittelspur des Gürtels liegenzubleiben. Statt ihr zur Hilfe zu eilen, würden die anderen in ein wildes Hupkonzert ausbrechen. Bist deppert? Fahr deine Blechkiste zur Seite, alte Funzn!

Wer rechnet auch im Mai mit wüstenähnlichen Temperaturen? Das Außenthermometer zeigt 40 Grad. Und drinnen wird jetzt auch ordentlich geheizt. Na, Servus. Es geht ein paar Meter weiter. Dann muss sie wieder halten. Die Rothaarige telefoniert immer noch. Die Luft über der Kühlerhaube flimmert. Schemenhafte Gestalten. Eine Fata Morgana auf dem Gürtel. Ihre Augäpfel schmerzen von innen. Bitte, Gott, lass es keine Migräne sein.

Sie sollte den Lkw vor ihr überholen. Aber natürlich lässt sie niemand die Spur wechseln. Ein riesiger, schmutziger Betonmischer. Was hat der im Stoßverkehr am Samstag hier herumzufahren? Unaufhörlich dreht sich seine Wanne. Dreht sich und dreht sich und dreht sich und dreht sich. Wie in Trance verfolgen Barbaras Augen die Bewegung. Man steht und steht. Schwitzt. Der Schweiß läuft zwischen ihren Brüsten herunter. Sie hat das dringende Bedürfnis, ihren kneifenden BH auszuziehen. Das würde den fetten Jeep-Fahrer freuen.

Der Betonmischer vor ihr setzt sich in Bewegung. Endlich. Dann bremst er abrupt. Als Barbara auch bremsen will, rutscht ihr Fuß von der Bremse und drückt das Gaspedal voll durch. Der BMW knallt auf den Betonmischer. Die Ausflussrinne bohrt sich durch ihre Windschutzscheibe. Sekunden später beginnt der Beton zu fließen.

Die zähflüssige, schwere Masse läuft ihr über die Beine. Schon steht der Beton einen halben Meter tief im Fußraum. Barbara kann ihre Beine nicht mehr bewegen. Als sie versucht, den Gurt zu lösen, verklemmt sich der Verschluss. Hektisch reißt sie an ihm herum. God damn it. Nichts tut sich. Der Beton ist eiskalt. Und schwer, sehr schwer. Die Beine werden ihr taub. Sie greift mit der linken Hand in die zähe Masse und tastet nach dem Türöffner. Der Beton steigt weiter. Der Kessel des Betonmischers dreht sich und dreht sich. Hat der Fahrer denn nichts bemerkt? Sie kann den blöden Türöffner nicht finden. Der Flüssigbeton ist so zäh, dass sie ihre Hand kaum darin bewegen kann. Endlich bekommt sie den kleinen Hebel zu fassen. Sie zieht daran, nichts passiert. Die Zentralverriegelung ist eingerastet. Sie versucht, den Knopf am Fenster hochzuziehen. Doch der ist diebstahlsicher im Türpolster versenkt. Ihr Fingernagel bricht ab. Jetzt steht ihr der Beton schon bis zum Bauch. Sie bekommt Probleme beim Atmen. Sie hyperventiliert. Der Beton erreicht ihre Brüste. Sie kann sich nicht mehr bewegen. Sie friert. Nur ihre Arme ragen noch aus der grauen Masse. Sie drückt mit beiden Händen auf die Hupe. Wenigstens die funktioniert noch. Barbara sieht, wie jemand von außen an der Tür rüttelt. Es ist der fette Mann aus dem Cherokee. Er starrt sie mit aufgerissenen Augen an. Und scheint ihr etwas sagen zu wollen. Doch sie kann ihn nicht verstehen. In ihren Ohren braust es. Der Beton steigt weiter. Und quetscht ihren Körper. Es fühlt sich an, als lasteten Tonnen auf ihr. Sie hat das Gefühl zu ersticken. Sie versucht, mit den Händen den grauen Matsch von ihrem Hals wegzuschieben, vergeblich. Luft, Luft, Luft. Gleich fließt ihr der Beton in den Mund, gleich wird sie in dieser widerlichen grauen Masse ersticken. Der Jeep-Fahrer hämmert gegen die Scheibe der Fahrertür. Es dröhnt in ihren Ohren. Ferdl steht an ihrem Grab. Er weint. Tatsächlich, er weint. Und hält den Tiffany-Ring in seiner Hand, den er ihr zur Verlobung geschenkt hat. Gleich wird er ihn ins Grab werfen. Dann folgen Rosen. Von allen Seiten regnen Rosen auf sie herab. Sie bleiben auf ihrer Brust liegen, Blütenblätter legen sich sanft auf ihr Gesicht. Es ist schön, einfach so dazuliegen und sich von Rosenblättern zudecken zu lassen. Sie atmet erleichtert auf. Dabei bekommt sie Beton in den Mund. Sie spuckt, röchelt, hustet. Es schmeckt widerlich. Nach Kalk und schmutzigem Wasser. Sie hasst Beton. Nie wieder baut sie mit Beton. Nur noch Ziegel oder Ytong. Die Beton-Ära ist vorbei. Beton verwittert. Decken, Brücken stürzen ein. God damn it.

Jemand reißt die Tür auf, ein grauer Strom ergießt sich auf die Straße. Rasch sinkt der Pegel im Innenraum. Barbara kann wieder atmen. Jemand zieht an ihrem Arm. Dann packt sie eine kräftige Hand hinter dem Rücken. Der Beton fließt und fließt. Sie wird herausgehoben, sie schwebt. Durch die Luft segeln Rosenblätter, tiefrote Rosenblätter. Sie ertrinkt in roten Blüten. Und die Wanne dreht sich und dreht sich.

Sie hatten Willy Baric kein Ehrengrab auf dem Zentralfriedhof gegeben. Dafür hatte er sich eine Familiengruft auf eigene Rechnung gegönnt. In der lag schon seine vor vielen Jahren verstorbene, heiß geliebte Gattin, Barbaras Mutter. Von der Barbara seltsamerweise nie etwas erzählte. Der Bürgermeister war auch nicht gekommen, aber der zuständige Stadtrat für Wohnbau hielt eine kleine Lobrede auf die Verdienste der Baric Bau und Willy Barics persönlich. „Er hat tausenden Wienerinnen und Wienern ein Dach über dem Kopf gegeben", sagte er. „Und Willy Baric war nebenbei auch ein großer Förderer der Kunst."

Die halbe Stadt war da, einige erkannte Alfred, von anderen flüsterte ihm Cordula die Namen ins Ohr. Sie schien wirklich jeden zu kennen. Nur die Tochter des unsanft Verblichenen fehlte.

„Lebt da der Rosenkrieg neu auf?", flüsterte Alfred.

„Kann ich mir nicht vorstellen", flüsterte Cordula zurück.

„Der Wibranetz, diese Dreckschleuder, reibt sich schon die Hände. Da hinten steht er, der fette Kerl mit den halblangen Haaren. Ich hasse Boulevardtypen. "

„Soll mal ein guter Enthüllungsjournalist gewesen sein", mischte sich Blumenauer ein, der auf der anderen Seite von Alfred stand.

„Enthüllungsjournalisten hasse ich auch."

„Was?", lachte Blumenauer leise. „Die Krone eurer Zunft?"

„Ach was, alles Mythos à la Watergate. Schaut mit Dustin Hoffman und Robert Redford im Film gut aus. Und da gehört es auch hin: als Belustigung der Massen.

Haben all diese aufgedeckten Skandale die Welt etwa besser gemacht?"

„Ruhe jetzt, der Pfarrer will seine Rede halten", zischte Cordula.

Der Pfarrer sagte die passenden Worte, dann wurde Barics Sarg abgesenkt. Als die Totengräber ihre Seile wieder herausgezogen hatten, traten Angehörige, Freunde, Geschäftskollegen und alle, die glaubten, bei der Beerdigung von Wiens berühmtestem Baulöwen dabeisein zu müssen, an dessen Grab und warfen ihm etwas nach. Meist waren es Blumen.

„Sieh an, die Fellners", sagte Blumenauer. „Und jede Menge Pleitiers. Wetten, unter ihnen ist auch der Mörder?"

„Du bist geschmacklos, Richard", sagte Alfred.

„Wieso? Kann doch gut sein. Beton-Willy hat genügend Leute brüskiert und in die Pleite getrieben. Vielleicht hat da einer Rache genommen."

„Und kommt dann zur Beerdigung?"

„Klar. Ich würde es machen. Rache ist süß."

„Da hinten steht übrigens die Polizei. Die scheinen genauso zu denken wie du."

Gehrlinger überragte die Umstehenden um mindestens einen Kopf. Seine Glatze leuchtete in der Sonne. Er machte einen betont unbeteiligten Eindruck. Sein Adlatus stand neben ihm und stierte in die Menge, als hätte er Röntgenaugen und könnte Gedanken lesen. Komiker.

„Wagner fehlt", sagte Blumenauer. „Der ist untergetaucht, seitdem er sich von Barbara getrennt hat. Na, ist nicht schad drum."

„Du scheinst diese Gelegenheit ja gut auszunutzen."

„Was willst du damit sagen?", fragte Blumenauer.

„Man hört, du frischst deine Kontakte mit Barbara auf."

Blumenauer grinste. „Was dagegen?"

„Nö, nö.“

„Eifersüchtig?“

Alfred würdigte seinen Freund keines Blickes. Blumenauer grinste weiter.

„Dann ist ja gut.“

„Die Kunst hält sich merklich zurück“, sagte Cordula, die sich weiter den am Grab vorbeidefilierenden Trauergästen widmete.

„Gut so“, murmelte Alfred und bekam dafür den Ellenbogen von Cordula in die Seite. Aber es tat nicht sehr weh.

Da entdeckte er Grünsteidl. Was machte der hier? Nett von ihm, zur Beerdigung seines Ex-Vermieters zu gehen. Oder war er einfach nur schaulustig? Alfred beschloss, einfach mal zu fragen.

„Na, Herr Grünsteidl, erweisen Sie Ihrem ehemaligen Vermieter die letzte Ehre?“

„Mit Ihnen habe ich nichts zu besprechen, Brinkmann.“

Grünsteidl sah an Alfred vorbei, sein Mund verkniffen zu einer schmalen Linie.

„Ich habe mittlerweile erfahren, dass Sie aus einer jüdischen Familie stammen.“

„Und? Wollen Sie mich jetzt vergasen?“

„Sie sind geschmacklos.“

„Und Sie haben sechs Millionen auf dem Gewissen, mit deutscher Effizienz entsorgt.“

„Ich bin 1972 geboren, Herr Grünsteidl.“

„Kommen Sie mir nicht mit der Gnade der späten Geburt. Ihre Großeltern wurden nicht vom Finanzamt aus der eigenen Wohnung gejagt. Und siebzig Jahre später kommen Sie und Ihre arische Sippschaft und vertreiben den Enkel erneut.“ Grünsteidl starrte weiter an Alfred vorbei. Seine Lippen waren praktisch nicht mehr zu sehen.

„Hören Sie, Grünsteidl, ich bin kein verdammter Nazi und es tut mir leid, dass wir Sie etwas unsanft aus Ihrer Wohnung befördern mussten. Aber uns blieb keine Wahl.“

Grünsteidl lachte kurz auf. Dann drehte er sich um und ging wortlos davon.

Dann kam plötzlich Bewegung in die Trauergäste. Führte Gehrlinger erste Verhaftungen durch? Nein, die trauernde Tochter war erschienen. Sie sah etwas gehetzt und derangiert aus. Gönnerhaft nickte sie nach links und rechts. „Was für ein raffiniert asymmetrisch geschnittenes Kleid“, meinte Cordula.“

Während des Leichenschmauses in einem legendären Gasthaus gegenüber des Haupteingangs zum Zentralfriedhof fragte Alfred Franz Fuhrmann noch einmal nach dem Mietvertrag Grünsteidls.

„Ich kann Ihnen leider nicht viel mehr sagen, Herr Brinkmann. Außer dass Willy den Vertrag mit Grünsteidl tatsächlich selber ausgehandelt hat."

„Ist das nicht ungewöhnlich?"

„Willy war ein Kontrollfreak. Wollte am liebsten alles selber machen."

„Mietverträge mit tausenden Mietern?"

„Grünsteidl war ein besonderer Mieter."

„Also doch."

„Fragen Sie mich nicht, wieso. Aber den mussten wir immer mit Samthandschuhen anfassen. Trotzdem hat er uns stapelweise Beschwerdebriefe geschrieben."

„Einige davon habe ich gelesen."

„Dann wissen Sie ja, wovon ich spreche."

„Nicht genau."

Fuhrmann sah Alfred an.

„Was war da zwischen Baric und Grünsteidl?", fragte Alfred.

Fuhrmann hob beschwörend die Hände. „Hat er mir nie erzählt."

Alfred seufzte. Fuhrmann wusste mehr, als er zugeben wollte, da war er sich sicher. Aber Alfred sah keine Möglichkeit, es aus ihm herauszukitzeln. Noch nicht.

Später an diesem Tag standen Alfred und Cordula in ihrer Küche und tranken einen Espresso, um die Nachwirkungen der Mischung aus Sekt, Wein und Bier, die sie während des ausgedehnten Mittagessens zu sich nehmen mussten, zu vertreiben.

„Das war ja eine wilde Story, die uns Barbara von dieser Attacke mit dem Betonmischer erzählt hat“, sagte Cordula.

„Allerdings. Wenn es wirklich ein gezielter Angriff war, beweist das wohl, dass sie nichts mit dem Tod ihres Vaters zu tun hat. Eher, dass sie auch auf der Abschussliste steht.“

„Eben.“

Alfred sah Cordula ein wenig erschrocken an.

„Und du findest weiter Beschäftigung als Leibwächter.“

Alfred seufzte.

„Wie war eigentlich dein Trostessen mit Madame Baric? Du hast nie was erzählt.“

„Es gab Spargel. Mit deiner Sauce hollandaise wäre er noch besser gewesen.“

Cordula lächelte. „Das waren die ersten netten Worte, die du seit Langem zu mir gesagt hast.“

„Wir hatten in letzter Zeit leider kaum Gelegenheit zum Austausch von Nettigkeiten. Apropos: Wie verlief denn dein Treffen mit diesem Bankmenschen?“

„Vielversprechend.“

„Will heißen?“

„Es tun sich da Möglichkeiten auf.“

„Auf erotischem Gebiet?“

Cordula lachte, stand auf und küsste ihn. „Quatschkopf.“

Alfred lächelte. Dann murmelte er: „Dieser Grünsteidl will mir nicht aus dem Kopf. Was hat der auf der Beerdigung von Baric zu suchen? Und warum giftet er mich schon wieder an? Nur weil er aus dieser blöden Wohnung ausziehen musste? Er hat mir erzählt, seine Großeltern seien vor siebzig Jahren vom Finanzamt aus der Kandlgasse vertrieben worden. Seit wann schmeißt das Finanzamt Leute aus Wohnungen?"

„Vor siebzig Jahren? Dann war das also 1938."

„In dem Jahr marschierten die Nazis in Österreich ein. Aber was hat das Finanzamt damit zu tun?"

„Das waren auch Nazis. Auch schon vorher. Austrofaschisten."

„Man müsste die Eltern oder Großeltern von Grünsteidl fragen. Was damals wirklich vorgefallen ist. Mit mir will er nicht reden."

„Aber was hat das mit Baric zu tun?", fragte Cordula.

„Ihm gehörte das Haus in der Kandlgasse erst seit den Sechzigerjahren. Trotzdem hatte Baric einen Grund, Grünsteidl zu dieser abenteuerlich günstigen Miete dort wohnen zu lassen."

„Ob das mit 1938 zusammenhängt?", fragte Cordula. „Vielleicht hat Grünsteidl was mit dem Mord an Baric zu tun. Aus Rache."

„Du bist recht schnell mit deinen Verdächtigungen, Cordula", lachte Alfred. „Erst Barbara, jetzt Grünsteidl. Baric hat Grünsteidl nicht rausgeschmissen. Dem gehörte das Haus gar nicht mehr. Sondern deinem Vater."

„Also hätte er eigentlich meinen Vater ... oder dich ..." Cordula sah Alfred an.

„Quatsch", sagte Alfred. Aber er wirkte dabei nicht sehr überzeugend. „Ich muss seine Eltern finden. Vielleicht leben die noch. Wie findet man einen Altersheimbewohner? Stehen die im Telefonbuch?"

Alfred ging zu ihrem Bücherregal ins Wohnzimmer. Zwischen einem großformatigen Weinatlas und einem Handbuch zur Pflege von Grünpflanzen zog er den „Herold" heraus, das offizielle Telefonbuch Wiens. Er fand 15 Einträge unter dem Namen Grünsteidl, einen mit Immanuel, Kandlgasse 88. Als er die Nummer wählte, war der Anschluss tot. Natürlich. Dann arbeitete er sich durch das Alphabet. Er telefonierte mit einem Elektronikunternehmen und einem Arzt, mit Menschen aller Altersstufen, aber die Eltern von Grünsteidl waren nicht dabei.

Dann versuchte er es bei der gesetzlichen Krankenkasse. Es dauerte länger als das Durchtelefonieren aller fünfzehn Grünsteidls, bis dort jemand abnahm. Vorher wurde er von einer bemüht freundlichen Stimme aufgefordert, sich im Internet über das aktuelle Angebot der Krankenkasse zu informieren.

Als er endlich eine Mitarbeiterin persönlich fragen konnte, ob es in einem der von ihnen betriebenen Heime einen Patienten namens Grünsteidl oder gar ein Ehepaar gleichen Namens gäbe, löste das erst einmal Ratlosigkeit aus. Er wurde ein paar Mal weiterverbunden. Und landete wieder bei der freundlichen Stimme, die ihn aufforderte, die Homepage aufzusuchen. Alfred wollte schon entnervt auflegen, als ihm doch noch ein Herr von der Kasse die Auskunft erteilte, dass es keinen Grünsteidl in einem von ihnen verwalteten, betriebenen oder finanzierten Seniorenwohnheim gebe.

„Und können Sie mir sagen, ob es überhaupt einen Herrn und eine Dame Grünsteidl aus Wien gibt, die etwa achtzig Jahre oder älter sind und die von Ihnen Zahlungen bekommen?“

„Nein, tut mir leid, das fällt unter den Datenschutz, darüber dürfen wir leider keine Auskünfte erteilen. Oder sind Sie ein naher Angehöriger?“

Alfred hatte das Gefühl, hier würde er nicht weiterkommen. Also versuchte er es direkt bei den Heimen, ohne sich allzu viele Hoffnungen zu machen. Vielleicht lebten die Grünsteidls in Niederösterreich. Oder in Kitzbühel. Oder in Israel. Alfred gab sich jetzt als deutscher Neffe der Grünsteidls aus, der Onkel und

Tante seit vielen Jahren nicht mehr gesehen, den Kontakt zu ihnen verloren hatte und ihn jetzt angelegentlich seines Wienbesuches wieder auffrischen wollte. Beim elften Anruf hatte er Glück.

„Ja, wir haben hier einen David Grünsteidl. Er wohnt schon seit 1988 bei uns, ist 93 Jahre alt und, wie soll ich es formulieren, er ist kein leichter Patient."

„Das muss mein Onkel sein! Ich würde ihn gerne besuchen kommen. Wann wäre dafür die beste Tageszeit?"

„Zur Essenszeit sind unsere Bewohner am aufgewecktesten. Also gegen 12 oder gegen 17 Uhr."

„Dann komme ich gleich vorbei", sagte Alfred. „Was würde meinem Onkel eine Freude bereiten?"

„Oh, das ist schwer zu beantworten", seufzte die freundliche Schwester.

„Eine gute Flasche Wein?", fragte Alfred.

„Oh nein, das geht nicht. Unsere Bewohner dürfen natürlich keinen Alkohol trinken."

„Natürlich", murmelte Alfred.

„Zigarren? Raucht Herr Grünsteidl, ich meine Onkel David?"

„Rauchen ist natürlich auch verboten, Herr Clausewitz."

„Was darf man denn bei Ihnen?", fragte Alfred.

„Dürfen ist nicht das Problem. Eher können."

„Nun gut: Was kann also Onkel David noch, Schwester?"

„Leider nicht sehr viel, Herr Clausewitz, leider nicht sehr viel."

Alfred beließ es dabei, ließ sich noch die Adresse des Heims in nobler Wienerwald-Randlage geben und dankte für die Auskünfte. Er beschloss, Grünsteidl senior Konfekt mitzubringen, gefüllt mit Cognac.

Das Heim entpuppte sich als nüchterner Bau am Rand von Ottakring. Aus den Fenstern nach Westen konnte man einen Blick auf den Wienerwald erhaschen. Grünsteidl hatte ein Zimmer nach Osten. Eine Schwester mit akkurat gebundener weißer Haube führte Alfred zu ihm.

„Das ist nett, dass Sie Ihrem Onkel etwas mitbringen. Er bekommt nicht mehr viel Besuch. Nur ab und zu von seinem Sohn."

Im Zimmer von David Grünsteidl stellte ihn die Schwester vor: „Du hast Besuch bekommen, Opa. Sieh mal wer da ist, dein Neffe aus Deutschland."

Grünsteidl saß apathisch am Fenster. Er blickte nicht einmal hoch, als ihn die Schwester ansprach. Sie verließ das Zimmer und schloss sanft die Tür hinter sich. Wie sollte Alfred vorgehen? Er beschloss, es mit der Wahrheit zu versuchen.

„Grüß Gott, Herr Grünsteidl. Wie Sie sicher wissen, bin ich nicht Ihr Neffe."

Der Alte blickte Alfred an. Sein Blick war leer.

„Vermutlich haben Sie gar keinen Neffen in Deutschland", sagte Alfred.

Es wirkte, als würde David Grünsteidl aus einer großen Tiefe auftauchen. Langsam füllten sich seine Augen mit Leben. Er deutete ein Kopfschütteln an.

„Aber ich bin ein Bekannter Ihres Sohnes", setzte Alfred schnell nach. „Immanuel. Er hat mir ein wenig von Ihrer Familie erzählt." Kleine Notlügen durften schon sein.

„Er spricht von nichts anderem", krächzte der Alte.

Schnell zog sich Alfred einen Stuhl heran und setzte sich zu ihm.

„Was haben wir heute für ein Wetter?", fragte Grünsteidl.

„Wir haben Ende Mai, ein wunderschöner Tag, warm, sonnig, es wird bald Sommer. Aber sehen Sie selbst!" Alfred wies auf das Fenster, dem der alte Grünsteidl seinen Rücken zugewandt hatte. Hätte er hinausgesehen, wäre sein Blick auf Häuser gefallen, die dem glichen, in dem er seinen Lebensabend verbringen durfte. In denen Menschen mit niedrigen Einkommen von der Stadt subventioniert wohnten. Wahrscheinlich errichtet von einem gewissen Willy Baric in seiner Hochphase.

„Da draußen gibt es für mich nichts zu sehen", sagte der Alte leise. „Alles, was mich interessiert, ist hier drin." Er tippte sich an den Kopf. „War zumindest."

„Deswegen bin ich zu Ihnen gekommen, Herr Grünsteidl. Ich möchte mit Ihnen über alte Zeiten plaudern."

„Lohnt nicht. Meine Erinnerung hört in den Sechzigerjahren auf. Noch vor der Geburt meines Sohnes."

Der Alte blickte Alfred an. Schweigen senkte sich ins Zimmer. Bis die Sonnenstrahlen der Maisonne auf den Linoleumboden fallen konnten, waren sie fahl geworden. Vielleicht sollte man die dicken Gardinen wechseln, dachte Alfred. Er stand auf und zog sie mit einer schwungvollen Bewegung auf.

Der Alte protestierte: „Zumachen, bitte. Das Licht ..."

„Was haben Sie gegen die Sonne?"

„Ich mag es lieber halbdunkel. Da kann man besser nachdenken."

Alfred zog die Gardinen wieder zu und setzte sich zu ihm. „Worüber denken Sie nach?"

„Dies und das." Grünsteidls Blick ging ins Leere.

„Auch über 1938?"

Grünsteidl hob ein wenig den Kopf.

„Deswegen bin ich zu Ihnen gekommen. Um mehr über diese Zeit zu erfahren."

„Wie mein Sohn. Der will auch immer über dieses schreckliche Jahr reden. Aber vorher muss er mir immer erklären, wer er ist." Jetzt grinste Grünsteidl. „Es hat auch was Gutes, wenn man viel vergisst."

Alfred reichte ihm das Konfekt. „Ich hörte, dass in diesem Hause so etwas wie Prohibition herrscht. Darum habe ich zu einer kleinen List gegriffen. Ich hoffe, Sie mögen Cognac?"

Das Gesicht Grünsteidls hellte sich weiter auf. Mit zitternden Händen packte er sein Geschenk aus. Bei der Cellophanfolie musste ihm Alfred helfen. Er klappte die Packung auf und legte sie Grünsteidl in den Schoß. Der griff beherzt zu. Nachdem er drei Pralinen verschlungen hatte, blickte er Alfred fragend an. Der schüttelte den Kopf.

„Die sind alle für Sie."

„Sehr großzügig, junger Mann."

Alfred ließ Grünsteidl Zeit, noch vier weitere Pralinen zu essen. Dann fragte er: „Erinnern Sie sich noch an 1938?"

Die Augen des alten Mannes glänzten ein wenig. Aber er sagte kein Wort.

„Was ist damals geschehen?"

„Ich studierte Kunstgeschichte."

„Und dann?"

„Wurden wir alle zwangsexmatrikuliert." Grünsteidl lallte etwas. Und steckte sich erneut eine Cognacbohne in den Mund. Genüsslich kaute er, den Kopf leicht hin und her wiegend. „Wir wurden alle zwangsexmatrikuliert, ja, ja."

„Warum?", fragte Alfred. „Weil Sie Juden waren? Hat man Sie deshalb auch aus der Kandlgasse vertrieben?"

„Kandlgasse?" Der Alte blickte ihn an und streckte Alfred die halbleere Konfektpackung entgegen, die ihm dabei aus der Hand fiel. Schnell sprang Alfred auf und sammelte die verstreuten Cognacbohnen auf. Da hörte er, wie hinter seinem Rücken die Tür aufging.

„Was machen Sie da, Herr Clausewitz?", fragte die Schwester.

„Nichts, Schwester", murmelte Alfred und schob die Packung unauffällig unter die Decke von Grünsteidls Bett. „Herrn Grünsteidl ist nur etwas heruntergefallen."

Der Alte summte vor sich hin. Seine Augen waren geschlossen.

„Ich glaube, Herr Grünsteidl braucht jetzt Ruhe", sagte die Schwester. „Sie können Ihren Onkel ja ein andermal besuchen. Wie lange sind Sie denn noch in Wien?"

„Och, noch lange", murmelte Alfred. Als er sich von David Grünsteidl verabschieden wollte, sah er, dass der eingeschlafen war. Die Schwester verschwand für einen Moment im Badezimmer nebenan. Schnell zog Alfred das Konfekt unter der Bettdecke hervor und steckte es in die unterste Schublade von Grünsteidls Nachttisch. Er hoffte, dass hier bis zu seinem nächsten Besuch niemand nachsehen würde.

Auf dem Weg nach Hause schaute Alfred in der Lerchenfelder Straße bei einem kleinen Buchhändler vorbei, bei dem er immer seine Bücher bestellte, wenn der sie nicht ohnehin vorrätig hatte. Es erstaunte Alfred immer wieder, wie viele Bücher der Buchhändler und seine Frau aus irgendwelchen Kisten oder sehr weit oben liegenden Regalbrettern herausfischten. Es gab auch einen Keller unter dem Laden, in den der Buchhändler manchmal durch eine Klappe im Boden und über eine abenteuerlich steile Treppe hinabkletterte.

„Grüß Gott, Herr Magister", begrüßte er Alfred. Seine Augen leuchteten verschmitzt. Sein in vielen politisch-intellektuellen Kämpfen, meist in umliegenden Wirtshäusern, in Ehren ergrauter Bart schaukelte gut gelaunt. Von der Kasse lächelte Alfred seine Gattin an. Sie verschwand fast hinter den mannshohen Büchergestellen und Bücherstapeln.

„Herr Doktor, Sie sind doch hier am Lerchenfeld aufgewachsen", begann Alfred. „Und kennen hier jeden."

„Nun, nun." Der Buchhändler wackelte mit dem Kopf.

„Kennen Sie auch die Grünsteidls?"

„Grünsteidl", murmelte der Doktor. Dann hob er bedauernd den Blick zur hohen Decke seines winzigen Geschäfts. „Tut mir leid."

„Reinhold!", rief die kleine Frau hinter der Kasse. „Die Grünsteidls hatten doch diesen kleinen Juwelierladen. In der Kandlgasse." Ihre Augen blitzten.

„Ja, genau, Kandlgasse!", sagte Alfred. „Die meine ich. Was ist aus dem Juwelierladen geworden?"

„Den gibt's doch schon lange nicht mehr", brummte der Buchhändler. „Irgendwann in den Siebzigern oder frühen Achtzigern haben die zugesperrt."

„Ein Wunder, dass die überhaupt zurückgekommen sind", sagte die Frau des Buchhändlers. Sie war jetzt hinter ihrer Kasse hervorgekommen. „Damals, nach dem Krieg."

„Wieso waren sie denn fort, Frau Drozd?"

„Die hat man vertrieben, damals, nach dem Anschluss. Wie so viele Juden. Die Grünsteidls sind nach Skandinavien geflüchtet. Ich glaube, nach Schweden."

„Und vorher hat man sie gezwungen, ihren Besitz zu lächerlichen Preisen zu verscherbeln. Die haben wie viele Wiener Juden alles verloren. Arisierungen nannte man das damals beschönigend", sagte ihr Mann. Er schaute hinter sich ins Regal. „Zu dem Thema sind nach jahrzehntelangem offiziellem Schweigen endlich ein paar Bücher erschienen. Ach, verdammt, wo ist das denn! Martha, haben wir den Historikerbericht etwa verkauft?"

„Ja, letzte Woche."

„Erstaunlich", brummte der Buchhändler. Dann drehte er sich wieder um.

„Aber wenn Sie wollen und Zeit haben, könnte ich Ihnen den Inhalt mehr oder weniger frei referieren. Ich habe mich intensiv mit dieser Zeit beschäftigt."

„Das wäre nett, Herr Doktor. Wann ist es Ihnen recht?"

Der Buchhändler blickte seine Frau an. „Kannst du den Laden ein bis zwei Stunden allein führen? Dann geh ich mit dem Herrn Magister ins Wirtshaus."

Martha Drozd lächelte und nickte. „Geh nur, Reinhold, im Wirtshaus sitzt du eh am liebsten."

Sie gingen ein paar Häuser weiter zum Hausmair. Reinhold Drozd bestellte gebratene Leber mit Zwiebeln, Alfred einen Zwiebelrostbraten. Cordula würde laut aufstöhnen. So ein schweres Essen. Und das zu Mittag.

„Das Buch, das ich gesucht hatte, ist das beste zum Thema, es trägt den schönen Titel ‚Schlussbericht der Historikerkommission der Republik Österreich: Vermögensentzug während der NS-Zeit sowie Rückstellungen und Entschädigungen seit 1945 in Österreich'."

Alfred rollte mit den Augen.

„Was interessiert Sie denn an den alten Geschichten? Und an den Grünsteidls im Besonderen?"

„Ein Nachkomme dieses Juweliers läuft herum und beschimpft harmlose Demokraten als Nazis. Unter anderem mich. Und vielleicht tut er weit Schlimmeres. Vielleicht hat er sogar jemanden ermordet."

„Sind Sie jetzt unter die Detektive gegangen, Herr Magister?" Drozd grinste.

„Es sieht so aus." Alfred nahm einen Schluck von seinem Blaufränkischen. Dann fragte er: „Was genau ist damals in Wien abgelaufen?"

Drozd seufzte. „Das ist ein ganz finsterer Teil der Geschichte unseres schönen Vaterlandes. Die von den Nazis so genannte Arisierung begann bald nach dem Anschluss Österreichs. Sie war zuvor schon in Deutschland durchgeführt worden. Im Historikerbericht ist die Rede von ‚strukturellen Zwängen', die auf Juden ausgeübt wurden, um an ihr Eigentum zu kommen."

Das Essen kam. Als der Rostbraten vor Alfred stand, merkte er, was er für einen Mordshunger hatte. Er stürzte sich sofort auf das in reichlich Sauce liegende Stück Rindfleisch.

Drozd lächelte. „Essen Sie ruhig. Wenn es Sie nicht stört, Herr Magister, berichte ich in der Zwischenzeit weiter."

Alfred nickte heftig und schweigend, weil sein Mund voll war.

„Also. Unter ‚strukturellen Zwängen' verstanden die Nazis Berufsverbot, Existenzvernichtung, diskriminierende Geldabgaben, die Notwendigkeit für die Juden, die erforderlichen Mittel zur Finanzierung der Flucht aufzubringen. Diese Verkäufe, die Kommission spricht von ‚Entziehungen', liefen mittels meist fragwürdiger Kaufverträge ab."

Alfred blickte den Doktor interessiert an. Fragwürdige Verträge waren genau sein Thema.

„Laut Kommissionsbericht war der größte Nutznießer der Arisierungen der Staat selbst. Ansonsten profitierte der österreichische Mittelstand, selten Käufer aus dem ‚Altreich', wie man Ihr Heimatland damals nannte."

Die Augen Drozds leuchteten. Es schien ihm so großen Spaß zu machen, sein Wissen vor Alfred auszubreiten, dass er vergaß zu essen. Worin hatte der eigentlich seinen Doktor gemacht, fragte sich Alfred. Vermutlich in Geschichte.

„Vor dem Verkauf musste der jüdische Eigentümer noch die Löschung eventueller Hypotheken und offener Steuern bezahlen", dozierte der Doktor weiter. „Diese Steuern waren der wichtigste Hebel für den NS-Staat: Sie machten laut Historikerkommission nach 1938, warten Sie ..." Drozd griff in seine Tasche, holte ein zerfleddertes Notizbuch heraus und blätterte darin herum. „Mit Zahlen habe ich es nicht so, kann ich mir einfach nicht merken. Sie machten, ah, hier habe ich es mir aufgeschrieben, 46,9 Prozent der neuen so genannten hypothekarischen Belastungen des Liegenschaftsvermögens aus."

Steuern!, dachte Alfred. Zielte darauf die Bemerkung des jungen Grünsteidl ab, sie seien vom Finanzamt aus ihrer Wohnung vertrieben worden?

„Bereits in den ersten Tagen nach dem Anschluss kam es zu Übergriffen der Wohnbevölkerung. Bewaffnete NS-Parteigenossen und Nachbarn drangen einfach in die Wohnungen von Juden ein und nahmen mit, was sie tragen konnten. Bald wurde die Kündigung jüdischer Mieter durch ‚arische' Vermieter gesetzlich zulässig. Schon vorher, also innerhalb von nur zwei Monaten, waren in Wien über 40.000 Wohnungen arisiert worden. Sie schienen nur auf die Gelegenheit gewartet zu haben."

„Hatten die Österreicher deshalb Hitler am Heldenplatz zugejubelt?", fragte Alfred und bestellte noch ein Krügerl für Drozd und einen Wein für sich. Seinen Rostbraten hatte er fast schon aufgegessen. Der Doktor knabberte jetzt auf ein paar Bissen seiner kalt gewordenen Leber herum.

„Die sogenannte Judenvermögensabgabe belief sich auf zunächst 20 Prozent, ab 1939 sogar auf 25 Prozent. Außerdem gab es noch das Instrument der Reichsfluchtsteuer – die war pikanterweise im Deutschen Reich bereits seit 1931 gültig, also zwei Jahre vor der Machtergreifung der Nationalsozialisten."

Alfred brummte etwas.

„Sie müssen sich nicht für Ihre Landsleute entschuldigen, Herr Magister", sagte Drozd. „Ich halte nichts von Sippenhaft. Diese Strafsteuer mussten alle Personen zahlen, die ihren Wohnsitz im Deutschen Reich aufgaben, nach 1933 konnte sie schon bei Verdacht verhängt werden und musste auch bei zwangsweiser Verbringung in ein KZ außerhalb der Reichsgrenzen entrichtet werden. Eingehoben wurden all diese Abgaben in Österreich vom Finanzamt Wien Innere Stadt Ost. 1946 ging man in Österreich noch von 181 Millionen aus, 1957 rechnete man sie auf 39,655 Millionen herunter." Drozd hatte wieder in sein enzyklopädisches Notizbuch geblickt. „Der Staat profitierte zudem von rigorosen Steuereintreibungen: Juden mussten bei ihrer Emigration Steuern für die Jahre vor 1938 nachzahlen."

„Darum könnte es im Fall Grünsteidl gehen", murmelte Alfred. Genau, das war es! Aus dieser Akkumulation von Steuern und Abgaben hatten die Wiener Behörden damals ein Paket geschnürt, das Leute wie die Grünsteidls zwang, alles, was sie besaßen, zu Geld zu machen. Und diese Zwangslage konnten wiederum die Käufer ausnutzen. „Ich danke Ihnen sehr, Herr Doktor, für Ihre kleine Geschichtsstunde. Jetzt brauche ich einen Computer. Und der steht zu Hause. Darf ich Ihnen noch etwas bestellen? Noch ein Krügerl vielleicht?"

Drozd nickte. Alfred bezahlte beim Hinausgehen beim Wirt das informative Mittagessen und winkte dem alten Mann beim Abschied zu. Doch der war in seinen Gedanken versunken und sah es nicht.

Zu Hause angekommen, fuhr Alfred seinen Computer hoch und gab „Kataster Wien" ein. Dank E-Government, der Datenbank vieler Formulare und öffentlich einsehbarer Akten, konnte er sich bis zu den Besitzverhältnissen in der Kandlgasse durchklicken. Das Haus gehörte seit Anfang 2006 der Pokorny'schen Liegenschaftsgesellschaft. Vorbesitzer war ab Mai 1968 Wilhelm Baric. Andere gingen in diesem Monat auf die Barrikaden, Baric legte sein Geld in Immobilien an. Baric hatte das Haus den Österreichischen Bundesbahnen abgekauft. Dann verlor sich die Spur.

Alfred tippte in die Suchmaschine „ÖBB Pressestelle" ein. Eine Magistra Claudia Purnschläger war für Fragen der Presse zuständig. Alfred rief die Dame an.

„Purnschläger."

„Grüß Gott, Frau Magistra. Mein Name ist Brinkmann, ich bin Journalist und recherchiere für einen Artikel über ehemalige jüdische Besitztümer in Wien."

„So?" Die Magistra klang sofort misstrauisch.

„Ja. Und da ist mir ein Haus im siebten Bezirk untergekommen, das vermutlich mal einem in Wien ansässigen jüdischen Juwelier gehört hat. Es geht um das Haus Kandlgasse Nr. 88, das früher im Besitz der Familie Grünsteidl war. Es wurde 1968 von den ÖBB an einen Wiener Bauunternehmer verkauft. Wie ist dieses Haus in den Besitz der ÖBB gelangt, Frau Magistra?"

„Oh, für solche Auskünfte muss ich erst Rücksprache halten. Darf ich Sie zurückrufen, Herr Brinkmann?"

Alfred gab ihr seine Handynummer und legte auf. Er glaubte nicht, dass die Dame jemals wieder anrufen würde. Er wählte die Nummer seines Schwiegervaters.

„Der Anzug schon fertig, Friedrich?"

„Wo denkst du hin, Alfred! Gut Ding will Weile haben."

„Friedrich, ich denke immer noch über diesen Grünsteidl und das Haus in der Kandlgasse nach."

„Ach ja, warum?"

„Ich bin neugierig geworden. Fuhrmann konnte mir nichts Genaues sagen, warum Grünsteidl diesen günstigen Mietvertrag bekommen hat. Ich vermute jetzt, das hängt mit den alten Besitzverhältnissen zusammen. Die Grünsteidls wurden offenbar Opfer der sogenannten Arisierungen."

„Mmmh."

„Warst du 1968 auch schon der Anwalt von Baric?"

„Damals habe ich noch studiert – während die anderen mit Drogen experimentiert haben."

„Dass du kein 68er warst, habe ich mir schon gedacht. Aber kannst du mir sagen, wie das Haus in der

Kandlgasse in den Besitz der ÖBB gekommen sein könnte?“

„Wenn es im Zuge von Arisierungen an den Staat gefallen ist, könnte es in den Besitz der staatlichen Deutschen Reichsbahn gekommen sein. Oder die hat es damals gleich selbst gekauft. Die ÖBB waren nach dem Krieg die Rechtsnachfolger der Reichsbahn. Also übernahmen sie auch alle Immobilien der Reichsbahn.“

Alfred bedankte sich und legte auf. Als Letztes wählte er die Nummer von Franz Fuhrmann.

„Hallo, Herr Fuhrmann. Mittlerweile weiß ich, dass Baric das Haus in der Kandlgasse von den ÖBB gekauft hat. Und die haben es aus sogenanntem arisierten Besitz übernommen.“

„Aha.“

„Kann es sein, dass die Grünsteidls nach dem Krieg Restitutionsansprüche gestellt haben?“

„An uns?“

„An die ÖBB und später an Sie, ja.“

Fuhrmann schwieg.

„Herr Fuhrmann?“

„Ich denke nach, Herr Brinkmann. Aber mir fällt dazu leider nichts ein.“

„Das ist schade.“

„Ja, tut mir leid. Auf Wiederhören, Herr Brinkmann.“

Am nächsten Vormittag absolvierte Alfred seinen zweiten Besuch im Altenheim. Diesmal verzichtete er auf alkoholische Mitbringsel. Grünsteidl wirkte etwas wacher als am Tag zuvor.

„Ah, mein unbekannter Neffe aus Deutschland!", begrüßte er Alfred. „Wie ist heute das Wetter?"

Alfred wies mit der Hand zum Fenster. „Es scheint immer noch die Sonne. Hätten Sie nicht Lust auf einen Spaziergang? Ein wenig frische Luft?"

„Oh, ich bin nicht mehr gut zu Fuß." Grünsteidl wies auf einen in der Ecke seines Zimmers abgestellten Rollstuhl. „Aber wenn Sie mich damit ein bisschen durch den Wienerwald schieben möchten, hätte ich nichts dagegen."

Grünsteidl wurde von einer Hustenattacke geschüttelt. Als er sich wieder beruhigt hatte, half ihm Alfred in eine leichte Sommerjacke und anschließend in den Rollstuhl. Auf dem Gang wurden sie von der Schwester aufgehalten.

„Wo wollen Sie denn mit Herrn Grünsteidl hin?"

„An die frische Luft. Was dagegen?"

„Aber rechtzeitig zum Essen sind Sie bitte zurück!", schnappte die Schwester.

„Selbstverständlich", nuschelte Alfred.

Die ersten Bäume begannen unmittelbar hinter dem Seniorenheim. Es war wirklich ein wunderschöner Frühsommertag. Die Sonnenstrahlen drangen durch das frische, hellgrüne Buchenlaub bis auf den Waldboden. Alfred schob den alten Mann einen leicht ansteigenden Weg entlang. Als sie die kleine Steigung überwunden hatten, begann Alfred sein „Verhör".

„Sie haben gestern erzählt, dass Sie 1938 zwangsexmatrikuliert wurden."

„Ja, das war das Ende meines Studiums in Wien. Ich habe es dann in Uppsala fortgesetzt. Nach einem halben Jahr sprach ich schon so gut Schwedisch, dass ich den Vorlesungen halbwegs folgen konnte. Prata du svenska?"

„Bitte?"

„Sprechen Sie Schwedisch?"

„Nein, leider nicht."

„Det är synd. Das ist schade. Habe seit Ewigkeiten kein Schwedisch mehr gesprochen. Wir lebten sechs Jahre im Exil. Es kommt mir wie gestern vor. Hätte im Norden bleiben sollen."

Misstrauisch blinzelte er in die Sonne, die zwischen den Bäumen vordrang.

„Warum sind Sie zurückgekommen?"

„Meine Eltern hatten Heimweh. Werden weggejagt und trotzdem haben sie Heimweh. Ich wollte sie nicht allein gehen lassen. War ja der einzige Sohn. Wollte ihnen beistehen. Als hätte ich geahnt, was da auf uns zukommt. Ist schön hier im Wald, nicht? War schon ewig nicht mehr draußen. Immanuel hält nicht viel von der Natur. Hockt immer nur über seinen Büchern und studiert die traurige Geschichte seines Volkes. Geht an jedem Sabbat in die Synagoge. Ich hab die Synagoge das letzte Mal bei seiner Bar-Mizwa betreten. Das ganze Judentum kann mir gestohlen bleiben. Was hat es uns denn gebracht? Darüber streiten wir jedes Mal, bis ich ihn rausschmeiße. Oder Schwester Gerti. Kennen Sie Schwester Gerti?" Grünsteidl strahlte Alfred an.

„Wie hat man Sie behandelt, als Sie nach dem Krieg zurückgekommen sind?"

„Was glauben Sie? Die Österreicher waren nach 1945 noch genauso antisemitisch wie vor 1945. Alle hatten Angst, dass sie das ergaunerte Vermögen wieder herausrücken müssen. Das meiste ist ohnehin auf irgendwelchen Schweizer Nummernkonten gelandet. Da liegt es noch heute, tief unter dem ehrwürdigen Paradeplatz in Zürich."

„Aber Ihre Familie ist doch entschädigt worden?"

„Pah!" Grünsteidl hustete wieder. „Dass ich nicht lache! Wir durften großzügigerweise wieder in der Kandlstraße wohnen. Zur Miete. Dabei hat uns das ganze Haus mal gehört! Aber das besaß jetzt die Eisenbahn. Und später dieser Baric, der Blutsauger."

„Blutsauger?" Alfred war stehengeblieben. Der Weg führte schon wieder bergauf.

„Blutsauger, Immobilienhai, Menschenschinder – suchen Sie sich was aus, Neffe!"

„Aber er hat doch Ihren Sohn jahrelang sehr billig in der Kandlgasse wohnen lassen."

„Ja ja, uns auch, und für den kleinen Laden zur Straße mussten wir auch nicht viel zahlen. Na und? Es war verdammt nochmal früher unser Haus! Aber davon wollte Baric nichts hören. Er berief sich wie die Scheiß-Bundesbahnen auf irgendwelche Steuerbescheide aus den Dreißigerjahren. Alles gefälscht! Da gab es einen Nazi im Finanzamt, der hatte meinem Vater Ende 1938 eine angebliche Steuerschuld von 450.000 Reichsmark präsentiert. Die mussten wir durch den Verkauf des Hauses auslösen, bevor sie uns nach Schweden haben ausreisen lassen. Und dann noch diese absurde Reichsfluchtsteuer und all die anderen Schikanen. Als wir in Malmö ankamen, waren wir arm wie die Kirchenmäuse." Grünsteidl hatte sich in Rage geredet. Er fuchtelte mit den Armen durch die Luft.

„Und wie ging es dann weiter?"

„Sie haben uns beschimpft und hingehalten, diese Bagage! Rückten nichts raus, keine Akten, nichts. Mit dem Steuerbescheid sei alles in Ordnung, hieß es, und wir hätten unser Haus rechtskräftig an die Deutsche Reichsbahn verkauft. Wir sollten uns brausen gehen. Wir hätten wieder nach Schweden zurückgehen sollen. 180.000 Juden haben 1937 in Österreich gelebt. Und heute? 8.000. Und die wäre man auch am liebsten wieder los." Grünsteidls erneuter Hustenanfall wollte kein Ende mehr nehmen.

„Ich fürchte, wir sollten wieder zurück, Herr Grünsteidl."

Grünsteidl hustete und hustete. Alfred beschleunigte seinen Schritt. Nicht, dass ihm der Alte hier mitten im Wald unter den Händen wegstarb. Als sie in Sicht des Seniorenheims waren, murmelte Grünsteidl: „Dann hat mein Vater klein beigegeben. Hat sich mit dem Baric geeinigt. Da ist ein wenig Geld geflossen und er hat mit uns diese Verträge gemacht. Papa hat eine Verzichtserklärung unterschrieben. Das hab ich nie verstanden. Und Immanuel erst recht nicht. Der will heute noch die ganze Mischpoke verklagen. Die haben uns ausgeplündert. Zweimal! 1938 und 1968."

Alfred chauffierte David Grünsteidl mit dem Fahrstuhl in den ersten Stock. Im Zimmer angekommen, nahm er die angebrochene Pralinenschachtel aus der Nachttischschublade, drückte sie dem alten Mann in den Schoß und verabschiedete sich.

„Komm bald wieder, Neffe", krächzte der völlig erschöpfte Greis. „War nett, mit dir zu plaudern."

Am nächsten Tag stand Alfreds lange geplanter Ausflug in den Wagram auf dem Programm, um mit einem Architekten vor Ort die Möglichkeiten für den Ansitz seines Schwiegervaters zu besprechen. Barbara begleitete Alfred. „Ich muss mal raus", hatte sie gesagt. „Abschalten."

Auf der Fahrt nach Krems, wo sie den Architekten abholen wollten, erzählte sie ihm von ihrer Begegnung mit dem Betonmischer.

„Du bist wirklich bis zum Hals in flüssigem Beton gesessen?", fragte Alfred.

„Keine angenehme Erfahrung."

„Kann ich mir vorstellen. Und du bist dir sicher, dass es nicht nur ein blöder Unfall war?"

„Ja."

„ Das geht also weiter."

„Mmh."

„Warum?"

„Gute Frage."

„Dein Vater kann es definitiv nicht sein. Wer dann?"

„Jemand aus der Firma, dem es nicht passt, dass ich das Steuer übernommen habe."

„Ein Nachahmungstäter?"

„Oder er war es die ganze Zeit."

„Fuhrmann?"

„Wie kommst du denn auf den?"

„Nun", Alfred drehte den CD-Player leiser. „Der war immerhin die rechte Hand deines Vaters."

„Jetzt ist er meine rechte Hand."

„Vielleicht wäre er gerne der Chef geworden."

„Er verhält sich jetzt ziemlich reserviert mir gegenüber. Aber nicht feindlich."

„Und was ist mit Ferdinand Wagner?"

„Genau! Ferdl mietet sich einen Frischbetontransporter, wartet, bis ich über den Gürtel fahre, und arrangiert einen Auffahrunfall, um sich an mir dafür zu rächen, dass ich ihn verlassen habe." Barbara blickte Alfred an. „Blödsinn."

„Genauso Blödsinn, dass ein anderer diese Taktik verfolgt hätte."

Barbara kramte in ihrer Handtasche und zog einen der quadratischen Zettel heraus. Sie hielt ihn Alfred hin. „Kam mit der Post, jetzt sind es sechs Striche."

„Zwei Dreiecke, die mit der Spitze aneinanderstoßen. Sieht ein bisschen aus wie ein B."

„Genau. B wie Baric."

„Will uns damit jemand etwas sagen? Ich habe auch so einen Zettel bekommen. Nach dem Tod deines Vaters."

„Du?"

„Seltsam, nicht? Auf alle Fälle beweist es, dass die Fälle zusammenhängen, der Mord, die Anschläge und, man muss es wohl so nennen: der Mordversuch an dir. Ich würde dir raten, damit endlich offiziell zur Polizei zu gehen."

„Ich mag diesen Gehrlinger nicht."

„Ich auch nicht", seufzte Alfred.

In Krems holten sie den Architekten Kraushaar in seinem Büro ab. Die Donau funkelte im Licht der Maisonne. Die Weinberge zogen sich zwischen den Trockenmauern steil die Berge hinauf.

„Herrlicher Tag!", rief Kraushaar. „Genau richtig für einen Ausflug aufs Land!"

„Darf ich vorstellen, Barbara Baric, Hubert Kraushaar", sagte Alfred.

„Oh, die berühmte Barbara Baric aus Wien?“, lächelte der Architekt. Er trug einen Janker zu seiner Jeans und wirkte sehr jung und dynamisch.

Barbara lächelte: „Genau, Baric Bau.“

„Wusste gar nicht, dass die Baric Bau jetzt auch Weingüter restauriert.“

„Tun wir auch nicht, meine Anwesenheit ist rein privater Natur.“

Dann stiegen sie in ihre Autos. Kraushaar fuhr mit seinem Audi A6 hinter ihnen her, bis sie in dem kleinen, hübsch am Berg gelegenen Ort Baumgarten am Wagram angekommen waren. Vor einem alten Gutshof blieb Alfred stehen. Das Haus befand sich in keinem guten Zustand. Das Dach wies Löcher auf, vor dem Haus lagen gesprungene Schindeln. Die Fenster waren alle kaputt, die Mauern feucht.

Sie marschierten gemeinsam durch das Erdgeschoß, stiegen über eine gefährlich knarrende, aber großzügig ausschwingende Treppe in den ersten Stock, stellten sich auf einen sehr breiten Balkon, der den Blick ins Tal freigab, prüften die veralteten Armaturen im Badezimmer, klopften im Dachboden gegen die losen Schindeln und umkreisten zum Schluss das Haus, um schließlich in einem uralten Obstgarten stehenzubleiben.

„Kann man das Gebäude retten?“, fragte Alfred den Architekten.

„Auf jeden Fall. Die Substanz ist noch in Ordnung, auch wenn das auf den ersten Blick nicht so aussieht. Aber ein wenig Farbe könnte viel bewirken. Außerdem ist das Haus samt Außenlagen von erheblichem historischem Wert. Da können Sie mit Unterstützung, auch finanzieller Art, durch das Bundesdenkmalamt rechnen.“

„Klingt gut“, sagte Alfred.

„Freu dich nicht zu früh“, sagte Barbara. „Wenn das Denkmalamt zahlt, wollen sie auch mitreden. Dann musst du mit denen über jeden Fensterrahmen diskutieren.“

„Und denken Sie an diesen barocken Garten“, ergänzte Kraushaar. „Den möchten die wahrscheinlich originalgetreu wiederhergestellt haben. Die alte Wegeführung ist noch deutlich zu erkennen.“

„Habe nichts gegen barocke Gärten“, sagte Alfred. „Aber leider mein Schwiegervater. Dem schwebt mehr so ein neo-barocker Landhausstil mit angrenzenden Weingärten vor. Pflegeleicht, aber sehr beeindruckend. Wohin er seine Golffreunde einladen kann. Sicher werden sie dann diese Angeberweine aus Kalifornien oder noch besser aus der Toskana verkosten. Die mit diesen unaussprechlichen Namen. Lauter überteuerte Fruchtbomben von alteingesessenen, natürlich adeligen Familien. Von den bodenständigen Weinen hier ringsum werden die Herren Namedropper nichts wissen wollen. Die haben von Herrn Parker keine 90 Punkte bekommen. Und unter 90 Punkten machen die keine Flasche auf.“

„Der Bründlmayer kann da schon mithalten“, unterbrach Barbara Alfreds kleinen Ausbruch.

„Na klar, der Bründlmayer. Und vielleicht noch der Hirtzberger aus Spitz an der Donau. Aber ich wette, den kennt Friedrich schon nicht mehr. Und was Friedrich nicht kennt, kommt nicht auf den Marmortresen seines Scheißverkostungskellers.“

Architekt Kraushaar sah Alfred etwas irritiert an. Barbara grinste still vor sich hin. Dann räusperte sich der Architekt und sagte: „Also von Marmor war in den Vorbereitungsgesprächen mit Herrn von Pokorny nicht wirklich die Rede.“

„Na, da bin ich ja beruhigt", sagte Alfred. „Ich hoffe, dafür kam ein wenig gebürstetes Aluminium in diesen Gesprächen vor."

„Ja, von gebürstetem Aluminium war in der Tat die Rede."

Alfred blickte den Architekten an. Dann prustete Barbara los und die beiden Männer fielen in ihr Lachen ein.

Am Ende sagte Alfred: „Ich sehe schon, auf Sie kann ich mich verlassen, Herr Kraushaar."

„Können Sie, Herr Brinkmann, ich werde Ihrem Schwiegerpapa die schlimmsten Verirrungen schon ausreden. Wir lassen uns doch den schönen Wagram oder wo immer er sich niederlassen wird – das Burgenland ist ja auch noch im Gespräch – von einem neureichen Piefke nicht verhunzen."

„So neureich ist mein Schwiegervater gar nicht. Das ist eher altes Geld, mehrere Generationen. Seine Anzüge lässt er bei Knize am Graben schneidern."

„Na bitte, dann besteht ja noch Hoffnung", sagte Barbara.

Wenig später stieg der Architekt in seinen Audi und brauste davon.

„Der sieht eigentlich aus, als würde er die Protzpläne meines Schwiegervaters eins zu eins umsetzen", sagte Alfred.

„Never judge a book by its cover", sagte Barbara.

„Naja, du stehst ja auf smarte Jungdynamiker", sagte Alfred.

„Stand, Alfred, stand, das ist Geschichte", lachte Barbara. „Jetzt suche ich mehr nach dem poetischen Typ." Damit hängte sich Barbara bei ihm unter und sagte: „Jetzt zeig mir bitte die Hauptsache, weswegen wir hier sind: den Wein."

„In gepflanzter Form? Oder flüssig?"

„Erst gepflanzt."

Alfred führte Barbara durch einen Hohlweg, der sich zwei Meter tief in den Löss des Wagram gefressen hatte, in die Rieden etwas außerhalb Baumgartens.

„Diese Weingärten gehören auch zum Gut?", fragte Barbara und ließ den Blick begeistert über das zarte Grün der abfallenden Hänge zu ihren Füßen schweifen.

„Nicht alle. Aber die hier auf der linken Seite schon. Insgesamt etwa acht Hektar. Sind zurzeit an einen Weinbauern in der Gegend verpachtet. Der hat mich bei meinem ersten Besuch ein wenig herumgeführt. Hier wachsen Grüner Veltliner – und Frühroter Veltliner, eine seltene regionale Sorte. Daneben noch Weißburgunder und Zweigelt."

„Da bekommt man richtig Durst", lachte Barbara. „Ob wir um die Mittagszeit schon einen Heurigen finden, der geöffnet hat?"

„Glaube ich kaum, die machen erst ab drei auf. Aber ich habe etwas anderes ins Auge gefasst. Wie sieht es mit deinem Hunger aus?"

„Immer."

„Darf es wieder was Deftiges sein? Stelze kann ich dir zwar nicht bieten, aber ganz hervorragende Grillhendl an einem etwas speziellen Ort."

„Sounds good, let's go!"

Bald saßen sie in einem recht finsteren Gewölbe, das man vor vielen Jahren in den Sandstein des Wagram geschlagen hatte und das vom durchdringenden Geruch gegrillter Hähnchen durchzogen war. An der Stirnseite drehten sich unzählige Hühner vor glühender Kohle. Alfred und Barbara saßen auf einer der schlichten langen Bänke, umgeben von Einheimischen, die sie zunächst misstrauisch musterten, sich dann aber ihren Achterln und den Speisen zuwandten, die neben den Grillhendln aus Krautsalat und Erdäpfelsalat bestanden. Nach nur kurzer Wartezeit hatten auch Alfred und Barbara so etwas vor sich stehen. Der Wein war einfach, das Hendl knusprig und scharf.

Als sie eine Stunde später das Kellergewölbe verließen, schnupperte Barbara an ihrer Bluse. „Puh, die stinkt vielleicht."

„Tja, Klimaanlagen kennt man hier noch nicht", sagte Alfred.

Nach einem kleinen Fußmarsch, vorbei am Maibaum des Dorfes, setzten sie sich in die Sonne im Innenhof. Sie waren die ersten und einzigen Gäste. Hinten konnten sie durch eine offenstehende Scheunentür auf die großen Stahltanks blicken, in denen der Veltliner reifte, von dem sie auch gleich probieren wollten.

Die Sonne wärmte, die Winzersgattin brachte beiden ein Stück selbstgebackenen Kuchen, der den Weinen ihres Mannes in nichts nachstand. Hodler setzte sich später zu ihnen und erzählte, dass er und sein Sohn es jetzt mit Merlot versuchten. Der gedeihe prächtig auf dem sandigen Lössboden, obwohl er natürlich eigentlich, von der Tradition her, nicht in diese Gegend gehöre.

„Aber wenn sie im Burgenland Shiraz und Cabernet Sauvignon erfolgreich anbauen und für teures Geld verkaufen, warum sollen wir es am Wagram nicht mit Merlot probieren? Das Terroir passt hervorragend zu dieser Rebe", sagte Hodler und brachte ihnen sogleich eine Probe des Experiments.

So wurde es Abend, Frau Hodler servierte verschiedene Aufstriche und Sülze mit Kürbiskernöl. Irgendwann stellte sich die Frage der Heimfahrt. Im Dorf wartete Alfreds Saab, aber man kam überein, dass beide zu betrunken waren, um noch zu fahren. Was tun? Der Winzer bot ihnen ein Zimmer an. Leider hatte er nur eins. Mit einem Doppelbett. Einem schmalen. Barbara blickte Alfred an und Alfred Barbara. Beide lachten. Alfred fragte Hodler, ob es nicht eine Pension oder ein Hotel in der Nähe gebe. In Großweikersdorf sei ein Gasthof, antwortete der, aber da müssten sie auch mit dem Auto hinfahren. Und Taxis gebe es keine.

„Ich kann Sie natürlich fahren ...“, bot Hodler an.

„Nix da, Gerhard“, widersprach seine Frau. „Du hast getrunken! Und ich leider keinen Führerschein.“

Alfred und Barbara baten sich Bedenkzeit aus und orderten noch einen halben Liter Merlot.

„Schmeckt er Ihnen also?“, fragte Hodler und brachte ihnen eine neue Karaffe.

Beim Merlot wurde Barabara plötzlich melancholisch, nachdem sie Alfred den ganzen Tag über sehr ausgelassen erschienen war. Barbara begann von ihrer Kindheit zu erzählen – und erstmals auch von ihrer Mutter. Alfred wurde aus den Erzählungen zunächst nicht richtig schlau. Einerseits schien die kleine Barbara ihre Mutter vergöttert zu haben, andererseits hatte sie sich von ihr vernachlässigt gefühlt und sich deshalb stark an ihren Vater gehängt. Doch der hatte mit solchen Gefühlen nichts anfangen können.

Alfred berichtete Barbara, dass ihr Vater sehr liebevoll von ihrer Mutter gesprochen habe. Dass sie seine große Liebe gewesen sei.

„Ach was!“, rief die erbost. „So etwas wie Liebe kannte Vater gar nicht! Der kannte nur Sex und Titten, je größer, desto lieber. Er hat meine Mutter nicht geliebt, er hat mich nicht geliebt, Beton-Willy hat niemanden geliebt und wurde von niemandem geliebt. Und daran ist er schließlich zugrunde gegangen.“

„Dann wäre er sehr einsam gewesen.“

„So einsam, wie er es verdient hat!“

„Niemand verdient es, einsam zu sein."

„Mein Vater schon."

Sie winkte Hodler und schwenkte mit der leeren Karaffe. Der eilte herbei und brachte noch einen halben Liter.

„Eia poppeia, wenn er fällt, dann schreit er. Kennst du das Spiel, Alfred?"

Alfred nickte.

„Das hat Papa mit mir gespielt, jahrelang. Bis eines Tages daraus Ernst wurde."

„Seid ihr vom Pferd gefallen?"

„Er ist mir an die Wäsche gegangen. Da war ich neun."

Alfred schwieg. Was sollte man auf so einen Satz sagen?

„Mama tat so, als würde sie nichts merken. Ich traute mich nicht, mit ihr darüber zu reden. Dann starb sie und alles wurde noch schlimmer. Mit dreizehn hörte es dann schlagartig auf."

„Hast du mit ihm darüber gesprochen, später, meine ich?", fragte Alfred leise.

„Nein. Nie. Was gibt es da zu reden?"

Alfred nahm einen Schluck vom Merlot.

Barbara schwieg. Dann lachte sie. „Aber jetzt bin ich ja ein großes Mädchen, was! Und Papa ist tot. Liegt neben Mama in der Familiengruft. Friede seiner Seele."

Alfred blickte Barbara an. Gut, sie war ein bisschen betrunken.

„Hast du darüber mal mit einem Fachmann gesprochen? Einem Arzt? Oder einem Psychologen?"

„Klar, mit mehreren. Prima Sache, solche Sitzungen. Man kotzt sich aus, die nicken bedächtig und sagen: Die Stunde ist um, Frau Baric, bis nächste Woche."

„Die konnten dir nicht helfen?“

„Ich brauche keine Hilfe, Alfred.“ Barbara nahm einen kräftigen Schluck aus ihrem Glas. Dann schenkte sie beiden nach, hob ihr Glas und stieß es an Alfreds. „Prost, Alfred. Auf die starken Frauen und Männer. Auf uns!“

Alfred erhob sein Glas halbherzig und trank mit. Für seinen Geschmack hatten sie jetzt genug getrunken.

Dann brach Barbara in Tränen aus. Alfred hatte es kommen sehen.

„Bring mich ins Bett, Alfred, mein Beschützer.“ Es klang so theatralisch, wie es wahrscheinlich gemeint war. Alfred winkte dem Winzer und bat ihn, ihnen das Zimmer zu zeigen. Hodler ging vor, Barbara lehnte an Alfreds Schulter, beide Arme um ihn geschlungen. Alfred hatte Mühe, mit ihr die schmale Stiege in den ersten Stock hinaufzukommen. Hodler öffnete eine niedrige Tür und wies in ein Zimmer mit einem wirklich nicht sehr großen Bett. Er machte eine entschuldigende Geste und sagte: „Wir vermieten offiziell keine Gästezimmer. Das ist nur für Notfälle.“

„So einer liegt vor“, sagte Alfred und lächelte. Hodler lächelte ebenfalls, was auch immer er dabei denken mochte.

Barbara ließ sich auf das Bett sinken und blieb mit hängendem Kopf wie ein Häuflein Elend sitzen.

„Ich bin betrunken. Ich bin traurig. Ich kann mich nicht alleine ausziehen“, sagte sie und hob ihre Arme. Was sollte Alfred tun? Er zog sie aus, wie man ein kleines Kind entkleidet. Zumindest versuchte er sich das einzureden. Das gelang ihm jedoch endgültig nicht mehr, als sie darauf bestand, dass er ihr den BH aufhakte. Aber er beschloss, standhaft zu bleiben. Erstens hatte er nicht vor, Cordula zu betrügen. Er ging ja auch nicht davon aus, dass sie ihn mit diesem Bankenmenschen hinterging. Warum sollten sie? Es wäre geschmacklos. Vor allem das.

Außerdem konnte er sich nicht vorstellen, dass Barbara nach ihrem Geständnis wirklich Lust auf Sex hatte. Sie ließ sich auf ihre Seite des schmalen Bettes fallen. Doch als auch er unter die Decke kroch – es gab nur eine – kuschelte sie sich sofort an ihn. Gut, kuscheln durfte sein, dagegen hätte wahrscheinlich auch Cordula keine Einwände. Doch Barbara blieb nicht beim Kuscheln. Und Alfred reagierte sofort, er konnte nichts dagegen machen. Als Barbara weitermachte, wirbelten tausend sich widersprechende Argumente durch sein merlotvernebeltes Hirn. Die aber nur davon ablenken wollten, was sein Körper, vor allem ein ganz bestimmter Teil seines Körpers, wollte. Als er sich dazu durchrang, diesem Körperteil nachzugeben, stieß ihn Barbara von sich.

„Was fällt dir ein, Alfred!", rief sie, als wäre er dabei, sie zu vergewaltigen.

„Entschuldige, Barbara", murmelte Alfred. „Ich dachte ..."

„Was hast du gedacht? Ich hätte Bock auf Sex? Während ich an meinen lieben Vater denke?"

„Nun, du hast ..."

„Ich habe gar nichts!" Barbara sprach immer noch recht laut. Litt sie an einer Persönlichkeitsspaltung? War sie volltrunken? Aber ihre Artikulation war so klar wie seit Stunden nicht mehr.

Alfred setzte sich auf. „Was soll das, Barbara?", fragte er. „Erst machst du mich an und jetzt spielst du die Entrüstete?"

„Ich? Dich anmachen? Bild dir doch nichts ein!"

Alfred war sprachlos. Dann sagte er leise: „Barbara, alles ist gut. Es ist nichts passiert."

„Gott sei Dank. Aber es war kurz davor.“

„Und selbst wenn? Wenn hier einer ein Problem damit bekommen hätte, dann wohl eher ich.“

Barbara sagte nichts mehr. Sie drehte Alfred ihren Rücken zu und tat so, als ob sie schliefe. Schlafen war wahrscheinlich wirklich das Beste. Aber wie sollte er in diesem schmalen Bett schlafen können? Er hasste es, mit jemandem seine Decke teilen zu müssen. Vor allem, wenn dieser jemand eine unberechenbare weibliche Person war, die entweder tatsächlich zur Hysterie neigte oder manisch-depressive Züge an den Tag respektive an die Nacht legte.

Es dauerte lange, bis Alfred einschlief. Die Gedanken marschierten durch seinen Kopf. Immer wieder war er versucht, einfach aufzustehen, sich anzuziehen, seinen Autoschlüssel zu nehmen und zu verschwinden. Aber etwas hielt ihn zurück. Das Gefühl, dass er noch ein paar Fragen an Barbara hatte? Unangenehme Fragen? Oder dass ein Gentleman eine Frau nicht ohne Auto auf einem Winzerhof in Niederösterreich zurücklässt? Egal, wie seltsam diese Frau sich benimmt? Aber seit wann zählte sich Alfred zu den Gentlemen? Sein letzter Gedanke galt Cordula und der beruhigenden Erkenntnis, dass er ihr nichts zu beichten und sich nichts vorzuwerfen hatte. Eigentlich.

Alfred lief durch die Stadt. Er hatte es mit dem Café Hummel probiert, aber es hatte keinen Sinn gehabt. Er schaffte kaum seine Melange. Es trieb ihn hinaus. Er musste sich bewegen, denken, zu einer Entscheidung finden.

Er ließ sich durch die Stadt treiben, ließ sich von den Schönheiten der alten k.u.k-Metropole einfangen, von der harmonischen, sandgestrahlten Oberfläche Wiens. Für heute blendete er allen geschichtlichen Ballast, den diese Gebäude mit sich herumschleppten, einfach aus. Er dachte auch nicht darüber nach, in welchen dieser Häuser einst Juden gewohnt hatten und wer da jetzt drin wohnte und von nichts wissen wollte seit mehr als sechzig Jahren.

Er dachte über die vorige Nacht nach. Am Morgen waren sie sehr früh erwacht und Barbara hatte so getan, als wäre nichts geschehen. Da in Alfreds Kopf die Gedanken immer noch kreuz und quer herumliefen, ging er darauf ein. Es war einfacher so. Sie tranken in der Koststube einen schnellen Kaffee, dann fuhren sie die Dreiviertelstunde zurück nach Wien.

Während der Fahrt fragte er sie noch einmal nach dem Zwischenfall mit dem Betonmischer.

„Komisch, dass man darüber nichts in der Zeitung gelesen hat ...", sagte Alfred.

„Die haben nichts darüber geschrieben?"

„Da gibt es am Gürtel mitten in der Stadt einen spektakulären Auffahrunfall, bei dem ein Auto mit Beton vollläuft. In dem Auto sitzt eine stadtbekannte Unternehmerin, die vor Kurzem noch im Mittelpunkt einer Pressekampagne stand. Und das lässt sich der Morgenkurier entgehen?"

„Was willst du damit andeuten, Alfred?“

„Ich will damit andeuten, dass du mir einen Bären aufgebunden hast. Dass es diesen Betonmischer nie gegeben hat.“

„Und der Zettel?“

„Den hast du selbst geschrieben.“

„Absurd!“, schnaubte Barbara.

„Absurd wie so manches, was in letzter Zeit geschehen ist.“

Den Rest des Weges nach Wien schwiegen sie. Alfred lieferte Barbara am Schwedenplatz ab, stellte sein Auto in eine Seitengasse der Lerchenfelder Straße und ging in die Wohnung, wo er auf Cordula traf.

„Das war aber ein langer Ausflug ...“, zischte sie.

„Bitte, Cordula“, stöhnte Alfred.

„Was soll das heißen?“

„Dass nichts passiert ist.“

„Was hätte denn passieren können?“, fragte Cordula spitz. „Oder gar passieren sollen?“

Alfred holte sich auch einen Kaffee. „Wir hatten zu viel getrunken und haben beim Hodler in einem Gästezimmer übernachtet. Alles ganz harmlos. An sich.“ Er setzte sich zu seiner Frau an den Küchentisch, wo sie vor einer leeren Kaffeetasse saß. „Hör mal, Cordula. Barbara hat mir eine ganz komische Geschichte erzählt. Eigentlich hat sie mir viele komische Geschichten erzählt, seit ich sie kenne. Die seltsamste handelte von ihrem Vater. Der hat sie angeblich jahrelang missbraucht.“

„Was?“ Cordula sah ihn entsetzt an.

„Ja. Hat sie jemals dir gegenüber Andeutungen in dieser Richtung gemacht?“

Cordula starrte Alfred an.

„Die Arme“, sagte sie dann.

„Du hältst das also für vorstellbar?“

Cordula sagte nichts und starrte in ihre leere Tasse.

„Möchtest du noch einen Schluck?“

Cordula nickte. Alfred stand auf und schenkte seiner Frau nach. Dann sagte er: „Wenn das nämlich stimmt, wirft das ein völlig neues Licht auf den Fall.“

„Hast du’s auch schon gemerkt?“

Alfred nickte langsam.

Jetzt passierte er auf der Josefstädter Straße das Theater. Hier hatte er vor Kurzem mit Cordula ein Stück von Thomas Bernhard gesehen. Seinem österreichischen Lieblingsautor. Ausgerechnet hier, in der plüschigen Hochburg des Wiener Bürgertums, wurden seine Stücke zur Gaudi eben dieses Bürgertums aufgeführt, das er in seinen Stücken scharf angriff. Bernhard wird gewusst haben, warum er in seinem Testament ein Aufführungsverbot all seiner Stücke in Österreich verfügt hatte. An das man sich natürlich nicht hielt.

Alfred vages Ziel für den Tag war, ein Feuilleton für das Abendblatt über Bernhard und die Kaffeehauskultur zu schreiben. Arbeit als Ablenkung, das funktionierte meistens. Das Café Eiles passierend, kam Alfred am Parlament vorbei. Nein, heute keine Betrachtungen zu den absurden Kabbalen der österreichischen Innenpolitik. Je kleiner ein Land, desto lächerlicher seine Politiker. Und Bronner wünschte ausdrücklich nichts Politisches. Weil er es Alfred nicht zutraute? Oder weil die österreichische Politik in Berlin niemanden interessierte?

Scheiß auf Bronner, let your brain flow, dachte Alfred. Jetzt protzte er auch schon in Englisch wie Ms. Baric. Alfred kreuzte die Ringstraße und betrat den Volksgarten. Wie immer blieb er stehen und holte tief Luft. Dieser Duft! Alfred schritt an unzähligen blühenden Rosen entlang. Manche dufteten sehr intensiv, andere kaum. Sie trugen Namen wie „Perle vom Wienerwald", „Goldfinger" oder „Werners Liebling". Letztere duftete besonders stark. Alfred schnupperte. Vor den Rosen standen Stühle und Bänke, auf denen sich Menschen in der vormittäglichen Sonne entspannten. Alfred setzte sich zu ihnen.

Aber es hatte immer noch keinen Sinn. Er musste weiter. Was war mit Barbara wirklich los? Und wie stand er zu ihr? War da letzte Nacht wirklich nichts passiert? Er fand sie attraktiv, keine Kunst bei ihrem Kleidungsstil und ihrer Figur. War da mehr? Hatte er sich in sie verliebt? Das Spargelessen. Hatte sie ihn da nicht angemacht? Hatte sie ihn nicht die ganze Zeit angemacht? Hatte ihn das blind für anderes gemacht, was er nicht sehen sollte, nicht wahrhaben wollte? War das Barbaras Absicht gewesen? Er kam sich mittlerweile wirklich wie Kevin Costner vor, nur in der dritten Liga.

Mittlerweile hatte Alfred den Park verlassen und querte den Heldenplatz. Wieder blieb er stehen und ließ den Blick schweifen. Was für ein Raum, was für eine große unbebaute Fläche, was für ein Luxus mitten in der Stadt. Dieser Panoramablick zwischen Burgtheater, Rathaus, Naturhistorischem Museum und Hofburg existierte seit mehr als 120 Jahren, seit man die Stadtmauer und die Bastionen geschleift hatte. Und niemand wäre auf die Idee gekommen, ihn zu verbauen. Dieses Raumerlebnis weitete Alfreds Seele jedes Mal, wenn er hier vorbeikam. Barbara, der Mord, die traurige Familiengeschichten der Barics und der Grünsteidls und seine wie auch immer geartete Verstrickung in diese Vorgänge – alles rückte ein wenig von ihm ab.

Alfred durchschritt den Torbogen der alten Hofburg, querte einen schönen Innenhof mit Brunnen und stand kurz unter der Kuppel der Neuen Hofburg. Wie immer spielte in der Passage, die dieser Kuppelbau bildete, der ein wenig an den Petersdom erinnerte und wohl auch erinnern sollte, ein arbeitsloser, begabter Musiker aus dem Ostteil Europas. Heute war es eine Cellistin, die etwas von Mozart oder Haydn zu Gehör brachte. Ein Schild hinter ihr an der Hauswand wies zu den ehemaligen Gemächern Kaiserin Sissis. Gegenüber kam man zu den Lipizzanern. Alfred befand sich an einem Brennpunkt des touristischen Wien. Auf dem runden Michaelerplatz mit Blick auf das Loos-Haus, wo wie immer im Halbkreis die Fiaker auf Kundschaft warteten und als Mozart verkleidete Menschen Touristen zum Besuch eines Konzertes des Wiener Renaissanceorchesters überreden wollten, holte er sein Handy heraus und rief Richard Blumenauer an.

„Guten Morgen, hier Alfred. Was treibst du gerade? ... Nichts Wichtiges? Dann lade ich dich auf ein zweites Frühstück in den Bräunerhof ein ... Ja, ich brauche deinen Rat ... Ja, eher privat ... Super, bis gleich."

Alfred brauchte zum Denken ein Gegenüber. Sonst würden seine Gedanken weiter ziellos durcheinandermäandern. Der Bräunerhof lag gleich um die Ecke. Als Alfred dort eintraf, setzte er sich genau unter das Porträt von Thomas Bernhard, der hier angeblich immer gesessen hatte. Alfred zog „Wittgensteins Neffe" aus der Tasche. Das Buch hatte er mitgenommen, um für seinen Artikel zu recherchieren. Bernhard berichtete von seiner „Kaffeehausaufsuchkrankheit" und dass er das Kaffeehaus immer gehasst habe und trotzdem unentwegt drin herumsaß. Eine sehr österreichische Dialektik. Ihm ging es ganz ähnlich. Alfred blickte sich um. Nichts mehr zu sehen von den berühmten Kaffeehausliteraten. Niemand schrieb hier an berühmten Werken, höchstens an einer Ansichtskarte. Man plauderte. Las Zeitung, seltener ein Buch. Trotzdem war der Bräunerhof neben dem Hummel Alfreds Lieblingscafé. Es war immer noch ein inspirierender Ort.

Alfred rührte in seiner Melange und wartete auf die Inspiration. Auf eine Idee, über was er für Bronner schreiben sollte. Und was er im Fall Baric machen sollte. Der jetzt vielleicht zum Fall Barbara geworden war. Sollte, musste er nicht zur Polizei gehen?

Alfred griff zu einer österreichischen Tageszeitung, die ein Gast am Nachbartisch zurückgelassen hatte, und blieb an einem Artikel hängen, in dem es um die durchschnittliche Geschwindigkeit ging, mit der sich Fußgänger durch Städte bewegten: „In Berlin legen die Passanten im Schnitt 1,44 Meter pro Sekunde zurück. In Wien nur 1,39 Meter", stand da. Na bitte, dachte Alfred, da hatte er sein Thema für das „Abendblatt", das war noch besser als Bernhard. Schnell zog er sein Notizbuch heraus und schrieb:

„Die Wiener sprechen also nicht nur langsamer – weil sie jeden Umlaut zu einem mindestens dreifachen Laut, kombiniert mit einem Diphthong, machen müssen. Aus dem hochdeutschen ‚was?' mit Normal-‚a' machen die Norddeutschen ein zackiges ‚wasss?' mit Hochgeschwindigkeits-‚a' – und die Wiener ein barockes ‚wooaas?', in dem nicht nur die Verwunderung eines an Veränderung nur unwillig beteiligten Großstädters in Alpenrandlage zum Ausdruck kommt, sondern auch die Lust an der Modulation, an der Sinnlichkeit des Sprechens, ohne Rücksicht auf eventuelle Inhalte. Und das braucht seine Zeit. Die sich die Wiener trotz ihrer exorbitanten Lust am Schimpfen einfach nehmen. Norddeutsche Schnellsprecher, deren Bemerkungen und Anweisungen in maschinengewehrartigen, hoffentlich freundlich gemeinten Satzsalven untergehen, wird man in Wien nicht finden."

Das wird Bronner gefallen, dachte Alfred. Besser als Artikel über unappetitliche Künstler. Und schön unpolitisch. „Berichten Sie von den k.u.k.-Sonderlichkeiten“, hatte der Chefredakteur gesagt. „Sie wissen schon: amüsant, nicht zu schwer, die Klugheit verstecken Sie zwischen den Zeilen.“ Dann hatte Bronner meckernd gelacht. „Oder bleiben Sie beim Kulinarischen. Das lesen die Leute am liebsten und das können Sie ja auch am besten.“

Beim Gedanken an Bronner gerieten Alfred sofort ein paar Spitzen gegen Berlin in den Text: „Das Zentrum von Wien kann man gemütlich in weniger als einer halben Stunde diagonal durchschreiten. Das ist in Berlin unmöglich. Zunächst: Welches Zentrum könnten wir dort meinen? Es gibt mindestens zwei, mit dem Potsdamer Platz drei, und man weiß nicht, wo sie anfangen und aufhören. Und dann sind die Straßen auch in der Innenstadt oft so breit, als hätten sie Autobahnen werden sollen (was einige auch bis in die Siebzigerjahre werden sollten). Hier fühlt man sich als Fußgänger so überflüssig, dass man diese Orte im preußischen Stechschritt schnell hinter sich bringen will. Nur am Kudamm oder in der unmittelbaren Umgebung des Hackeschen Marktes und einigen wenigen Einkaufsstraßen in den einzelnen Bezirken kann man wirklich zu Fuß flanieren.

Anders in Wien: Hier wirkt fast das ganze Stadtgebilde, nicht nur der erste Bezirk, wie Berlin nur sehr selten: kompakt, kleinteilig, urban in einem wahrscheinlich altmodischen, europäischen Sinn. In Wien hat man das Gefühl, dass Autos und sogar Fahrräder eher zu den unerwünschten, weil zu raschen, in die Stadtstruktur nicht passenden Utensilien gehören. Den Fußgängern kann es egal sein, dass in Wien fast jede Gasse eine Einbahnstraße ist, weil sie zu schmal ist, um Gegenverkehr zuzulassen. Was das Auto- und Radfahren zumindest für Nichteinheimische trotz überwiegend rechtwinkligem Straßennetz zu einer Herausforderung des Orientierungssinnes macht. Der direkte Weg führt in Wien nie zum Ziel. Man muss immer erst zweimal rechts abbiegen, um dann wieder zweimal links abzubiegen, statt einfach geradeaus fahren zu dürfen. Man ahnt: Das dauert."

„Servus, Alfred!" Richard Blumenauer riss Alfred aus seinen Sätzen.

„Servus, Richard."

„Was schreibst denn? Dein Geständnis?"

Alfred lachte. „Nur ein paar Zeilen für das ‚Abendblatt'."

Der Ober erschien und Blumenauer bestellte Ham & Eggs, Alfred geröstete Knödel.

Nach einigen Präliminarien sagte Alfred: „Ich weiß jetzt, warum dieser Grünsteidl so wütend ist." Er berichtete von den Arisierungen und dem Mietvertrag und dass Baric einen Deal mit den Grünsteidls eingegangen sei, den jetzt sie, also die Pokorny'sche Liegenschaftsgesellschaft, gebrochen hat. Deswegen sei er so wütend auf Alfred, Cordula und Pokorny.

Die gerösteten Knödel und das Spiegelei mit Speck kamen.

„Aber deshalb wollte ich gar nicht mit dir sprechen. Grünsteidl ist mittlerweile nur mehr ein Nebenschauplatz." Alfred probierte von seinen Knödeln. „Es geht um Barbara."

„Eine interessante Persönlichkeit", lächelte Blumenauer.

Sollte er ihm von seinen nächtlichen Erlebnissen mit ihr erzählen? Mit wem sollte er sonst darüber sprechen?

„Ich hätte fast mit ihr geschlafen."

Blumenauers Lächeln wurde noch breiter. „Da wärst du nicht der Einzige gewesen."

Alfred schnippelte an seinen Knödelscheiben. Er erinnerte sich an die spitze Bemerkung Richards im Shanghai Club.

„Was genau ist vorgefallen, wenn ich so impertinent sein darf, danach zu fragen? Du sagtest ‚fast'?"

Alfred erzählte in wenigen Worten von ihrem Ausflug an den Wagram. Von der Sache mit Baric und Barbara als kleinem Mädchen sagte er nichts.

„Typisch", war Blumenauers einziger Kommentar. Als Alfred das nicht weiter kommentierte, präzisierte Blumenauer: „BB beliebt mit den Männern zu spielen. Und gleichzeitig schreckt sie bei denen zurück, die ihr wirklich etwas bedeuten."

„Tatsächlich?"

„Diese Erfahrung musste ich auch machen." Blumenauer lächelte etwas selbstgefällig. „Wir wären fast ein Liebespaar geworden. Als sie noch in London studierte und wir gemeinsam diese Schule in Wien planten. Da habe ich sie besucht und getröstet, weil sie gerade auf einen windigen Börsenmakler hereingefallen war."

Alfred schob seinen Knödel auf seinem Teller von rechts nach links. Blumenauer lud sich einen kräftigen Bissen seines zweiten Frühstücks auf die Gabel.

„Aber dann machte sie einen Rückzieher", sagte er mit vollem Mund.

„Sie ist halt eine komplizierte Persönlichkeit", meinte Alfred schließlich.

„Kompliziert und leider nicht uninteressant, und vor allem nicht unwichtig", murmelte Blumenauer, immer noch kauend und schluckend. „Ich brauch was zu trinken. Du auch?" Er drehte sich um und rief: „Herr Ober! Zwei Radler, bitte!"

Sie schwiegen einen Moment.

„Es bahnt sich da eine fruchtbringende Zusammenarbeit zwischen mir und Barbara an. Wagner ist abgetaucht. Wahrscheinlich ist er beleidigt, konzentriert sich wieder auf seine superschlauen Vorträge und überlässt das Bauen uns. Gut so."

„Was für eine Zusammenarbeit?"

„Sie kann ja schlecht alles alleine machen. Sie braucht einen erfahrenen Architekten."

„Mit anderen Worten: dich."

„Genau."

„Gratuliere. Das löst dann auch deinen finanziellen Engpass."

„Ach, was heißt Engpass. Und zum Gratulieren ist es auch noch zu früh. Madame pflegt sich zu zieren. Aber noch ein klärendes Gespräch, dann dürfte alles klar sein."

Blumenauer lehnte sich zurück und steckte sich eines seiner süßlich duftenden Zigarillos an. Er bot auch Alfred eines an. Der lehnte dankend ab und fragte: „Was hältst du von ihren Verfolgungsgeschichten?"

„Man hört, du seist praktisch ihr Bodyguard." Blumenauer lachte.

„Na ja, Bodyguard ... Immerhin ist sie mit einer Pistole bedroht worden, es wurde bei ihr eingebrochen, sie wäre fast mit einem Fahrstuhl abgestürzt und dann ist sie angeblich auf einen Betonmischer aufgefahren, der prompt seine Ladung an flüssigem Beton in ihren BMW abgelassen hat."

Blumenauer schaute ihn amüsiert, aber auch ein wenig besorgt an: „Das mit dem Beton wusste ich noch gar nicht."

„Ich habe auch in keiner Zeitung etwas davon gelesen. Das sind so die Geschichten von BB ..."

„Barbara kann eine ganze Riege verflossener, brüskierter, verletzter Liebhaber aufweisen. Schon aus ihrer Zeit vor London. Vielleicht steckt einer von denen dahinter? Eine Affäre mit BB führte für die Leidtragenden immer zu einem peinlichen Gesichtsverlust, du kennst ja die kleine Wiener Welt." Als Alfred abwinkte, ergänzte er: „Seltsamerweise ist Barbara aus all diesen gefährlichen Liebschaften bislang völlig unbehelligt hervorgegangen. Auch Wagner scheint kampflos das Feld zu räumen. Zumindest scheinbar. Im Gegenteil: Das Abservieren hat ihrem Image als toughe Geschäftsfrau nur gut getan. Das sind wohl die Früchte der Emanzipation." Richard grinste.

Alfred schlug sein Notizbuch auf und zeichnete zwei Dreiecke, die mit der Spitze aneinanderstießen. Blumenauer beugte sich über die Zeichnung.

„Was soll das sein?"

„Keine Ahnung. Barbara und ich haben Zettel mit solchen Zeichnungen gefunden. Einer wurde mir nach Barics Tod zugeschickt. Das da ist der Letzte, Barbara hat ihn nach der Begegnung mit dem Betonmischer bekommen."

„Verstehe ich nicht. Was soll das darstellen? Zwei Dreiecke? Ein B? Für Baric? Was war auf den anderen Zetteln zu sehen?"

Alfred kritzelte aus dem Gedächtnis die anderen Zeichen: das eine, das wie ein R aussah, die spiegelverkehrte Neun und den Blitz. „So ungefähr", sagte er.

„Jemand wollte euch eine Botschaft senden", sagte Blumenauer. „Und zwar als Fortsetzungsgeschichte. Immer ein Strich mehr. Das bedeutet, die Fälle hängen zusammen, wurden wahrscheinlich vom gleichen Täter begangen."

„So sieht es aus."

Genau, dachte Alfred. So *sollte* es aussehen! Wer hatte ihm diese Zettel gezeigt? Barbara! Und einer war mit der Post zu ihm gekommen. Den hätte auch Barbara schicken können. Es gab keine Zeugen für all diese Attacken. Bei den Stalking-Versuchen, von denen Barbara erzählt hatte, hatte außer ihr nie jemand etwas bemerkt. Der Revolvermann konnte auch eine Erfindung sein. Niemand hatte sie hinter diesen Müllcontainern kauern sehen. Die Sache mit dem Fahrstuhl hätte sehr wohl auf einem technischen Defekt beruhen können, wie Baric immer behauptet hatte. Die Bremsleitungen hätten sich von alleine lösen können. Oder Barbara hatte selbst nachgeholfen und Wagner als Zeugen neben sich gesetzt. Beim Einbruch war Wagner allerdings Zeuge gewesen. Aber war er wirklich? Hatte ihm Barbara nicht nur alles erzählt? Der Zettel auf dem Wohnzimmertisch? Den hätte sie selbst dorthin legen können. Und die Sache mit dem Betonmischer war völlig unwahrscheinlich.

Und warum das Ganze?

Um von der Wahrheit abzulenken! Das wurde Alfred jetzt klar. Um sich als Opfer darzustellen. Dabei war sie die Täterin. Oder zumindest die Anstifterin. Wie hatte Cordula gesagt: Barbara profitierte am meisten vom Tod Barics. Die Geschichte, die sie ihm gestern im Suff erzählt hatte, passte nur allzu gut ins Bild. War sie deshalb später so aggressiv geworden? Bereute sie, ihm in einem schwachen Moment alles erzählt zu haben?

Plötzlich ergaben all die losen Fäden, all die Umwege und Verschleierungen einen Sinn. Auch die Annäherungsversuche Barbaras: Sie wollte ihn einwickeln, auf ihre Seite ziehen, einen Verbündeten haben. Und das hatte auch wunderbar geklappt. Ein paar Tränen, ein wenig Wimpernklimpern, ein paar Einblicke in ihr Dekolleté – und aus seinem Hirn war Brei geworden.

„Ich glaube, mir wird schlecht“, murmelte Alfred.

Blumenauer blickte ihn betroffen an. „Waren die Knödel alt? Ist ja eigentlich ein Resteessen ...“

Alfred wischte sich mit seiner Serviette den Mund ab. „Tut mit leid, Richard, ich muss los, nach Hause, mein Magen ... Herr Ober, zahlen bitte!“

Alfred stolperte aus dem Bräunerhof, einen etwas verdatterten Richard Blumenauer zurücklassend. Aber er ging nicht nach Hause, sondern zog die Visitenkarte dieses Detektivs aus der Tasche. Der musste ihm jetzt dringend ein paar Fragen beantworten.

Das Büro lag sehr unscheinbar im zweiten Bezirk. Ein Mietshaus aus dem 19. Jahrhundert. An der Haustür ein Schild: „Karl E. Staudinger, Ermittlungen aller Art, 2. Stock, Hinterhaus, Termin nach Vereinbarung“. Darunter eine Telefonnummer.

Alfred klingelte, die Haustür öffnete sich. Es stank nach Abfällen. Ein verrostetes Fahrrad lag im Durchgang. Aus den Mülltonnen im Hof quoll der Abfall. Durch eine schmale Tür betrat Alfred ein finsteres, enges Treppenhaus. Im zweiten Stock ein Duplikat des Schildes von unten. Alfred klingelte erneut. Schritte näherten sich. Die Tür öffnete sich und Staudinger stand vor ihm. Als er Alfred erkannte, wollte er die Tür wieder schließen. Doch Alfred stellte sich in den Rahmen und hielt sie mit einer Hand auf.

„Moment, Herr Staudinger, ich hätte da ein paar Fragen an Sie.“

„Ich bin nicht zu sprechen. Habe zu tun.“

„Ihre Detektei sieht nicht gerade aus, als würde sie von Klienten überrannt.“

Staudinger seufzte und ließ Alfred eintreten. Die Wohnung war klein, durch einen kleinen Flur ging es in einen etwas größeren Raum, offenbar das Büro. Vom Flur links eine Küche, in der sich neben der Abwasch schmutziges Geschirr stapelte.

„Na, dagegen sind ja Philip Marlowes Räumlichkeiten direkter Luxus, Herr Staudinger“, sagte Alfred, als er sich in den einzigen, wackeligen Besucherstuhl fallen ließ.

„Wien ist auch nicht in Los Angeles“, brummte Staudinger. „Bei uns laufen leider keine nymphomanen und steinreichen Klientinnen herum.“

„Immerhin eine haben Sie gefunden.“

Staudinger blickte ihn fragend an.

„Wie viel zahlt Ihnen Frau Baric? Tagespauschale 100 Euro? Oder 150?“

„Zweihundert.“

Alfred zog zwei Hunderter aus seinem Portemonnaie und legte sie nebeneinander auf den etwas staubigen Schreibtisch. Staudinger blickte die beiden grünen Scheine an. Dann grinste er, öffnete seine Schublade und ließ die Scheine mit einer Wischbewegung in ihr verschwinden.

„Drink?“

„Was wollte Frau Baric von Ihnen?“

„Hab ich gesagt, dass ich den Auftrag von Frau Baric bekommen habe?“

„Von wem sonst?“

Staudinger schob seine Schublade auf und zu.

„Also?“, brummte Alfred.

„Darf ich nicht sagen.“

Alfred öffnete noch einmal seinen Geldbeutel und legte einen Fünfziger auf den Tisch. Bei den Tarifen dieses drittklassigen Schnüfflers konnte er großzügig sein.

„Nun?“

Staudinger wand sich in seinem mit abgenutztem Kunstleder bezogenen Sessel. Dann rutschte auch der Fünfziger in seine Lade.

„Sie bringen mich in Teufels Küche.“

„Macht nichts.“

Staudinger grinste gequält. „Ich sollte sie beschatten.“

„Frau Baric?“

„Ja.“

„Wie oft?“

„Nur an diesem einen Tag, als wir beide das Vergnügen hatten, uns kennenzulernen. Das war auch Teil der Vereinbarung.“

„Verstehe“, murmelte Alfred.

„Tatsächlich?“

„Eine gewisse Baustelle in der Brünner Straße sagt Ihnen vermutlich nichts, oder?“

„Ich las davon in der Zeitung.“

Alfred schwieg. Dann stand er auf. Er wusste, was er wissen wollte. Sollte sich die Polizei mit den Details herumschlagen.

Alfred fuhr nach Hause. Er öffnete eine Flasche Rotwein. Und grübelte. Es gab keine andere Möglichkeit. Sie hatte ihn benutzt, mit ihm gespielt. Mittlerweile konnte er sich sehr gut vorstellen, dass sie ihren Vater erledigt hatte. Oder erledigen hatte lassen. Wahrscheinlich hatte sie viele Jahre auf eine Gelegenheit gewartet. Vielleicht war dieser Staudinger die Gelegenheit gewesen.

Irgendwann hörte Alfred einen Schlüssel im Schloss der Wohnungstür. Er hatte keine Ahnung, wie viel Zeit vergangen war. Und wie viel er getrunken hatte. Es war ihm egal.

„Hallo, Alfred“, begrüßte ihn Cordula. Sie wirkte wie aufgedreht. „Alles klar, Alfred!“, rief sie und setzte sich zu ihm an den Tisch.

Er blickte sie stumm an.

„Ich geh zur Bank-Foundation.“

Alfred sagte nichts.

„Ich schmeiß hin im Semperdepot. Dann können die mir auch keinen Strick mehr drehen aus dieser Videosache!“

Alfred blickte seine Frau an.

„Die gefesselte Frau?"

„Genau. Das hat doch tatsächlich Wellen geschlagen. Die sind so was von humorlos, diese Wiener. Sogar der Kulturstadtrat hat sich bei mir gemeldet. Lucius konnte darüber nur lachen."

„Lucius?"

„Lucius Traunfelder, verantwortlich für Kunstsponsoring bei der Foundation."

„Ach, der."

„Er hat mir angeboten, zu ihm in die Bank zu kommen. Ich kriege ein üppiges Budget und darf Kunst ankaufen, speziell von jungen Künstlern aus dem In- und Ausland. Und niemand redet mir rein."

„Glaubst du?"

„Wir sind total auf einer Linie, Lucius und ich. Er lässt mir völlig freie Hand. Ihm haben meine Ausstellungen im Semperdepot super gefallen."

„Die sind wahrscheinlich genau so provokant, dass sie das Bürgertum kitzeln, ohne es wirklich zu provozieren. Kunst als kritisches Feigenblatt zum Amüsement der Etablierten, denen eh nichts mehr passieren kann. Wie Thomas Bernhard, die arme Sau."

„Was hast du nur immer mit dem Bürgertum, Alfred? Wirst du jetzt zum Klassenkämpfer? Du gehörst doch auch zu den Etablierten, denen nichts passieren kann! Dank Papa."

„Du verkaufst dich, Cordula. Wenn es nicht so blöd klänge, würde ich sagen: an die herrschende Klasse. Aber zu der gehörst du ja qua Geburt. Alteingesessener ostelbischer Adel mit besten Verbindungen nach Kakanien. Deine Mutter war doch die, die den Grundbesitz in Österreich in die Familie gebracht hat."

„Den du jetzt verwalten darfst."

„Danke. Möchte nicht wissen, auf welche Weise ihr eure Häuser und Grundstücke zusammengegaunert habt."

„Spinnst du, Alfred? Die Eibenfels sind eine alteingesessene, rechtschaffene, wohlangesehene Wiener Familie. Lauter Offiziere und höhere Beamte."

„Sicher auch brav unter den Nazis. Kontinuität muss sein. Pflicht ist Pflicht. Schlachten wir halt ein paar Jugos ab. Oder arisieren ein paar Judenschweine."

„Im Gegenteil. Mein Urgroßvater hat in der Finanzbehörde dafür gesorgt, dass die Verwaltung auch unter den Nazis sauber blieb."

„Toll. Widerstandskämpfer auch noch." Alfred schwieg kurz. Dann sagte er: „Und trotzdem verkaufst du dich an den Mainstream. Die benutzen dich doch nur!"

„Alfred, du hast wirklich keine Ahnung. Und von Kunst und der Kunstszene am allerwenigsten."

Alfred stand auf. „Muss noch mal los", murmelte er. „Wir können ja später weiterdiskutieren."

„Da gibt es nichts zu diskutieren."

Alfred verließ die Küche, schlüpfte in eine leichte Sommerjacke, griff sich den Autoschlüssel und schloss die Wohnungstür leise hinter sich.

Er fuhr zum Schwedenplatz. Er musste mit Barbara reden. Es führte kein Weg daran vorbei. Seinen Saab stellte er in der Marc-Aurel-Straße ab. Dann lief er über den Morzinplatz zu Barbaras Haus.

„Ja?", fragte Barbaras Stimme über die Gegensprechanlage.

„Alfred."

„Was willst du?" Sie klang nicht freundlich.

„Reden. Es ist wichtig."

„Es gibt nichts zu reden. Wir waren beide betrunken. Ich habe zu viel erzählt, auch ein bisschen übertrieben, und du hast die Situation falsch eingeschätzt."

„Es geht nicht um letzte Nacht. Lass mich rein. Ich erklär's dir."

„Ich habe keine Zeit. Ich bin ... ach, was soll's. Komm halt rauf. Aber nur kurz. Ich bin müde."

„Ich auch", murmelte Alfred, als der Türsummer ertönte. Er stemmte die schwere Tür auf, holte den Fahrstuhl und fuhr hinauf in den sechsten Stock. In der Wohnungstür erwartete ihn Barbara. Sie trug ein ziemlich aufreizendes Kleid. Wie nannte man so etwas? Abendkleid?

„Warst du noch aus?", fragte Alfred.

„Was liegt an?"

„Darf ich reinkommen?"

„Lieber nicht. Machen wir es kurz."

Barbaras Atem roch nach Alkohol, und aus der Wohnung drang Rauchgeruch. Barbara war Nichtraucherin.

„Bist du nicht allein?"

„Das geht dich nichts an. Du bist betrunken, Alfred. Geh lieber heim."

„Lass mich dir nur eine Frage stellen. Bevor ich zur Polizei gehe."

BB seufzte und gähnte. Es wirkte nicht wirklich überzeugend. „Also, was willst du wissen, Alfred?"

Alfred versuchte, ihren Blick einzufangen, doch sie wich ihm aus. Sie trommelte mit den Fingern leise gegen die Innenseite der offenstehenden Wohnungstür.

„Hast du deinen Vater umgebracht?"

Sie lachte. „Spinnst du?"

Sie versuchte, die Tür zu schließen. Alfred stellte seinen Fuß dazwischen.

„Es ist mein Ernst, Barbara. Ich habe nachgedacht. Nach dem, was du mir gestern erzählt hast ..." War da ein Flackern in ihren Augen? „Und nach all den Geschichten, die du mir zuvor aufgetischt hast, diese

Zettel … und dieser Detektiv. Es passt alles zusammen, Barbara. Du tust mir leid.“

„Du mir auch, Alfred. Pass auf dich auf.“

Damit schloss sie die Tür. Sie tat ihm wirklich leid. Gleichzeitig hasste er sie.

Alfred fuhr nach Hause, suchte wie immer eine Ewigkeit einen Parkplatz. Als er endlich eine Lücke für seinen Saab gefunden hatte, kam er bei dem kurzen Spaziergang zurück in die Lerchenfelder Straße am Doppeladler vorbei. Der hatte noch geöffnet. Das warme Licht des Beisls erschien ihm einladender als ein neues Streitgespräch mit Cordula über Kunst und Karriere. Also setzte er sich an einen freien Tisch und trank billigen offenen Blaufränkischen undefinierbarer Herkunft, grübelte über die Frage, ob er ein Denunziant war oder nicht, ob er eine Mörderin schützen sollte und warum, bis ihn der Wirt höflich, aber bestimmt auf die Straße beförderte.

Am nächsten Morgen saß Alfred um exakt sechs Minuten nach acht im Zimmer von Oberinspektor Gehrlinger. Der Oberinspektor war nicht da. Dafür gähnte ihn Prokopetz von seinem Platz hinter dem Schreibtisch an.

„Sie wollen also eine Aussage machen, Herr Brinkmann. Interessant." Prokopetz gähnte wieder. „Chef kommt gleich", brachte er heraus, bevor er nochmals gähnte. Diesmal hielt er sich wenigstens die Hand vor den Mund. „Wir mussten heute früh raus", erklärte er.

Alfred nickte. Er hatte die ganze Nacht kein Auge zugemacht. Hatte auf dem Sofa im Wohnzimmer gelegen. Die Schlafzimmertür war von innen verschlossen gewesen. Aber das war nicht der Grund für seine Schlaflosigkeit gewesen.

Die Tür zum Nebenzimmer ging auf und Gehrlinger stürmte ins Zimmer. Was machte er immer im Nebenzimmer? Gymnastische Übungen, um sich in Schwung zu bringen? Gehrlinger wirkte im Gegensatz zu ihnen jedenfalls hellwach.

„Sieh an, der Herr Journalist", begrüßte er Alfred.

„Sind die Fotos schon da?", fragte er Prokopetz. Der nickte und klopfte auf eine Mappe, die vor ihm auf dem Tisch lag.

„Erstaunlich fix, die Burschen vom Erkennungsdienst, ist man gar nicht gewohnt", dröhnte Gehrlinger. Dann wandte er sich seufzend Alfred zu. „Womit können wir dienen, Herr Brinkmann? Wir haben im Moment wirklich wenig Zeit."

„Herr Brinkmann möchte eine Aussage machen", sagte Prokopetz. Und gähnte erneut.

„Besser spät als nie, was, Prokopetz“, rief Gehrlinger und schwang sich auf seinen Schreibtischstuhl. „Ich hoffe, es ist wichtig, Brinkmann“, schnarrte er dann.

Alfred nickte. „Ich habe nachgedacht“, begann er.

Prokopetz zog eine Grimasse.

„Es fällt mir nicht leicht“, murmelte Alfred.

„Nur Mut, Herr Brinkmann“, sagte Gehrlinger und grinste. „Wenn es wegen Ihres mysteriösen Interviews ist, Schwamm drüber. Apropos, da Sie schon vor mir sitzen. Da können wir gleich diese Frage auch noch klären: Wie ist beziehungsweise war Ihr Verhältnis zu Barbara Baric?“

Alfred blickte den Oberinspektor verblüfft an. „Wie kommen Sie darauf?“, fragte er.

„Tja, die Polizei schläft nicht, Herr Brinkmann. Heute Morgen schon gar nicht.“

„Wir sind befreundet. Waren es zumindest. Bis gestern.“

„Ach ja? Interessant.“ Gehrlinger beugte sich vor. Sein Stuhl quietschte. „Was hat zum Ende, äh, Ihrer Freundschaft, wie Sie es ausdrücken, geführt, wenn ich fragen darf?“

„Das tut nichts zur Sache.“

„Oh doch, das tut es, Herr Brinkmann. Das tut es ganz gewiss.“

Ging das jetzt schon wieder los?

„Barbara hat mich als eine Art Bodyguard angeheuert.“

Prokopetz deutete etwas wie ein Prusten an. Gehrlinger sah Alfred betont neutral an.

„Sie fühlte sich bedroht. Jedenfalls hatte sie das mir und meiner Frau gegenüber so dargestellt.“

„Das letzte Mal erzählten Sie noch, das habe die Presse alles nur hochgespielt.“

„Das war wohl auch Teil des Plans."

„Welcher Plan? Herr Brinkmann, Sie sprechen in Rätseln."

„Barbara wollte nur den Eindruck erwecken, sie werde verfolgt."

„Das sagte ihr Vater auch."

„Und da hatte er recht."

„Und?" Gehrlinger klopfte mit einem Stift auf die Schreibtischunterlage.

„Sie wollte vor allem mich glauben machen, sie werde verfolgt."

„Warum sollte sie das tun?"

„Um von der Wahrheit abzulenken."

„Der Wahrheit?"

„Dass sie ihren Vater ermordet hat." Jetzt war es heraus.

Gehrlinger schwieg. Prokopetz starrte Alfred an. Er grinste nicht mehr.

„Alles deutet darauf hin", sagte Alfred. „Ich habe Informationen erhalten, die keinen anderen Schluss zulassen. Sie profitiert am meisten vom Tod ihres Vaters."

Alfred verstummte. Irgendetwas stimmte nicht. Die beiden Kriminalisten starrten ihn weiter wortlos an. Dann blickten sie sich an. Gehrlinger nickte. „Sag du es ihm, Prokopetz."

„Frau Baric wurde heute Nacht um fünfzehn Minuten nach eins mitteleuropäischer Zeit vor ihrer Wohnung am Schwedenplatz aufgefunden. Tot. Zerschmettert auf dem Trottoir. Ein ziemlich unerfreulicher Anblick. Besonders für die beiden Jugendlichen, denen sie praktisch vor die Füße gefallen ist, als sie die im Haus befindliche McDonald's-Filiale verließen."

Alfred starrte Prokopetz an. „Hat sie, ich meine, war es Selbstmord?"

„Dachten wir auch erst", sagte Gehrlinger. „Aber wir haben Würgemale an ihrem Hals gefunden. Und ihr Kleid war am Ausschnitt eingerissen. Laut unseren Technikern kann das nicht von dem Sturz herrühren. Es muss ein Kampf stattgefunden haben."

„Der damit endete, dass sie von ihrer Terrasse im sechsten Stock in den Tod stürzte. Gestürzt wurde, wie anzunehmen ist", sagte Prokopetz.

„Womit sie einen ganz ähnlichen Tod fand wie ihr Vater", fügte Gehrlinger hinzu und strich sich mit der Hand über seine Glatze.

Alfreds Gedanken rasten. Wer war bei ihr gewesen, als er sie gestern Abend besucht hatte? Wie spät war es da gewesen? Hatte ihn jemand gesehen? Wenn die ihm schon einen Strick aus einem Interview mehrere Tage vor dem Mord an Baric drehen wollten, was würden die erst daraus machen, wenn sie wüssten, dass er Barbara kurz vor ihrem Tod noch besucht hatte? Wahrscheinlich war er der Letzte gewesen, der sie gesprochen hatte. Der Letzte vor ihrem Mörder. Mein Gott.

„Dann hat sich meine Aussage irgendwie erübrigt."

„Keineswegs, Herr Brinkmann, sie kann ja trotzdem ihren Vater ermordet haben, nicht?", sagte Gehrlinger, plötzlich sehr freundlich.

„Obwohl wir natürlich nicht davon ausgehen", sagte Prokopetz. „Aber wenn Sie nochmal ein wenig nachdenken, vielleicht können Sie uns dann auch gleich den Mörder von Frau Baric liefern, mmh? Ihr seid ja fixe Jungs, ihr Deutschen. Da müssen wir uns warm anziehen, was? Wenn so eine Spürnase aus Berlin in Wien losgelassen wird, was?"

„Mein Gott", murmelte Alfred. Er hatte Prokopetz gar nicht zugehört.

„Sie können jetzt gehen, Herr Brinkmann", sagte Gehrlinger.

„Wollen Sie nicht meine Aussage protokollieren?“, fragte Alfred.

„Ach, das hat Zeit“, sagte Gehrlinger und lächelte. „Momentan müssen wir uns erst mal um den neuen Fall kümmern. Aber halten Sie sich zu unserer Verfügung. Ihre freundschaftliche Beziehung zu Frau Baric interessiert uns natürlich. Vor allem, warum sie ausgerechnet gestern zu einem jähen Ende gekommen ist. Auf Wiedersehen, Herr Brinkmann. Sie hören von uns.“

Als Alfred wie betäubt den langen, leeren Gang der Kriminaldirektion entlangging, sah er wieder einen uniformierten Beamten am Ausgang zum Schottenring stehen. Der Beamte spielte diesmal nicht mit seinem Gummiknüppel, sondern hängte etwas an das große schwarze Brett. Als Alfred an ihm vorbeilief und die Ausgangstür aufzog, erkannte er, dass es ein Fahndungsfoto war. Der Gesuchte war Alfred allerdings unbekannt.

Alfred fuhr von der Kriminalpolizei direkt zu Cordula ins Semperdepot, um ihr vom Tod Barbaras zu berichten. Cordula war geschockt. Aus ihrer Aktentasche holte sie einen Brief ohne Absender und ohne Briefmarke, adressiert an Alfred Brinkmann, persönlich.

„Den habe ich heute Morgen vor unserer Wohnungstür gefunden. Als du schon fort warst. Du warst ja mächtig früh dran. Solltest öfter auf dem Sofa schlafen."

„Lieber nicht", sagte Alfred. Dann öffnete er den Brief. Seine Ahnungen wurden bestätigt. Wieder ein Zettel. Aus den zwei Dreiecken war ein diagonal durchgestrichenes Quadrat und darüber ein Dreieck geworden.

„Das Haus vom Nikolaus!", rief Cordula, die Alfred über die Schulter schaute. „Kennst du das nicht? Man muss es in einem Strich zeichnen ohne abzusetzen." Sie griff zu einem Stück Papier und machte es ihm vor: „Das – ist – das – Haus – vom – Ni – ko – laus. Acht Striche, Quadrat, Kreuz und Dach." Sie verglich ihre Zeichnung mit der von Alfred. „Bei dir fehlt allerdings ein Strich, die zweite Diagonale im Kreuz." Sie sah Alfred an. „Was hat das zu bedeuten?"

Alfred sah sie erstaunt an: „Das wüsste ich auch gern. Vor allem, warum ich schon zum zweiten Mal so einen Zettel bekommen habe. Die anderen hatte Barbara bekommen oder gefunden. Das Haus vom Nikolaus ... wieso Nikolaus?"

„So heißt das Spiel eben."

Alfred brummte etwas Unverständliches, steckte den Zettel ein, Cordulas ebenfalls, und verabschiedete sich.

Dann rief er Blumenauer an. „Wir müssen uns treffen. Barbara ist tot."

„Was?"

„Ich war eben bei der Polizei. Sie haben sie heute Nacht gefunden."

„Mein Gott. In einer halben Stunde im Schwarzenberg!"

Als Alfred im Café am Schwarzenbergplatz eintraf, saß Blumenauer schon vor einem kleinen Braunen und einem großen Glas Mineralwasser. Alfred bestellte eine Melange. Dann fragte er, mit Blick auf das Wasser: „Gestern zu viel gefeiert?"

„Was?" Blumenauer wirkte fast ein wenig erschrocken.

„Du wirkst etwas blass um die Nase."

Blumenauer lachte gequält: „Kein Wunder bei den Nachrichten." Er richtete sich etwas auf: „Und hast du dich von deinem verdorbenen Knödel erholt?"

„Am Knödel lag es nicht, Richard. Mir ist bei unserem Gespräch etwas aufgefallen. Ein Verdacht hat sich bestätigt. Deswegen war ich heute bei der Polizei. Ich dachte, Barbara habe ihren Vater auf dem Gewissen."

„Barbara?"

„Ja. Und jetzt ist sie selber tot. Außerdem habe ich das hier gefunden. War heute in meiner Post."

Alfred legte den neuesten Zettel auf den Tisch. Seine ganze Theorie, dass Barbara ihren Vater umgebracht hatte oder umbringen ließ, womöglich von dieser Lichtgestalt Staudinger, erschien ihm jetzt an den Haaren herbeigezogen. Wie sollte eine Tote heute Morgen den letzten Zettel bei ihm vor der Tür platziert haben?

„Das Haus vom Nikolaus", sagte Alfred.

„Stimmt, jetzt erkennt man es ganz eindeutig. Aber wozu bekommst du solche Zettel? Will dich jemand warnen?"

Alfred blickte Blumenauer verblüfft an. Dann legte er Cordulas fertige Zeichnung daneben.

„Siehst du: Ein Strich fehlt", sagte Blumenauer.

„Vielleicht ist es zu einem Streit gekommen", sagte Alfred. „Die Polizei meint, es habe vor ihrem Tod einen Kampf gegeben."

„Vielleicht ist sie gestolpert. Ein Unglücksfall", sagte Blumenauer.

„Das könnte sein", murmelte Alfred.

Blumenauer fragte: „Wer sollte Barbara umbringen wollen? Vielleicht hat sie einen Einbrecher überrascht. Hat man nicht schon einmal bei ihr eingebrochen?"

„Und was soll dann der Zettel?"

Blumenauer zuckte ratlos mit den Schultern.

Vom Café Schwarzenberg fuhr Alfred erst einmal nach Hause. Er setzte sich aufs Sofa ins Wohnzimmer, breitete die Zettel vor sich aus und dachte nach. Vor allem über den fehlenden Strich. Da klingelte sein Handy.

„Guten Abend, Herr Brinkmann. Claudia Purnschläger am Apparat."

„Purnschläger?"

„Von den Österreichischen Bundesbahnen, Pressestelle. Sie hatten sich bei uns danach erkundigt, wie das Haus Kandlgasse Nr. 88 in unseren Besitz gelangt ist."

Alfred setzte sich kerzengerade auf.

„Und?"

„Der Ankauf lief über einen gewissen Kommerzialrat Rudolf Oberdorfinger. Der hat für uns beziehungsweise die Reichsbahn viele Häuser aus ehemaligem jüdischem Besitz vermittelt. Die mussten damals im Krieg ja oft sehr kurzfristig verkaufen. Und da hat der Herr Kommerzialrat ihnen geholfen, indem er ihnen kurzfristig Geld anbieten konnte. Bargeld. Das hat diesen Menschen damals sehr geholfen."

Alfred brummte etwas Unverständliches.

„Bitte?"

„Nichts, sprechen Sie bitte weiter, Frau Magistra."

„Und nach dem Krieg hat Kommerzialrat Oberdorfinger den ÖBB dabei geholfen, einige der Häuser wieder in Privatbesitz zu überführen. Die ÖBB waren damals nicht an renovierungsbedürftigen Mietobjekten interessiert."

„Er hat die Häuser also den jüdischen Vorbesitzern zurückgegeben?"

„Nein, wie kommen Sie darauf? Die hatten sie ja verkauft. Und waren jetzt gar nicht mehr daran interessiert. Die lebten ja längst in den USA oder in Israel."

„Oder gar nicht mehr."

Frau Magistra Purnschläger räusperte sich.

„Wie auch immer. Nach dem Krieg wurden diese Objekte schrittweise veräußert. Und die Baric Bau kaufte 1968 als eines der letzten zum Verkauf stehenden Objekte das Haus in der Kandlgasse. Zu einem übrigens sehr günstigen Preis. Aber es befand sich ja auch in keinem guten Zustand mehr, wie ich unseren Unterlagen entnehme."

„Aber hatten nicht die Vorbesitzer dieses Hauses, eine Familie Grünsteidl, Restitutionsansprüche gestellt?"

Frau Magistra Purnschläger blätterte in ihren Unterlagen. „Nun, da steht hier nichts ... Moment, hier sehe ich noch eine Aktennotiz. Die wurden nach dem Verkauf an Baric durch eine Einmal-Zahlung abgegolten."

„Wie hoch war die?"

„Das kann ich Ihnen leider nicht sagen. Davon steht hier nichts. Aber Moment ... gezahlt hat ein gewisser Karl-Hermann von Pokorny aus Berlin."

„Pokorny?“ Alfreds Stimme war plötzlich heiser.

„Ja. Der Anwalt von Herrn Baric.“

Alfred räusperte sich. „Vielen Dank für den Rückruf, Frau Magistra.“

„Gern geschehen, Herr Brinkmann, wenn es der Wahrheitsfindung dient.“

Alfred legte auf. Sein Handy klingelte sofort wieder. Diesmal war es die Polizei.

„Herr Brinkmann, wir müssen Sie noch einmal sprechen, hätten Sie Zeit?“, fragte Oberinspektor Gehrlinger.

Als Alfred wenig später auf dem ihm schon bekannten unbequemen Besucherstuhl Platz genommen hatte, sagte Gehrlinger: „Es hat sich eine neue Sachlage ergeben, Herr Brinkmann. Prokopetz, bitte!“

„Wir haben hier einen schönen Strafzettel“, sagte Prokopetz und hielt ein Stück Papier hoch. „Ein hellblauer Saab Modell 9.3 SportCombi mit dem Kennzeichen W-13808 B parkte gestern Abend um 21.30 Uhr in der Marc-Aurel-Straße ohne Parkschein in einer Kurzparkzone, in der das Parken seit Neuestem bis 22 Uhr nur mit kostenpflichtigem Parkschein gestattet ist.“

„Sie fahren doch einen Saab, Herr Brinkmann?“, fragte Gehrlinger mit sanfter Stimme.

Alfred nickte.

„Mit dem Kennzeichen W-13808 B? Hellblau?“, fragte Prokopetz.

Alfred nickte wieder.

„Was machte Ihr Wagen zu dieser Stunde in dieser Straße, die ganz dicht am Schwedenplatz verläuft?“, fragte Gehrlinger, immer noch sanft. „Man kann praktisch gar nicht näher am Schwedenplatz parken, wenn man nicht die Tiefgarage benutzt.“

Alfred schwieg. Was sollte er sagen? Am besten die Wahrheit. Er hatte schließlich nichts verbrochen.

„Ich war kurz bei Frau Baric."

Die Polizisten schwiegen.

„Wie lange?", fragte dann Gehrlinger.

„Nur kurz. Sie hat mich nicht hereingelassen."

„Was wollten Sie von Frau Baric?"

„Sie damit konfrontieren, dass ich am nächsten Tag zur Polizei gehen würde."

„Um sie des Mordes zu bezichtigen. Wie hat sie reagiert?"

Gehrlingers Stimme war immer noch ganz weich. So, als würde er mit einem Kind sprechen.

„Sie hat es natürlich abgestritten."

„Natürlich. Und dann sind Sie wieder gegangen."

„Oder hat es doch etwas länger gedauert?", fragte Prokopetz. Seine Stimme war nicht sanft. „Bis viertel nach eins? Kam es vielleicht zu einem Handgemenge auf der Terrasse?"

„Und haben Sie dabei Frau Baric in die Tiefe gestürzt?" Jetzt war auch Gehrlingers Stimme schneidend scharf.

„Nein, nein. Ich stand höchstens fünf Minuten vor ihrer Tür, dann bin ich wieder nach Hause gefahren."

„Kann das jemand bezeugen?"

„Ja, meine Frau."

Nun hatte er sich richtig reingeritten. Er hätte das Beisl erwähnen sollen. Cordula hatte sich im Schlafzimmer eingeschlossen und wahrscheinlich gar nicht mitbekommen, wann er nach Hause gekommen war. Und wann war er eigentlich nach Hause gekommen? War es vor oder nach ein Uhr?

„Kein sehr starkes Alibi, Herr Brinkmann", sagte Gehrlinger.

„Hören Sie, das ist doch an den Haaren herbeigezogen. Ich habe ja zugegeben, dass ich noch bei Barbara war. Aber ich habe sie nicht von der Terrasse geworfen. Ich habe sie nicht einmal angefasst. Außerdem hatte ich stark den Eindruck, dass sie nicht allein war, als ich bei ihr vor der Tür stand."

„So, Sie hatten stark den Eindruck?" Gehrlinger seufzte, als hätte er jetzt schon Mitleid mit Alfred. „Sie erwähnten bei unserer ersten Begegnung heute, dass Ihre Beziehung am gestrigen Tag zu einem Ende gekommen sei. Hing das mit Ihrem Besuch am Abend zusammen?"

„Nein", sagte Alfred. „Wir hatten uns schon vorher gestritten. Wenn man das überhaupt Streit nennen kann."

„Wie darf man sich denn Ihre Beziehung zu Frau Baric vorstellen? Sie sagten, Sie seien eine Art Bodyguard gewesen. So wie in dem gleichnamigen Film mit Whitney Houston und, wie hieß er doch gleich, Prokopetz?"

„Costner. Kevin Costner."

„Richtig. Die hatten doch am Ende ein Liebesverhältnis. Eigentlich die ganze Zeit. War das bei Ihnen auch so, Herr Brinkmann? Hatten Sie mit Frau Baric ein Liebesverhältnis? Eine sexuelle Beziehung?"

„Nein", sagte Alfred. „Selbst wenn, ginge das nur Frau Baric, mich und meine Frau etwas an. Und vielleicht noch Wagner."

„Wagner?"

„Der Ex-Verlobte von Barbara."

„Professor Dipling Ferdinand Wagner, Dozent an der Angewandten, bekannter Architekturtheoretiker", assistierte Inspektor Prokopetz.

„Wen du so alles kennst, Prokopetz. Du erstaunst mich immer wieder."

„Steht auf unserer Liste der noch zu befragenden Personen."

„Kommen wir zurück zu Ihrer Beziehung zur Ermordeten. Man hat Sie in den letzten Tagen und Wochen recht häufig an der Seite von Frau Baric gesehen, Brinkmann."

„Wie gesagt, ich war ihr Leibwächter."

„Hören Sie doch mit diesem Schwachsinn auf!", schrie Gehrlinger. „Sehen Sie vielleicht wie ein Bodyguard aus, Sie Nachtwächter? Sie waren der Geliebte von Barbara Baric! Und die hat Sie abserviert. Deshalb sind Sie wütend geworden, haben sie gestern Abend zur Rede gestellt und sie im Streit von der Terrasse geworfen. War es so?" Am Ende war der Oberinspektor wieder ganz sanft geworden.

„Nein, so war es keineswegs. Schauen Sie, Oberinspektor, das ist alles etwas komplizierter." Alfred griff in seine Tasche, zog die Zettel hervor und legte sie Gehrlinger auf den Tisch: die echten und die Zeichnungen von ihm und Cordula. „Diese beiden Zettel habe ich in anonymen Briefumschlägen erhalten. Jeweils nach den Morden. Den letzten heute Morgen. Und der kam nicht mit der Post. Jemand muss ihn vor meine Tür gelegt haben. Die anderen hat Barbara gefunden nach den diversen Vorfällen. Erst dachte ich, sie stammten von Barbara selbst, um mich in die Irre zu führen. Aber das glaube ich jetzt nicht mehr. Wenn Sie die Zettel nebeneinanderlegen, sehen Sie, dass sie zusammengehören. Jedes Mal ein Strich mehr. Meine Frau sagt, das sei ein Kinderspiel. Das Haus vom Nikolaus. Fragen Sie mich nicht, was das bedeuten soll. Aber irgendetwas muss es bedeuten. Und es beweist zumindest, dass die beiden Morde und die Attacken auf Barbara zusammenhängen."

Gehrlinger betrachtete die Zettel. Prokopetz stand jetzt hinter ihm und besah sich ebenfalls, was Alfred da ausgebreitet hatte.

„Und das ist jetzt kein Schmäh, Brinkmann?“, fragte Gehrlinger.

„Kein Schmäh. Ich vermute, da will jemand etwas mitteilen.“

„Und was sollte das sein?“

„Eine Warnung? Sehen Sie, ein Strich fehlt noch, damit das Haus komplett ist.“

Gehrlinger kratzte sich an seiner Glatze. „Was hältst du davon, Prokopetz?“

Der Inspektor brummte etwas Unverständliches.

„Denke ich auch“, sagte Gehrlinger. „Brinkmann, Sie sind vorerst entlassen. Aber halten Sie sich weiterhin zu unserer Verfügung. Und, Prokopetz, lass mal unsere Techniker einen Blick auf dieses Puzzlespiel werfen. Wenn's nix nutzt, schadet's auch nix.“

Alfred stand auf und ging zur Tür.

„Einen Moment, Herr Brinkmann“, rief Prokopetz und kam auf ihn zu. „Ihr Strafzettel. Falls Sie den hinter Ihrer Windschutzscheibe verloren haben sollten.“

Alfred stattete dem Doppeladler noch einmal einen Besuch ab. Am Nachmittag war das Lokal menschenleer. Der Wirt räumte gerade auf und wischte Tische und Theke.

„Können Sie sich an mich erinnern, ich war gestern ein später Gast bei Ihnen?“, fragte ihn Alfred.

Der Wirt musterte ihn von oben bis unten, dann brummte er etwas und wandte sich wieder seiner Theke zu.

„Können Sie oder können Sie nicht?“, fragte Alfred erneut.

Der Wirt brummte wieder. Alfred glaubte ein „Weiß net“ herausgehört zu haben.

„Ich war gestern hier und Sie haben hinter mir abgeschlossen. Wann haben Sie Sperrstunde?“

„Kommt drauf an.“

„Auf was?“

„Auf die Gäste.“

„Wann haben Sie gestern zugesperrt?“

„Kurz nach eins, um halb zwei war ich daheim.“

„Das ist gut.“

„Wieso ist das gut?“ Der Wirt hatte jetzt aufgehört zu wischen und betrachtete Alfred erneut.

„Jetzt weiß ich’s wieder. Ich hab Sie gestern eigenhändig rausgeschmissen, sonst hätten’S noch meine ganzen Blaufränkisch-Vorräte ausgesoffen.“

„Das ist noch besser!“, rief Alfred und lachte. „Würden Sie das eventuell vor Gericht beschwören?“

„Was? Dass Sie beinah meine Rotweinvorräte ausg’soffen hätt’n?“

„Ja. Und vor allem, wann Sie mich eigenhändig rausgeschmissen haben?“

„Wieso? Ham'S was ang'stellt?"

„Nein. Aber die Polizei ist sich da nicht ganz sicher. Sie wären mein Alibi."

„Echt?" Die Augen des Wirts leuchteten. „Was hättn'S denn anstell'n soll'n?"

„Mord."

„Naa!" Der Wirt schien hocherfreut. „An echten Mord?"

„Aber, wie gesagt, ich war's nicht."

„Wer dann?"

„Ich hab eine Idee. Das heißt, ich hab zwei Ideen. Ich krieg's noch raus."

„Dann sind Sie ein Detektiv?" Alfred schien den Wirt mächtig zu beeindrucken.

„Quasi", sagte er.

„Sie können sich auf mich verlassen!", rief der Wirt Alfred hinterher, als er dessen gastliche Stube verließ.

Die nächste Station war Döbling, das gediegene, großbürgerliche Viertel um den Türkenschanzpark. Alfred hatte Glück, Wagner war zu Hause. Als er Alfred an der Tür seiner Villa begrüßte, wirkte er weder unfreundlich noch überrascht.

„Herr Brinkmann, welche Freude, kommen Sie herein. Darf ich Ihnen etwas anbieten?"

„Wenn es Ihnen nicht zu viel Mühe macht, ein Kaffee wäre schön."

„Selbstverständlich." Wagner klingelte nach seiner Haushälterin und wenig später hatten beide einen kleinen Schwarzen vor sich stehen. Man setzte sich in Wagners Wohnstudio mit Blick in den frühsommerlich blühenden Garten.

„Was führt Sie zu mir, Herr Brinkmann? Geschäfte?"

„Nein, ich fürchte, es ist eher privat."

Wagner schien ein bisschen enttäuscht. Hatte er auf einen Auftrag für die Pokorny'sche Liegenschaftsgesellschaft gehofft?

„Es geht um den Tod von Barbara."

„Ach so."

„Mein herzliches Beileid, Herr Wagner, schließlich ..."

„Danke, danke. Ich hab es noch gar nicht richtig realisieren können."

„Vor allem, wo Sie sich gerade erst wieder nähergekommen waren."

Wagner sah Alfred an.

„Nun, Barbara und Sie haben sich doch gestern wieder versöhnt, oder?"

Alfred nahm noch einen letzten Schluck aus seiner Tasse. „Das hatte mir Barbara zumindest erzählt, als ich sie kurz besuchte", bluffte er.

„Sie waren auch bei ihr? Was wollten Sie denn so spät noch bei Barbara?", fragte Wagner und lächelte leicht.

„Nicht, was Sie jetzt vielleicht denken, Herr Wagner. Es war viel ernster. Ich bin gestern Abend noch davon ausgegangen, dass Barbara ihren Vater ermordet haben könnte."

Wagner nickte. „Daran hatte ich auch eine Zeitlang gedacht."

„Ach?"

Beide schwiegen.

„Und jetzt glauben Sie das nicht mehr?", fragte Alfred schließlich.

„Nein. Das war mit ein Grund, warum wir uns wieder versöhnt haben. Das hätte ich ihr dann doch nicht zugetraut. Dazu kannte ich Barbara gut genug. Es war alles ein Missverständnis. Baric hatte mir ein Angebot gemacht: Wenn ich meine Klage zurückziehe, bekäme ich ein Stück vom Kuchen ab. Ein großes Stück. Allerdings sollte ich die Finger von seiner Tochter lassen."

„Und darauf sind Sie eingegangen?"

„Natürlich nicht. Aber nach dem Tod ihres Vaters hat mich Barbara praktisch vor die Tür gesetzt. Vielleicht hat ihr irgendjemand was gesteckt über Barics Plan. Plötzlich war keine Rede mehr von einer Partnerschaft. Weder auf erotischem noch auf geschäftlichem Gebiet."

Beide schwiegen wieder. Alfred hörte im Haus Geschirr klappern.

„Ich habe Barbara nicht ermordet, Herr Brinkmann. Das habe ich auch vor einer Stunde der Polizei erzählt."

„Die Polizei scheint ohnehin zu glauben, ich sei es gewesen."

„Sie? Das ist doch lächerlich! Was sollten Sie für ein Motiv haben?"

„Als ich bei Barbara vor der Tür stand, war jemand bei ihr. Waren Sie das, Wagner?"

„Wann war das?"

„Halb zehn."

„Da war ich schon weg. Ich habe Barbaras Wohnung gegen neun Uhr verlassen. Wir waren essen. Kaum waren wir wieder zu Hause, tauchte dieser Schieber auf. Sie hatten angeblich etwas Wichtiges zu besprechen. Ich habe sie allein gelassen."

„Schieber?"

„Blumenauer."

„Ach?"

„Er war angetrunken und wollte Streit mit mir anfangen. Barbara ging dazwischen und bat mich zu gehen. Sie hätte etwas mit Blumenauer zu besprechen. So ist das mit Madame gewesen. Große Versöhnung, auch ein paar Tränen und wenig später hat sie schon wieder etwas Wichtiges mit einem anderen Kerl zu besprechen."

„Vermutlich ging es da um Geschäfte."

„Und wenn schon! Sie hätte diesen versoffenen Streithammel auf der Stelle rausschmeißen sollen! Was kann so wichtig sein, dass es uns unseren Abend versauen sollte? Deshalb bin ich auch nicht mehr zurückgekommen. Was natürlich ein Fehler war. Ein tödlicher."

Oder er war sehr wohl zurückgekommen, eifersüchtig, wütend. Richard war längst gegangen. Und dann hatte es richtig Streit gegeben.

„Können Sie das beweisen?", fragte Alfred.

„Was?"

„Dass Sie nicht mehr zum Schwedenplatz zurückgekehrt sind. Die Polizei wird Sie sicherlich das Gleiche fragen."

„Ich weiß. Hat sie bereits. Meine Haushälterin kann bezeugen, dass ich um kurz nach zehn hier war. Und hier geblieben bin." Wagner lächelte. „Genügt Ihnen das?"

Alfred deutete ebenfalls ein Lächeln an.

„Tja", sagte Wagner und erhob sich. „Jetzt muss ich Sie leider bitten ... Ich habe noch einen Termin."

„Selbstverständlich." Alfred stand auf und Wagner begleitete ihn zur Tür.

Im Auto versuchte er Richard anzurufen, doch es meldete sich nur die Mobilbox. Der wurde bestimmt gerade von Gehrlinger verhört. Wagner hatte der Polizei sicher auch von seinem angeblichen Nachfolger bei Barbara erzählt.

Es gab noch einen weiteren Verdächtigen. Alfred konnte sich zwar nicht vorstellen, dass Barbara den so spät noch in ihre Wohnung gelassen hätte, aber vielleicht hatte er sich gewaltsam Einlass verschafft. Es war jetzt kurz vor sieben. Eigentlich schon zu spät für einen Besuch im Seniorenheim.

„Ich möchte zu Herrn Grünsteidl", sagte Alfred der Schwester, die er schon kannte.

„Ich weiß nicht, ob Herr Grünsteidl ansprechbar ist. Es geht ihm heute nicht so gut."

„Versuchen wir's", sagte Alfred. „Es ist sehr wichtig und dauert auch nicht lange. Ich habe eigentlich nur ein Frage."

Die Schwester führte Alfred auf Grünsteidls Zimmer. „Besuch für dich, David", sagte sie freundlich, fast zärtlich. Doch Grünsteidl reagierte nicht. Er saß apathisch in seinem Lehnstuhl, wie immer mit dem Rücken zum Fenster. Alfred nickte der Schwester zu. „Ich mach das schon", sagte er. Die Schwester verließ das Zimmer.

„Erkennen Sie mich?", fragte Alfred. Keine Reaktion. Dann trafen sich ihre Blicke. Alfred lächelte. Grünsteidl ebenfalls. Jetzt schien er Alfred wiederzuerkennen.

„Hallo, Herr Grünsteidl", sagte Alfred. „Wie geht es Ihnen?"

Grünsteidl nickte, sagte aber nichts. Alfred setzte sich neben ihn.

„Ich hätte noch eine Frage an Sie, wegen damals, 1938, worüber wir bei meinem letzten Besuch gesprochen haben."

Grünsteidl nickte wieder.

„Sie erzählten, dass es da einen Steuerbescheid gab."

„Zweihundertvierunddreißigtausend und vierhundertzwölf Reichsmark", sagte Grünsteidl.

„Und der war fingiert?"

Grünsteidl sah ihn verständnislos an.

„Ich meine, der war unberechtigt? Aus der Luft gegriffen?“

„Oh ja“, sagte Grünsteidl. „Völlig aus der Luft gegriffen. Angeblich hatte mein Vater zu wenig Einkommensteuer gezahlt. Jahrelang.“

„Hieß Ihr Vater Nikolaus?“, fragte Alfred.

Grünsteidl sah ihn stumm an. Er schien zu überlegen. Dann schüttelte er den Kopf.

„Er hieß nicht Nikolaus? Mit Vornamen?“

„Nein. Josef. Warum sollte er Nikolaus heißen?“

„War nur so eine Idee. Gibt es sonst jemanden in Ihrer Familie, der Nikolaus heißt? Ein Bruder vielleicht?“

„Ich habe keinen Bruder.“

„Und Immanuel ist Ihr einziger Sohn?“

„Immanuel?“

„Ja, Ihr Sohn.“

„Sohn?“

Das Fenster der Erinnerung war zugefallen. Alfred stand auf und verabschiedete sich bei David Grünsteidl. Der starrte stumm gegen die Wand, an der ein altes Foto der Ringstraße hing. Vermutlich aus den Dreißigerjahren. Dann suchte er die Schwester. Er fand sie im Schwesternzimmer.

„Können Sie mir sagen, wie viele Kinder Herr Grünsteidl hat?“

„Nur einen Sohn“, sagte die Schwester, ohne lange nachzudenken.

„Und wer kommt für die Kosten in diesem Heim auf?“

„Die Krankenkasse. Und der Sohn zahlt noch etwas dazu.“

„Gibt es weitere Angehörige?“

„Nein. Nur den Sohn.“

Vor dem Heim holte Alfred sein Handy hervor und wählte Pokornys Nummer. Doch er erwischte auch hier nur die Mobilbox. Dann rief er nochmal Blumenauer an. Endlich hob er ab.

„Wo bist du, Richard?“

„Sitze im Steman und knabbere einsam an einem Schnitzel. Hatte gerade die Polizei bei mir im Büro.“

„Dann komme ich vorbei und leiste dir Gesellschaft.“

Zwanzig Minuten später saß Alfred neben Blumenauer und bestellte sich ebenfalls ein Kalbsschnitzel mit Erdäpfel-Vogerlsalat.

„Ich war bei Wagner“, erzählte er. „Er hat mir erzählt, er habe sich mit Barbara gestern Abend versöhnt. Man habe zusammen gegessen, sei dann gegen neun zum Schwedenplatz gefahren. Und dann seist du vor der Tür gestanden.“

Blumenauer starrte Alfred an. Dann brach er in ein Lachen aus.

„Ich? Was hätte ich abends von Barbara wollen sollen?“

„Sag du mir’s!“

„Wagner lügt. Der will mir was anhängen.“

„Seine Haushälterin kann bezeugen, dass er um kurz nach zehn brav zu Hause in Döbling war.“

„Und da ist er auch geblieben?“

„Er sagt ja.“

„Wo sie sich doch gerade wieder versöhnt hatten, unsere Turteltäubchen? Entschuldige, das ist doch Blödsinn.“

„Das hat er heute jedenfalls auch der Polizei erzählt.“

„Märchenstunde mit Mister Slick.“

„Ich glaube auch lieber dir als Wagner, Richard. Du bist mein Freund. Aber die Polizei wird eure Aussagen gegenüberstellen. Momentan scheint sie allerdings mich auch zu verdächtigen."

„Dich? Ach so, deshalb musst du dir möglichst schnell einen anderen Mörder suchen, was?"

„Die werden bald merken, dass das natürlich Schwachsinn ist. Außerdem habe ich ein Alibi. Was ist mir dir? Was hast du Gehrlinger erzählt? Was hast du gestern Abend wirklich gemacht?"

„Ich war einen trinken. Wie gewöhnlich."

„Wo? Und mit wem?"

„An verschiedenen Örtlichkeiten, mit unterschiedlichen Leuten. Am Anfang waren das noch geschäftliche Besprechungen, später dann eher privat."

„Dafür hast du also Zeugen?"

„Wenn es sein muss. Darunter, besonders zum Schluss, war auch eine verheiratete Dame. Ich weiß nicht, ob die so begeistert sein wird, wenn sie mir bei der Polizei ein Alibi geben muss."

„Bis wann warst du mit ihr zusammen?"

„Keine Ahnung, zwölf, eins?"

„Und wann warst du zu Hause?"

Blumenauer hob grinsend seine Arme.

„Noch weniger Ahnung. Ich habe leider keine Hausangestellte, die mein rechtzeitiges Heimkommen bestätigen könnte."

„Leider."

„Tja", sagte Blumenauer. Ihm schien das Ganze irgendwie Spaß zu machen. Alfred nicht. Er kaute lustlos auf seinem Schnitzel herum. So etwas wäre ihm sonst nie passiert bei einem Schnitzel.

„Also ich tippe nach wie vor auf diesen Angeber Wagner", sagte Blumenauer. „Wer sagt, dass die sich gestern tatsächlich versöhnt haben?"

„Wagner."

„Eben."

„Aber der hat ein Alibi.“

„Das nicht lange halten wird.“

„Du hast ein noch schlechteres.“

„Stimmt. Aber das wird halten. Zur Sicherheit sollten wir uns vielleicht in der Zwischenzeit um einen alternativen Dritten kümmern.“

„Den ominösen Einbrecher? Der Zettel schreibt?“

„Keine Einbrecher“, sagte Blumenauer. Er grinste erneut. „Wie wäre es mit diesem Grünsteidl?“, schlug er vor.

„An den habe ich auch schon gedacht“, sagte Alfred. „Aber sein Großvater hieß nicht Nikolaus.“

Blumenauer blickte Alfred fragend an.

„Wegen dem Haus, den Zetteln.“

Blumenauer lachte auf. „Tja, wenn man’s wörtlich nimmt. Aber ich habe Grünsteidl vor wenigen Tagen noch einmal in der Kandlgasse getroffen. Er muss sich gewaltsam Zutritt zu seiner alten Wohnung verschafft haben. Die Tür war eingetreten. Er schien etwas gesucht zu haben.“

„Das war ich“, sagte Alfred.

„Du?“

„Wollte meinem Schwiegervater zeigen, dass Grünsteidl die Wohnung geräumt hat.“

„Nun, hat er wohl doch nicht ganz. Als ich ihm mitteilte, dass er sich unbefugt auf einer Baustelle befände, beschimpfte er mich. Aber vor allem zog er über Barbara her. Über die Barics im Allgemeinen. Alles Verbrecher, Kriegsgewinnler, die hätten ihm seinen Besitz geraubt. Nazis, Gestapo und so weiter. Wirres Zeug, wenn du mich fragst. Ähnlich wie im Semperdepot.“

„Das ist kein wirres Zeug“, sagte Alfred und nahm einen letzten Bissen von seinem Salat. „Die Barics hatten irgendeinen Deal mit den Grünsteidls abgeschlossen, wegen dem Haus." Alfred erzählte Blumenauer von seinen Recherchen.

„Vielleicht sollten wir noch einmal zur Wohnung dieses Grünsteidl fahren", sagte Richard dann. „Vielleicht finden wir, was er gesucht hat."

„Aber die Wohnung ist doch praktisch leer. Und sicher haben die freundlichen Männer mit den Presslufthämmern mittlerweile die Wände weggestemmt."

„Nein, die waren noch nicht im vierten Stock. Ober, zahlen! Ich lad dich ein."

„Aber es ist jetzt stockdunkel, Richard. Ich vermute, in Grünsteidls Wohnung hängen keine Lampen mehr, oder?"

„Wir haben noch Strom im Haus und ich weiß, wo die Baulampen liegen, daran soll es nicht scheitern."

Sie fuhren mit Blumenauers Auto zur Kandlgasse. Mittlerweile war die Eingangstür durch eine provisorische blaue Bautür ersetzt worden, die Blumenauer aufschloss. Dann holte er aus der Erdgeschoßwohnung eine große Taschenlampe und zwei weitere in Gummi gefasste Lampen mit langem Kabel. Er leuchtete ihnen den Weg durchs Treppenhaus. In Grünsteidls Wohnung schloss er die Baulampen an, stellte eine ins Wohnzimmer und eine ins Schlafzimmer.

„Was könnte Grünsteidl gesucht haben?", fragte er.

„Keine Ahnung", sagte Alfred. „Ich nehme mir das Wohnzimmer vor, du das Schlafzimmer, okay?"

„Okay."

Im Wohnzimmer hing immer noch Brigitte Bardot an der Wand, ansonsten war es praktisch leer. Alfred stöberte ein wenig im herumliegenden Gerümpel, aber das waren eher Reste erster Umbauarbeiten als Hinterlassenschaften von Grünsteidl. Dann trat er zu Blumenauer, der im Flur mit der Taschenlampe auf ein Poster an der Wand leuchtete.

„Wer ist das?", fragte Richard.

Alfred blickte in das Gesicht eines braungebrannten, sehr gepflegten Mannes.

„Warren Beatty."

„Der Schauspieler?"

„Der schönste Mann Hollywoods. Zumindest in den Achtzigern. Das Poster ist mir bislang noch gar nicht aufgefallen. Grünsteidl scheint ein großer Cineast zu sein. Im Wohnzimmer hängt Brigitte Bardot."

„Echt?", fragte Blumenauer.

Alfred dachte einen Moment nach. „BB", murmelte er. Richard sah ihn an. Dann sagte Alfred: „Diese Bilder hängen hier nicht aus Versehen. Das ist eine weitere Botschaft."

„Versteh ich nicht", meinte Blumenauer.

„BB steht für Barbara Baric", rief Alfred. „Dann könnte WB Willy Baric bedeuten. Das ist sowas wie Grünsteidls Todesliste."

Blumenauer starrte Warren Beatty an. „Das sollten wir der Polizei erzählen."

Alfred blickte auf seine Uhr. „Halb zehn, glaubst du, da ist noch jemand?"

Schon hatte er sein Handy in der Hand.

„Guten Abend", sagte er. „Können Sie mich bitte mit Oberinspektor Gehrlinger verbinden? ... Mmmh. Und Inspektor Prokopetz? Auch nicht ... morgen ab acht Uhr? Gut, können Sie den beiden bitte ausrichten, dass Alfred Brinkmann morgen früh um fünf nach acht vorbeikommt und eine sehr wichtige Aussage betreffs der, äh, Baric-Morde machen wird. Vielen Dank, auf Wiederhören."

Dann trennten sich Blumenauer und Alfred. Auf dem Weg nach Hause murmelte Alfred: „Ein Strich fehlt. Grünsteidls Großvater hieß nicht Nikolaus. Niemand in seiner Familie trägt oder trug diesen Namen."

Er fuhr seinen Saab an den Straßenrand und versuchte erneut, Pokorny anzurufen. Wieder nur die Mailbox. Kurz entschlossen wählte er die Nummer seiner Schwiegermutter in Berlin.

In Berlin hatte Alfred mehr Glück.

„Von Pokorny?“

„Hallo, Hanna, hier ist Alfred. Wie geht es dir?“

„Oh, Alfred, das ist nett, dass du dich mal meldest.“

Sie plauderten ein wenig über das Wetter, das Altwerden und missratene Inszenierungen am Berliner Ensemble. Dann konnte Alfred seine Frage stellen: „Wie hieß dein Vater, Hanna?“

„Nikolaus, warum?“

Alfred hatte plötzlich einen trockenen Mund.

„Und er arbeitete in den Dreißigerjahren und während des Krieges im Finanzamt hier in Wien?“

„Ja. Er war für Steuerangelegenheiten zuständig. Als Abteilungsleiter. Warum interessiert dich das?“

„Das kann ich dir auf die Schnelle am Telefon nicht erzählen. Es könnte mit den beiden Morden zusammenhängen, die hier passiert sind.“

„Du meinst die Morde an Baric und der armen Barbara?“

„Genau.“

„Was hat mein Vater damit zu tun?“

„Es geht um ein Mietshaus, dessen jüdische Besitzer Opfer der Arisierung wurden. Als Druckmittel diente vermutlich ein gefälschter Steuerbescheid deines Vaters.“

„Ja, diese Arisierungen“, sagte Hanna von Pokorny leise.

„Was weißt du davon?“

„Ein dunkles Kapitel unserer Familiengeschichte.“

„Ja?“

„Ich spreche ungern darüber, Alfred. Außerdem, Friedrich ...“

„Jetzt wäre aber der richtige Moment, Hanna.“

Hanna von Pokorny, geborene von Eibenfels, schwieg. Dann sagte sie leise: „Ich kenne keine Details, Alfred, aber ich habe immer vermutet, dass ein Großteil der Besitztümer meiner Familie aus dieser Zeit stammt. Die Eibenfels hatten im Ersten Weltkrieg und nach dem Untergang der Habsburger-Monarchie fast alles verloren. Wir waren nicht wirklich verarmt, aber wohlhabend auch nicht mehr. Prekärer Stadtadel sozusagen. Großer Name ohne Grundbesitz. Während des nächsten Krieges änderte sich das schlagartig. Beziehungsweise danach. Ich war ja noch ein Kind damals. Und später hat niemand mehr darüber gesprochen. Auch Friedrich ist mir bei diesem Thema immer ausgewichen. ‚Alles legal‘, sagte er immer. Natürlich habe ich später von diesen Arisierungen gelesen. Ich bin mir sicher, dass wir damit zu tun hatten. Das heißt, dass wir sehr günstig jüdisches Eigentum erworben haben, von Menschen, die damals das Land verlassen mussten. Oder wollten.“

„Mussten, Hanna“, sagte Alfred.

„Du hast recht. Mussten. Aber wir haben ihnen später eine Wiedergutmachung gezahlt. Es gab Gerichtsverfahren. Das zog sich bis in die Siebzigerjahre und länger hin. Viele haben sich ja gar nicht mehr gemeldet.“

„Aus naheliegenden Gründen“, sagte Alfred.

„Alfred, du rüttelst da an düsterste Familiendetails, über die niemand jemals spricht.“

„Nicht ich rüttle, sondern ein frei herumlaufender Mörder mit einer Todesliste.“ Dann fiel ihm etwas ein. „Kennst du einen gewissen Kommerzialrat Oberdorfinger?“

„Onkel Rudolf?“

„Onkel?“

„Ach, ein herzensguter Mensch. Onkel Rudolf war immer mein Lieblingsonkel. Ich war so traurig, als er von uns ging."

„Der hat als Ariseur den flüchtenden Juden ihr Eigentum abgejagt, Hanna."

„Onkel Rudolf? Davon weiß ich nichts."

Die Stimme seiner Schwiegermutter war etwas spitz geworden.

Wer Karl-Hermann von Pokorny war, brauchte er sie nicht zu fragen, das wusste er bereits aus Cordulas Erzählungen. Karl-Hermann war der ältere Bruder von Friedrich. Anfang der Siebzigerjahre an Prostatakrebs gestorben. Friedrich hatte dessen gut eingeführte Kanzlei übernommen.

Alfred beendete das Gespräch mit ein paar beruhigenden Floskeln. Schließlich war seine Schwiegermutter im fernen Berlin nicht in Gefahr. Hoffte er.

Sollte er sofort zur Polizei gehen und eine Fahndung nach Grünsteidl verlangen? Aber die würden ihn auslachen. Er konnte froh sein, wenn ihm morgen früh ein hoffentlich ausgeschlafener Gehrlinger Glauben schenken würde.

Er rief Cordula an. Sie war schon zu Hause.

„Ich kann deinen Vater nicht erreichen. Bei seinem Handy meldet sich immer nur die Mailbox."

„Kein Wunder. Er hat sein Handy ausgestellt, sitzt hier gemütlich neben mir bei einem Glas von deinem uralten schottischen Whisky und wir plaudern seit Stunden."

„Sehr gut!", rief Alfred. „Er soll auf keinen Fall weggehen. Und macht bitte niemandem die Tür auf, egal, wer angeblich davor steht. Ich bin gleich bei euch."

„Was ist denn los?"

„Erzähl ich, wenn ich bei euch bin!"

Alfred war in wenigen Minuten in der Lerchenfelder Straße und suchte dort eine nervenaufzehrende Viertelstunde einen Parkplatz. Schließlich trat er atemlos ins Wohnzimmer. Sein Schwiegervater prostete ihm jovial mit einem Glas von seinem teuersten Whisky zu. Cordula blickte Alfred halb ängstlich, halb ärgerlich an.

„Was ist los, Alfred? Du hast dich ganz komisch angehört."

„Mir ist auch ganz komisch. Friedrich", wandte er sich an Pokorny, „was ist da wirklich los mit der Kandlgasse und wie viel weißt du darüber? Und woher kommt das Vermögen der Eibenfels, nachdem sie im Ersten Weltkrieg doch alles verloren hatten? Worauf gründet deine Liegenschaftsgesellschaft? Und was hat dein älterer Bruder mit Baric zu tun? Habt ihr euch alle am Unglück ausgeraubter Juden bereichert?"

Pokorny stellte sein Glas ab. „Das waren aber ganz schön viele Fragen auf einmal. Wo soll ich anfangen?"

„Bei der Wahrheit."

„Ach, die Wahrheit." Pokorny seufzte. „Also, die ‚Wahrheit' der Kandlgasse ist, dass Willy Baric sie 1968 völlig legal erworben hat. Gleichzeitig wurde damit ein viele Jahre anhängiges lästiges Verfahren im beidseitigen Einvernehmen beendet."

„Ach ja? Mit wie viel habt ihr die armen Grünsteidls abgespeist? 10.000 Euro? 20.000?"

„Karl-Hermann hat ihnen 100.000 DM angeboten – im Auftrag von Baric. Das sah besser aus, als wenn Baric selbst ... Das war immerhin mehr, als Baric den ÖBB für das Haus bezahlen musste. Und, lieber Alfred, 100.000 DM plus der tatsächliche Kaufpreis waren damals für ein altes Mietshaus mit lauter Substandardwohnungen ohne Badezimmer, ohne Gasetagenheizung ein Haufen Geld. Deshalb haben die Grünsteidls das Geld gerne genommen. Und dann noch dieser äußerst entgegenkommende Mietvertrag. Eine Art Lebensversicherung."

„Und was war mit dem getürkten Steuerbescheid gegen Josef Grünsteidl?"

„Jetzt kommst du aber mit ganz ollen Kamellen, Alfred. Der Standpunkt der österreichischen Republik war und ist: Die waren korrekt, diese Steuerbescheide. Schließlich wurden sie von einer österreichischen Behörde ausgestellt."

Cordula blickte beide Männer an, als ob sie überhaupt nichts verstehen würde. Und das hoffte Alfred auch. Er hoffte, dass wenigstens Cordula in diese Geschichte nicht eingeweiht war. Dass sie ihm nicht auch nur etwas vorgespielt hatte.

„Diese ‚ollen Kamellen', wie du sie nennst, lieber Schwiegerpapa, diese ‚korrekten' Steuerbescheide waren und sind eine Riesensauerei, mit der sich die Familie deiner Frau bereichert hat. Und sie sind der Grund, warum zwei Menschen den Tod fanden und vielleicht noch jemand ihn finden wird. Dieser jemand könntest du sein. Oder Cordula. Oder Hanna. Vielleicht auch ich."

„Du übertreibst maßlos, Alfred", sagte Pokorny sehr ruhig. Alfred war schon ein wenig laut geworden.

„Kann mir mal einer erklären, wovon ihr sprecht?", fragte Cordula. „Und wer trachtet mir, bitte schön, nach dem Leben?"

„Grünsteidl!", rief Alfred. „Dieser Mieter aus der Kandlgasse, der nicht ausziehen wollte. Der auf deiner Ausstellungseröffnung auftauchte und sich eine kleine Schlägerei mit Richard lieferte. Der mir Drohbriefe schrieb. Er ist jüdischer Abstammung und das ganze Haus hatte seiner Familie gehört, bis es 1939 arisiert wurde. In Wirklichkeit sind die Grünsteidls erpresst und beraubt worden. Auf diese Art und Weise haben sich deine Mutter und die ganzen Eibenfels und Oberdorfinger und viele andere prominente Familien in Wien ein Haus nach dem anderen erschlichen, für lächerliche Beträge gekauft, von Juden, die ins Ausland fliehen wollten oder schon im KZ saßen."

„Das war juristisch gesehen alles ganz legal, Alfred", sagte weiter ganz ruhig Friedrich von Pokorny.

„Natürlich, juristisch gesehen, Friedrich! Aber menschlich?"

Pokorny starrte Alfred an.

„Und deshalb ist dieser Grünsteidl jetzt hinter uns her?", fragte Cordula.

„Genau. Und deshalb hat er Willy Baric und Barbara Baric ermordet! Nikolaus von Eibenfels ist lange tot, Oberdorfinger und Karl-Hermann auch. Die Barics besaßen das Haus fast vierzig Jahre. Und jetzt sind die Eibenfels in Form der Pokorny'schen Liegenschaftsgesellschaft zurückgekehrt. Der Kreis hat sich geschlossen."

„Findest du das etwa in irgendeiner Weise gerechtfertigt, Alfred? Diese sinnlosen Morde? Vielleicht möchtest du jetzt den Hegel'schen Weltgeist zitieren, der für Gerechtigkeit sorgt?" Jetzt wurde auch Pokorny ein bisschen laut.

„Quatsch. Aber ein klein wenig Verständnis findet Grünsteidl bei mir schon. Obwohl ich natürlich sagen muss, dass Barbara für diese ganze Geschichte am allerwenigsten kann. Neben Cordula und mir."

„Ach, aber ich schon, was? Ich bin Jahrgang einundvierzig, Alfred! Was kann ich dafür, dass mein Schwiegervater angeblich irgendwelche Steuerbescheide ausgestellt hat? Wenn überhaupt, wird er das auf Befehl getan haben. Außerdem, wie gesagt, die Republik hat die als korrekt anerkannt, als bis heute gültig."

„Du lebst davon, Friedrich! Eure ganze Bagage und letztlich ich, wir leben davon, dass andere ins KZ mussten, nur weil sie Juden waren! Unsere ganze Existenz basiert auf einer Lebenslüge, siehst du das denn nicht?“

„Nein, sehe ich nicht so“, sagte Pokorny. „Es sind Entschädigungszahlungen geleistet worden. Wie im Falle Grünsteidl. Der hat sich also am allerwenigsten aufzuregen. Lebt davon ganz gut als Privatier. Außerdem verbrachten seine Eltern den Krieg nicht in einem KZ, sondern in einer gemütlichen Kleinstadt in Schweden. Von Bombenterror und Vertreibungen haben die dort nichts mitbekommen. Wir hingegen schon. Ich bin als Dreijähriger am Rockzipfel meiner Mutter wochenlang vor den heranrückenden Russen bis nach Berlin geflohen – und da sind wir dann ausgebombt worden. Von den Engländern.“

„Soll ich jetzt noch neidisch auf die Grünsteidls sein? Wer hat denn lautstark ‚Ja!‘ gerufen, im Sportpalast, als von einem geifernden Goebbels gefragt wurde: ‚Wollt ihr den totalen Krieg?‘ Die Juden bestimmt nicht. Was sind das für absurde Geschichtsklitterungen!? Du machst aus den Tätern Opfer! Genau wie die Österreicher!“

„Bevor wir uns jetzt noch weiter in geschichtsphilosophische Betrachtungen vertiefen und ihr euch anschreit, würde ich gerne wissen, was wir jetzt in Bezug auf diesen durchgeknallten Grünsteidl unternehmen, der schon zwei Menschen auf dem Gewissen hat“, sagte Cordula. Sie war als Einzige ruhig geblieben.

Alfred setzte sich auf die Couch. Er hatte die ganze Zeit gestanden. Pokorny saß weiterhin am Esstisch. Jetzt trank er den letzten Schluck Whisky. Dann sagte er: „Gar nichts wird passieren, Cordula.“

Dann wandte er sich an Alfred: „Wenn du so genau Bescheid weißt über diesen Psychopathen Grünsteidl, warum läuft der dann noch frei herum?"

„Morgen früh sitze ich bei Gehrlinger und erzähle ihm alles", sagte Alfred.

„Da wird sich der Oberinspektor aber freuen", meinte Pokorny.

„Hauptsache, er verhaftet Grünsteidl! Jetzt brauche ich auch einen Whisky."

Alfred ging zum Regal, nahm ein Glas, ging zum Esstisch und schenkte sich ein. Das leere Glas seines Schwiegervaters übersah er geflissentlich. Er nahm die Flasche mit zu sich zur Couch. Ihm war schlecht.

Pokorny stand auf. „Dann ist ja wohl alles gesagt."

„Willst du nicht heute bei uns bleiben, Papa?", fragte Cordula. „Da draußen läuft doch dieser Wahnsinnige herum." Jetzt klang auch sie nicht mehr ruhig.

„Schwachsinn!", sagte Pokorny. „Alles Hirngespinste. Außerdem kann ich sehr gut auf mich selbst aufpassen. Ich werde mich von allem fernhalten, was höher als drei Stockwerke liegt."

„Sieh an, der Herr Brinkmann. Diesmal sogar freiwillig, ohne dass wir ihn einladen müssen."

Gehrlinger grinste Alfred an und blieb hinter seinem Schreibtisch sitzen. Seine Glatze leuchtete noch mehr als sonst. Hatte er sie frisch geölt und poliert? Vor ihm stand ein weißer Plastikbecher mit Kaffee. Prokopetz fehlte. Wahrscheinlich frühstückte er eine seiner Käsekrainer draußen am Würstelstand.

„Ich habe keine Zeit mehr für Ihre Sottisen, Herr Gehrlinger. Ich möchte, dass Sie eine Fahndung ausschreiben! Sofort."

„Frau Baric ist bereits tot, Brinkmann."

„Es handelt sich um einen gewissen Immanuel Grünsteidl."

„Aha! Ein neuer Verdächtiger. Auch wieder wegen Mordes, Herr Brinkmann?"

„Ja. Er hat sowohl Willy als auch Barbara Baric umgebracht. Und wenn Sie sich nicht beeilen, fällt ihm noch jemand zum Opfer!"

„Das klingt ja schauerlich! Also ehrlich, wenn wir Sie nicht hätten, würden wir in Wien gar keine Morde mehr aufklären. Innerhalb von zwei Tagen präsentieren Sie mir zwei verschiedene Mörder. Von denen der eine bereits tot und der andere uns bislang völlig unbekannt ist. Wer soll das sein, dieser Grünsteidl? Und warum sollte der zwei Menschen auf dem Gewissen haben?"

„Immanuel Grünsteidl, Jude, ehemals Kandlgasse 88, wohnt derzeit wahrscheinlich in einem Hotel."

„Sie wissen nicht zufällig, in welchem?"

Dann setzte sich Alfred und erklärte dem Oberinspektor seine Theorie. Zehn Minuten später stand Gehrlinger auf, öffnete die Tür zum Nebenzimmer und schrie: „Prokopetz, sofort eine Fahndung rausgeben. Immanuel Grünsteidl, Mitte dreißig, wohnte bis vor Kurzem im siebten Bezirk, Kandlgasse 88, jetzt in einem Wiener Hotel. Gesucht wegen Doppelmordes!"

Dann kam er zurück und fragte: „Zufrieden, Brinkmann?"

„Sehr, Oberinspektor."

Zwei Stunden später rief Prokopetz Alfred auf dem Handy an.

„Wir haben ihn. Sitzt nebenan. Ich würde Sie bitten vorbeizukommen, wir hätten da noch ein paar Fragen."

Alfred eilte zurück zum Schottenring und wurde dort von Prokopetz empfangen. Der nahm Alfreds Aussage noch einmal schriftlich auf. Der Inspektor befliss sich ihm gegenüber diesmal einer außergewöhnlich höflichen Ernsthaftigkeit.

Danach geleitete der Inspektor Alfred vor eine riesige Scheibe. Hinter der Scheibe, die nur von ihrer Seite aus durchsichtig war, verhörte Oberinspektor Gehrlinger Immanuel Grünsteidl. Immer wieder stand der Polizist auf, immer wieder schüttelte Grünsteidl den Kopf. Dann erzählte er wieder etwas. Gehrlinger setzte sich, hörte zu. Die beiden agierten wie Pantomimen. Oder Schauspieler in einem Stummfilm. Alfred konnte von ihrer Seite der Scheibe nichts von ihrem Gespräch hören.

„Das ist Ihr Mörder, Brinkmann. Diesmal wirklich."

Alfred nickte. „Was sagt er?"

„Als ich drin war, erzählte er wilde alte Geschichten aus der Nazizeit. Von fiesen Finanzbeamten und Kommerzialräten, armen Juden und Immobilienhaien. Er gibt zu, Baric gehasst und dessen Tochter mehrfach beschimpft und sogar verfolgt zu haben. Aber er hätte ihr kein Haar gekrümmt. Ihr nicht in irgendwelchen Hinterhöfen aufgelauert. Und auch ihren Vater nicht vom Balkon gestoßen. Er kenne überhaupt keine Baustelle in der Brünner Straße und wisse auch nicht, wo Frau Baric wohne."

„Und die Bilder in seiner Wohnung?"

„Er gibt zu, ein Poster von Brigitte Bardot aufgehängt zu haben. Aber seine Leidenschaft für die französische Schauspielerin sei längst verflogen, das Poster sei jahrelang hinter einem Schrank gehangen, er habe es schlicht vergessen, als er ausgezogen sei. Außerdem kenne er keinen einzigen Film von Warren Beatty und hätte nie ein Poster von diesem Mann besessen. Schließlich sei er nicht schwul. Wir haben natürlich nachgesehen. Da hängt sehr wohl ein Poster von Warren Beatty. Außerdem haben unsere Techniker einem Graphologen Ihre Zettel vorgelegt und der hat festgestellt, dass die Zeichnungen von einem Linkshänder stammen. Und Grünsteidl ist Linkshänder."

„Ich habe zu Hause noch einen handschriftlichen Drohbrief von Grünsteidl", sagte Alfred.

„Sehr gut. Bringen Sie den bei Gelegenheit vorbei, dann machen wir den Sack zu. Mein Chef kennt Methoden, die werden diesen Grünsteidl eh bald gestehen lassen." Prokopetz' Lächeln bekam wieder einen Zug ins Unangenehme. „Wenn er Pech hat auch Sachen, die er gar nicht begangen hat. Jedenfalls können Sie ganz beruhigt sein, Brinkmann. Der lasst kan Schaaß mehr. Oder wie man bei Ihnen sagt: Der tut keiner Fliege mehr weh."

„Zuleide."

„Bitte?"

„Man sagt: Der tut keiner Fliege mehr was zuleide."

„So? Sie können jedenfalls gehen. Und bringen'S den Brief, gell, Brinkmann!"

Alfred schritt beschwingt den schon allzu bekannten Gang Richtung Ausgang. Wo wie immer ein Uniformierter Wache stand. Als Alfred an ihm vorbeikam, war er versucht, ihm freundschaftlich auf den Rücken zu klopfen.

Draußen zückte er sein Handy und rief Blumenauer an. „Alles klar, Richard, sie haben ihn. Er wird gerade von Gehrlinger verhört. Und es kann nicht mehr lange dauern, bis er alles gesteht. Es ist vorbei. Du brauchst nicht einmal mehr deine verheiratete Dame zu behelligen."

„Dann haben wir ja allen Grund zum Feiern."

„Gute Idee. Was schlägst du vor?"

„Donauinselfest?"

„Diese Ansammlung von Proleten?"

„Ach komm, Alfred, sei nicht so schnöselig. Das ist das große Fest der Wiener Sozialdemokratie. Und du willst dich doch wohl solidarisch mit der Arbeiterklasse erklären, oder?"

„Es gibt keine Arbeiterklasse mehr. Nur Menschen mit Job und Menschen ohne."

„Und welche mit Privilegien. Mit Zugang zu Bildung. Mit einem Hochschulabschluss. Mit der Fähigkeit, ihr Leben selbst in die Hand zu nehmen. Und dann natürlich die, die in reiche Familien einheiraten."

„Sehr witzig. Was das für eine Familie ist, habe ich dir ja andeuten dürfen."

„Nimm trotzdem deine bourgeois-feudale Frau mit."

„Okay, seit ich ihrem Vater an den Kopf schmeißen konnte, dass er ein ignorantes, antisemitisches ostelbisches Arschloch ist, hat sie mich eigenartigerweise wieder lieb."

„Außerdem spielen Blind Eye. Von deren Frontfrau hast du mir doch vorgeschwärmt."

„Okay, überredet. Aber in dem Fall doch besser ohne Cordula."

Die Wiener feierten auf der Donauinsel. Zumindest die Roten. Und die aus Nah und Fern Eingewanderten. Die langgestreckte Insel war in den Siebzigerjahren zum Hochwasserschutz angelegt worden. Sie diente aber vor allem als citynaher Badestrand, Fußballplatz oder Inlineskaterstrecke. Und an diesem Tag als endlose Fress- und Saufmeile, als Kulisse für ein ausgelassenes multikulturelles Volksfest. Unter riesigen Sonnenschirmen, auf denen SPÖ stand oder ÖGB, manchmal auch KPÖ, trank man viel Bier im Stehen, aß Kebab oder Schaschlik und bummelte von Livebühne zu Livebühne. Zwischen den Bühnen boten Stände billige Ledergürtel, Fußballtrikots vom SK Rapid oder gebatikte Seidentücher feil. Jongleure präsentierten ihre Kleinkunst. Angebliche Indianer bliesen in Panflöten. Ein Zauberer holte einen nicht mehr ganz weißen Hasen aus seinem Zylinder. Über der ganzen Veranstaltung wehte der ständige Duft von billigem gebratenem Fleisch und undichten mobilen Toiletten.

Blumenauer kam mit zwei frischgezapften Bieren in transparenten Plastikbechern auf Alfred zu. Sie warteten auf den Beginn des Auftritts von Blind Eye.

„Danke, Richard."

„Wird langsam richtig voll. Heavy Metal für mittelalte Männer."

„Damit kannst du mich nicht meinen, bester Richard. Ich bin zehn Jahre jünger als du."

„Aber immer noch fünfzehn Jahre älter als die jungen Frauen, die da eben die Bühne betreten."

Wenig später begannen die vier Frauen von Blind Eye zu spielen – infernalisch laut. Eine Schlagzeugerin hatten sie auch wieder gefunden. Die Frontfrau warf ihre blonden Locken ganz entzückend in die sommerliche Brise, die Silberringe in ihren Lippen und Ohren blitzten im Sonnenlicht. Die Menge ging voll mit.

„Lauter, Mädels, wir hören nichts!“, rief Blumenauer und grinste Alfred an. In den ersten Reihen begannen sie, leere Bierbecher auf die Bühne zu werfen. Die Mädels warfen zurück. Es entwickelte sich ein freundschaftliches Pingpong-Spiel zwischen Band und Publikum. Blumenauer trank sein Bier aus und warf den leeren Becher ebenfalls Richtung Bühne. Und grinste Alfred an.

Blind Eye beendeten ihr Konzert, Alfred holte neue Biere, schob sich durch die Menschenmassen, die zu weiteren Events drängten, und reichte einen der Becher Blumenauer.

„Wie geht es jetzt eigentlich mit der Baric Bau weiter?“

„Fuhrmann hat mich gefragt, ob ich mit einsteige, als leitender Architekt. Er kümmert sich um Finanzen und Verwaltung, ich um das Geschehen an den Zeichentischen und Baustellen.“

„Und Wagner?“

„War raus und bleibt raus.“

„Dann hast du ja doch noch richtig Karriere gemacht.“

„Kann man sagen. Prost, Alfred.“

„Und alles dank Warren Beatty“, murmelte Alfred und nahm einen Schluck Bier.

„Warren Beatty“, lachte Blumenauer. „Ist das nun eigentlich ein guter Schauspieler?“

„Weiß nicht“, sagte Alfred. „War so ein bisschen ein enfant terrible in Hollywood, hat sich im Betrieb quergestellt, auch politisch, glaube ich.“

„Na bitte, sei er uns ein Vorbild!“, rief Blumenauer und steckte sich ein Zigarillo an. Er reichte Alfred das Päckchen. „Auch eine?“

„Nein, ich hasse Zigarillos."

Als Blumenauers Zigarillo brannte, fiel Alfred sein letzter Besuch bei Barbara ein, wenige Stunden vor ihrem Tod. Als er in der offenen Tür gestanden hatte, war aus der Wohnung genau der Geruch gedrungen, den ihm nun Blumenauer ins Gesicht blies. Plötzlich schmeckte das Bier bitter.

„Warum hast du mich angelogen, Richard?"

Blumenauer lachte. „Wann soll das gewesen sein, alter Freund?"

„Wagner hatte recht. Du warst doch noch mal bei Barbara."

Blumenauer stellte seinen Becher auf den groben Holztisch, an den sie sich gesetzt hatten. Er blickte Alfred in die Augen. Dann sagte er: „Und wenn schon."

„Habt ihr gestritten?"

„Worüber sollten wir gestritten haben?"

„Hast du sie angemacht? Warst du betrunken? Hat sie dich zurückgewiesen? Bist du grob geworden? Auf der Terrasse?" Alfred wollte diese Fragen nicht stellen. Aber er musste.

„Und wenn es so war, Alfred? Wenn ich der blöden Kuh an die Wäsche gegangen bin? Und sie sich losgerissen und das Gleichgewicht verloren hat und über die Brüstung ihrer blöden Yuppie-Terrasse gefallen ist?"

„War es so, Richard?"

Blumenauer sagte nichts. Dann zuckte er mit den Achseln. Schob seinen Bierbecher über den Holztisch.

„Das glaubt mir der Gehrlinger nie", sagte er leise.

Alfred erinnerte sich an Barbaras abfällige Bemerkungen über Blumenauers architektonische Fähigkeiten. Und dass sie ihn hinhalten wollte.

„Hatte Wagner eigentlich recht mit seiner Unterstellung, dass du und Baric bei der Juryentscheidung geschoben habt?"

„Spielt das noch eine Rolle?“, fragte Blumenauer. „Lust auf ein Schaschlik? Ich hab Hunger.“

„Und wenn Wagner seine Klage durchgezogen hätte? Dann wärst du deine Zulassung als Architekt losgeworden. Das Gleiche passiert dir, wenn du Pleite gehst. Aber damit ist ja jetzt nicht mehr zu rechnen.“

„Eben.“

Sie waren beim Schaschlikstand angekommen. Blumenauer orderte zwei Fleischspieße, extrascharf.

Was hatte Wagner gesagt? Er hätte mit Baric darüber gesprochen, am Ostbahnhof einzusteigen. Und sei bereit gewesen, dafür seine Klage zurückzuziehen. Hatte Baric auch Richard Versprechungen gemacht? Und drohte sein Angebot an Wagner diese Vereinbarungen platzen zu lassen? Hatte Richard seine Felle wegschwimmen gesehen?

Als ihm Blumenauer einen Pappteller mit dem Schaschlik reichte, erinnerte sich Alfred an eine Bemerkung von Inspektor Prokopetz: Die Zettel seien von einem Linkshänder geschrieben worden. Mit welcher Hand hatte Richard vorhin den Plastikbecher auf die Bühne geworfen? Mit der Linken! Und es war eine Linke, mit der er Grünsteidl im Semperdepot geschlagen hatte. Richard hatte ihn noch extra darauf hingewiesen.

„Na, schmeckt super, so ein Schaschlik, was, Alfred? Schön scharf!“ Blumenauer zog seinen Spieß durch die Zähne und kaute auf einem großen Stück Fleisch herum. Die Sauce troff ihm aus dem linken Mundwinkel.

„Jetzt blas keine Trübsal, Alfred“, sagte Blumenauer mit vollem Mund. „Oder bist du beleidigt? Weil ich dir nicht gleich die Wahrheit wegen der Sache mit Barbara erzählt habe? Es war ein Unglück, Alfred. Ein tragisches Unglück. Barbara war sicher ein schwieriger Mensch, das durftest du ja auch erleben, aber so einen Abgang hat man ihr dann doch nicht gewünscht, was?“

Alfred starrte seinen Freund an. Wie pleite war Richard wirklich? Er steckte mit Baric unter einer Decke. Sie hatten den Wettbewerb geschoben. Hatten sie auch gemeinsam Druck auf Barbara ausgeübt? War Richard auch der Revolvermann? Vorstellen konnte er es sich, wie er da vor ihm stand und mit seinem abgefressenen Schaschlikspieß herumfuchtelte.

Und als Baric sich mit Wagner zusammentat, hat er durchgedreht. Er muss finanziell wirklich am Ende gewesen sein. Hatte er darauf spekuliert, dass Barbara mit ihm nach dem Tod von Baric und nach der Trennung von Wagner zusammenarbeiten würde?

„Herrlich!“, sagte Blumenauer. „Man kann über die Tschuschen sagen, was man will. Aber fettig und scharf, das können sie. Noch einen?“ Blumenauer warf einen Blick auf Alfreds Teller. „Aber du hast ja noch gar nichts gegessen. Schmeckt's dir nicht? Schon wieder Probleme mit dem Magen?“ Blumenauer grinste. „Jetzt sag bloß, du hast dich wirklich in BB verguckt.“ Blumenauer nahm Alfreds Spieß und nagte daran herum. „Das wäre in jedem Fall ein Fehler gewesen. Da habt ihr ja dann nochmal richtig Glück gehabt. Cordula und du, meine ich.“

„Jetzt halt endlich dein blödes Maul, Richard!“, schrie Alfred. „Das ist nicht witzig! Barbara ist tot! Tot! Und du bist daran schuld!“

„Nein, bin ich nicht!“, schrie auch Blumenauer. „Die blöde Kuh ist besoffen von ihrer Terrasse gefallen!“

„Und ihr Vater? Wie hast du den auf die Baustelle gelockt?“ Alfred sprach jetzt leise. „Baric war nicht besoffen. Für seine Verhältnisse jedenfalls nicht. Da musst du schon nachgeholfen haben.“

Blumenauer starrte Alfred an. Er hatte immer noch Sauce im linken Mundwinkel. Jetzt wischte er sich erst den Mund mit einer Serviette ab und dann langsam die Hände an seinem Poloshirt. Er trat auf Alfred zu und sagte: „Bist schlauer, als ich dachte, Freund Alfred. Dabei hast du mir den Grünsteidl so schön auf den Präsentierteller gelegt. Der hätte es doch wirklich gewesen sein können. Bei der Vorgeschichte. Das mit dem Nikolaus war dann der Clou. Natürlich reiner Zufall. Die Zettel waren mehr als Spiel gedacht. Erst, um Barbara nervös zu machen, später, um Grünsteidl in deine Schusslinie zu bringen."

Alfred wurde kurz schwarz vor Augen. Dann fragte er: „Warum Mord, Richard?"

„Mord? Willy ist praktisch freiwillig in den Tod gesprungen. Hat sich wie immer selbst überschätzt. Ich brauchte ihm nur die Gelegenheit dazu zu bieten."

„Was hattet ihr abends im sechsten Stock eines unbeleuchteten Rohbaus zu suchen?"

„Baric hatte mich hinbestellt", sagte Blumenauer. „Wollte angeblich was Wichtiges mit mir besprechen."

„Warum ausgerechnet dort? Im Dunkeln?"

„Keine Ahnung. Vielleicht war das alles eine spontane Idee von ihm. Die ihm bei einer abendlichen Besichtigung seiner Baustelle gekommen ist. Er hat mich am Handy angerufen. Oben auf dem Balkon haben wir dann zu streiten angefangen. Plötzlich ist er auf mich losgestürzt, gestolpert, durch das Geländer gebrochen und kopfüber in seinen eigenen Beton gestürzt."

„Warum hast du das nicht der Polizei erzählt?"

„Wie naiv bist du, Alfred? Weil die mir das auch nicht geglaubt hätten. Nicht mal du glaubst mir, oder?"

Alfred sagte nichts. Ließ die Reste seines kalt gewordenen Schaschlikspießes in einen Mülleimer fallen.

„Es tut dir nicht mal leid, dass die beiden tot sind", sagte er leise.

„Bei Barbara schon. Obwohl sie auch kein Engel war. Bei ihrem Vater nicht. Der war wirklich ein Arsch."

Alfred starrte seinen Freund an. „Auf alle Fälle sitzt bei der Polizei ein Unschuldiger."

„Das werden die früher oder später selbst merken", murmelte Blumenauer. „Das tut diesem Grünsteidl nicht weh und geschieht ihm recht. Ich hasse Querulanten."

Alfred blickte weiter Richard an. Der sah schon wieder so aus, als würde er gleich grinsen. Eine große Traurigkeit breitete sich in Alfred aus.

„Du bist .... warst mein einziger echter Freund hier in Wien, Richard. Dachte ich."

„Und jetzt bin ich nicht mehr dein Freund, weil die BB besoffen vom Balkon gekippt ist? Und was kann ich für den Baric? Der wollte wahrscheinlich mich umbringen! Der hatte eine richtig kalte Wut in den Augen, als er da oben auf mich los ist. Ich hab Glück gehabt, dass er gestolpert ist."

Alfred schwieg. Er war sich sicher, dass Blumenauer log. Alfred hatte zwei unschuldige Menschen zu Mördern erklärt, weil er nicht wahrhaben wollte, dass der wahre Mörder sein Freund war. Blumenauers finanzielle Probleme waren so groß geworden, dass ihm jedes Mittel recht war. Er lässt sich von Baric einwickeln, vielleicht sogar erpressen, und schüchtert für ihn Barbara ein. Verfolgt sie. Lässt sie verfolgen. Wahrscheinlich gibt es noch weitere Schnüffler wie diesen Staudinger, die für ein paar Euro gerne zum Stalker werden. Richard bricht in Barbaras Wohnung ein, um an die Unterlagen zu kommen. Wahrscheinlich hat er noch einen Schlüssel aus Zeiten, als er mit BB intimer war. Dann schustert er Baric wie abgemacht den Auftrag für den Ostbahnhof zu. Doch der will ihn ausbooten. Es wird eng für Richard Blumenauer. Da bekommt er mit, dass sich Wagner und Barbara getrennt haben. Er wittert seine zweite Chance und setzt statt auf Baric auf dessen Tochter. Also räumt er Baric aus dem Weg. Richard geht davon aus, dass Barbara nach dem Ausfall von Wagner mit der Firma völlig überfordert ist, und dient sich ihr an, um gemeinsam mit ihr die Baric Bau zu übernehmen. Doch Barbara macht nicht mit. Es kommt zum Handgemenge auf ihrer Terrasse. Sie stürzt oder wird von Richard gestoßen. Und das Ergebnis? Richard steigt tatsächlich bei der Baric Bau ein. Fuhrmann braucht schnell einen Architekten, jemanden mit Erfahrung, der sich um alles kümmert. Wagner ist ihm zu eitel und zu gefährlich. Also nimmt er den zweitklassigen Richard Blumenauer.

War's das?

Die Donauinsel begann sich um Alfred zu drehen. Er hielt sich am Stehtisch fest.

„Ich habe niemanden umgebracht", hörte er Richard sagen.

Alfred setzte sich in Bewegung. „Erzähl das der Polizei, Richard", sagte er noch. „Bevor ich es tun muss. Erspar mir wenigstens das."

„Du musst mir glauben", rief Blumenauer.

Doch Alfred war schon so weit entfernt, dass er nicht mehr hören konnte, was Blumenauer sagte oder rief. Er ging einfach weiter, drängte sich durch die halbbetrunkene, lachende Menge. Es war gar nicht so schwer.

**Christoph Wagner**
Schattenbach
Ein Carozzi-Krimi
328 Seiten, € 9.95/sfr 17.90
HAYMON taschenbuch 9
ISBN 978-3-85218-809-6

Eine verschwundene Madonnenstatue, ein abgetrennter Finger, eine Frauenleiche, mit einem Rosenkranz ans Chorgestühl der Dorfkirche gefesselt – im idyllischen Schattenbach inmitten der Weinberge der Wachau geschehen makabere Dinge. Und mittendrin: Mario Carozzi, Archäologe und Genussmensch mit einem Hang zu ausgefallenen Chili-Rezepten. Um sich vom Verdacht zu befreien, selbst der Täter zu sein, beginnt er seine privaten Ermittlungen und muss bald feststellen, dass sämtliche Honoratioren des Dorfes, vom Bürgermeister bis zum Pfarrer, einiges zu verbergen haben ...

Christoph Wagners Krimi-Debüt: Eine fesselnde Detektivstory aus der bigotten Welt der österreichischen Provinz, garniert mit viel schwarzem Humor – und einigen höllisch scharfen Rezepten.

*„Präzise Zustandsschilderungen mit Atmosphäre, gezeichnet mit großer Intelligenz und virtuosem Witz ... einfach gute Unterhaltung. Danke, Herr Wagner!“*
Oberösterreichische Nachrichten, Reinhold Tauber

*„Gesättigt von schwarzem Humor, süffisanter Spitzzüngigkeit und melancholischer Menschenliebe. Ein paar verführerische Rezepte fehlen nicht.“*
Savoir Vivre

*„Wagners Charaktere leben, seine Bilder stimmen, und die urkomischen Dialoge wetteifern mit den ausgefeilten chilischarfen Rezepten um die Vorherrschaft auf dem Papier. Ein Krimi mit so manchem sprachlichen Schmankerl: gediegen, süffisant, unterhaltsam.“*
Oldenburgische Volkszeitung, Peter Beutgen

**H.C. Artmann**
Im Schatten der Burenwurst
mit Zeichnungen von Ironimus
168 Seiten, € 9.95/SFr 17.90
HAYMON taschenbuch 12
ISBN 978-3-85218-812-6

Zorro, der Rächer aller Würstelmänner, der aufsässigen Kunden ein Z aus der Senftube aufspritzt; Frau Reißfleisch, die nichts mehr fürchtet, als dass ihr neuer Untermieter ein Menschenfresser oder anderer zwielichtiger Ausländer sein könnte; Herr Quarglschmitt, der nicht in den Ring steigen will, oder Herr Krabath mit seiner musikalischen Haar- und Bartpflege: Eine Schar skurriler Gestalten bevölkert die wunderbar grotesken Prosaminiaturen, in denen H.C. Artmann seiner Heimatstadt ein überzeugendes Denkmal setzte: Selten wurde das „waschechte Wien" lebendiger, selten wurden seine Klischees amüsanter heraufbeschworen und gleichzeitig entlarvt als in diesen phantastischen Alltagsszenen.

*„Man taucht in eine Welt voller legendärer Plätze und Räume Wiens ... Dazu kommt das phantastische sprachliche Talent des Dichters H.C. Artmann, der diese Szenen des Alltags gekonnt und treffsicher in Worte fasst. Unglaublich schöne und mit wenigen Worten in ein gewaltiges Bild umgesetzte Beschreibungen ..."*
Buchreport

*„Artmann liebt sie alle, die Vorstadt-Strizzis und Versager, die kleinen Gauner und zaghaften Rebellen, milde schaut er auf alle herab und legt für alle ein gutes Wort ein."*
FAZ, Anton Thuswaldner

*„... die Dichtersprache des H.C. Artmann verleiht selbst den nichtigsten Schmonzetten noch einen poetischen Glanz, der dieses Büchlein zu einer sehr lesenswerten Rarität macht."*
Radio Aktiv, Barbara Steinbauer

**www.haymonverlag.at**